KB077712

책들의 부엌

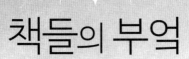

책들의 부엌

김지혜 장편소설

소양리 북스 키친

새벽에 내린 진눈깨비는 매화나무 가지에 앉았다가 촉촉한 흔적을 남기고 사라졌다. 창백한 햇살이긴 해도, 봄을 닮은 빛이 나뭇가지에 내려앉자 주변은 조금씩 말랑해졌다. 건조하고 딱딱한 겨울의 얼굴 사이로 봄 공기가 일렁이는 듯했다.

오후 2시였다. 유진은 타일 바닥 마감 상태를 체크하다가 문득 고개를 들었다. 새 건물 냄새를 빼려고 통유리 창을 완전히 열어 뒀는데, 바깥에서 달콤하면서도 고고한 향내가 났기 때문이었다. 유리창 바깥에 고요히 서 있던 매화나무가 인사하듯 연둣빛 나뭇잎을 작게 흔들었다. 그늘진 편의 가지에는 터질 듯한 매화 봉오리가 알알이 맺혀 있었고, 햇볕이 드는 쪽에는 이미 자그마한 매화가 물기를 촉촉이 품은 채, 낮잠에서 깨어난 아기처럼 새하얀 고개를 들고 있었다.

유진은 통유리로 된 창으로 다가가 방충망을 열었다. 먼지 하나 끼어 있지 않은 방충망은 부드럽게 열렸다. 기다렸다는 듯이 산자락에서 불어온 바람이 파도처럼 출렁이듯 밀려왔다. 동시에 매화 향기가 방을 은은하게 채웠다. 유진은 매화를 이렇게 가까이에서 자세히 본 게 난생처음이라는 사실을 깨달으며 눈송이를 닮은 꽃잎을 살펴봤다. 새하얀 꽃잎은 최종 마감을 앞둔 소양리 북스 키친의 바닥 타일 색과 닮아 있었다. 매화꽃 너머에는 북 스테이를 위해 미리 빨아놓은 하얀 침대보가 바람에 팔락였다. 아까 맡았던 달콤하면서도 고고한 향이 매화 향인지 섬유 유연제 향인지 모르겠지만 뭐가 됐다고 하더라도 유진의 기분은 매화 꽃망울처럼 몽글몽글했다.

유진은 창문에서 뒤돌아 책장으로 빼곡히 둘러싸인 북 카페의 내부를 새삼 둘러봤다. 천장까지 맞닿은 높다란 책장들은 책이 아직 꽂히지 않아 대부분 텅텅 비어 있었다. 마치 모델하우스의 샘플 책장처럼 보였다. 책을 놓을 자리에는 라인 조명이 텅 빈 무대를 비추듯 은은하게 빛나고 있었다.

'곧 이 공간이 책 냄새 가득한 공간으로 변신하겠지.'

그때 벽에 테이프로 붙여놓은 A3 크기의 종이가 눈에 들어왔다. 끝도 없이 고민하고 고쳐서 완성한 설계 도면이었다. 여기저기에 연필과 볼펜으로 표시가 되어 있고, 소소한 변동 사항이 적혀 있기도 했다. 설계도는 적당히 구겨지고 낡은 탓에 주변에 티끌 하나 묻어 있지 않은 신축 건물에서 도드라져 보였다. 유진은 연필 메모 자국이 남아 있는 부분을 손가락으로 살며시 만져봤다. 설계 도면과 3D 시뮬레이션으로만 보던 건물이 현실 세계에서 완성되었다는 게 실감 나지 않았다.

소양리 북스 키친은 책을 팔고 다양한 행사를 진행하는 북 카페와 책을 읽을 수도, 휴식을 취할 수도 있는 북 스테이를 결합한 복합 공간으로 총 4개의 동으로 구성되어 있었다. 우선 북 스테이 공간은 건물 3개 동으로 만들었는데 각각 2층짜리 독채 펜션이었다. 북 스테이용이 아닌 나머지 건물의 1층은 북 카페로 사용하고 2층은 스태프들이 거주하는 공간으로 사용하도록 구성했다. 그리고 이 4개의 동은 중앙 정원에 있는 유리로 된 식물원으로 연결되어 있었다. 다시 말해 정원을 중심으로 십자 모양으로 4개의 동이 들어서 있는 셈이다.

북 카페의 전면은 통유리 창으로 되어 있었고, 창문 너머로 보이는 소양리 풍경은 자체로 그림이 되었다. 매화나무 너머로는 굽이굽이 이어진 산등성이가 보였다. 유진은 치맛자락이 너울대는 듯한 거대하고 부드러운 곡선을 보면서 자신이 꿈을 꾸고 있는지도 모른다고 생각했다. 서울 본토박이인 유진은 뾰족하고 높은 빌

딩과 24시간 편의점, 프랜차이즈 커피 전문점 그리고 빽빽하게 연결된 지하철과 대단지 아파트로 구성된 도시가 이곳 소양리보다 훨씬 현실감 있게 느껴졌다.

"유진 누나, 이거 제대로 걸렸나 좀 봐줘!"

시우가 밖에서 유진을 불렀다.

"어, 잠깐만!"

유진은 오른손으로 방충망을 다시 닫고 왼손에 쥐고 있던 줄자를 앞치마에 넣은 뒤 뛰듯이 나갔다. 시우와 형준이 소양리 북스 키친 건물 옆의 작은 카페에 2미터짜리 플래카드를 걸면서 수평을 맞추는 중이었다.

플래카드에는 "소양리 북스 키친 오픈 준비 중 – 4월 1일부터 숙소 예약을 받습니다!"라고 큼직하게 쓰여 있었고 전화번호와 인스타그램 계정도 아래쪽에 나란히 쓰여 있었다.

"어, 괜찮아 보이는데. 잠시만, 사진을 한번 찍어볼게."

유진은 입고 있는 작업용 앞치마 주머니에서 핸드폰을 꺼낸 뒤 초점도 제대로 맞추지 않은 채 사진을 찍었다. 플래카드가 수평으로 제대로 걸렸는지 확인하려고 했을 뿐이라, 다른 건 딱히 생각하지 않았다. 그래서 몇 번의 계절이 지난 뒤에 이 사진을 우연히 다시 보고 얼마나 애틋한 마음을 품게 될지 지금은 전혀 알지 못했다. 사진 속 시우는 앞머리가 바람에 세차게 휘날린 채 활짝 웃고 있었고, 형준은 특유의 무심한 표정을 짓고 있었다.

사촌 동생 시우와 소양리 본토박이인 스태프 형준은 온탕과 냉탕이라는 두 단어로 설명할 수 있었다. 다혈질에 외향적이고 사교적인 시우와 무던하고 내향적이면서 독립적인 형준은 시소의 양쪽 끝에 서 있는 존재 같았다. 유진은 사진을 확인하러 뛰어오는 시우와 어슬렁거리듯 걸어오는 형준을 바라보며 둘을 섞어놓은 듯한 사람이 있으면 좋겠다고 생각했다.

"시우야, 이거 왼쪽이 살짝 올라간 것 같지 않아?"

시우는 고개를 꺾어 핸드폰 액정을 천천히 바라보더니 대답했다.

"음, 글쎄. 여기 아래 곳간채 창고였던 곳 주춧돌이 원래 살짝 기울어져 있어서 그렇게 보이는 것 같은데."

"형준아, 너는 어때?"

"제가 봐도 뭐…… 괜찮아 보이는데요."

"그렇지?"

시우와 형준은 서로 마주 보더니 동시에 씩 웃으며 손뼉을 마주쳤다. 이럴 땐 둘이 하나의 영혼을 나누어 가진 쌍둥이 같았다.

유진은 둘의 뒷모습을 보며 피식 웃고는 굽이굽이 이어진 산등성이 아래 자리 잡은 소양리 북스 키친을 둘러봤다. 4개의 동으로 구성된 현대식 건물이 게임 속에 등장하는 아이템처럼 우뚝 솟아 있었다. 유진은 여기가 어디인지, 지금이 몇 년도인지, 오늘이 무슨 요일인지 가늠이 되지 않았다. 지난 10개월의 여정도 깨어나면 까마득하게 잊어버릴 꿈처럼 느껴졌다.

왜 군이 시골에서 책방을 하느냐고 묻는다면 대답할 말이 얼른 떠오르지 않았다. 유진은 언젠가 은퇴하면 고요한 숲속에서 책에 파묻혀 살아가고 싶다고 입버릇처럼 말했지만, 서른두 살에 소양리에서 북 카페와 북 스테이를 운영하게 될 거라고는 상상도 못 했다.

하지만 유진이 소양리 땅을 사기로 결정을 내린 순간부터 기다렸다는 듯이 허리케인급의 빡빡한 일정이 몰아쳤다. 사업자 등록 신청을 했고, 계약금을 지불하기 위해 급하게 오피스텔을 처분했다. 토지 담보 대출을 받기 위해 은행의 대출 심사 결과를 기다리며 초조했고, 가지고 있던 주식도 거의 다 팔아서 인허가와 건축에 따르는 비용으로 썼다. 카페 영업증을 받기 위해 교육을 받았고, 커피에 대한 기본을 알아야 할 것 같아 바리스타 자격증 학원에 다녔다. 그리고 시우가 소개시켜 준 건축사와 건물 설계도를 새벽까지 들여다봤다. 북 카페에 들일 책을 고르고 머그잔이나 노트, 에코 백 같은 MD 상품을 찾아서 계약하는 것도 손이 많이 가는 일이었다. 인테리어 잡지와 참고 자료를 끝도 없이 찾아보며 가구와 소품, 조명과 전자 제품을 고르고 또 골랐다.

'소양리 북스 키친'이라는 이름을 정하는 데도 2주가 넘게 걸렸다. 책으로 가득한 공간에 맞는 이름을 고민하던 중, 책마다 감도는 문장의 맛이 있고 그 맛 또한 개개인의 취향에 따라 다르게 느껴진다는 것이 생각났다. 각각의 입맛에 맞는 음식을 추천해 주듯 책을 추천해 주고, 맛있는 음식을 먹으며 힐링이 되듯 책을 읽으며 마음을 쉬어가는 공간이 되었으면 하는 마음에 '북스 키친'이라고 이름 붙이게 되었다. 맛있는 책 냄새가 폴폴 풍겨서 사람들이 모이고, 숨겨뒀던 마음을 꺼내서 보여주고 위로하고 격려받는 공간이 되길 바랐다. 마침내, 유진의 허리케인 회오리는 잠잠해졌다. 정신을 차려보니 낯선 세계에 입장한 상태였다.

문득 배가 고팠다. 유진은 아침에 딱딱해진 도넛 하나와 사과 반 개를 먹었을 뿐이었다. 북 카페에 들일 책이 오전 중에 배송 온다고 해서, 기다렸다가 점심을 먹으러 가려고 했는데 2시가 넘도록 감감무소식이었다. 소양리 북스 키친은 아직 내비게이션에도 정확한 주소가 올라가 있지 않은 탓에 배송 기사가 헤매다 늦는 경우가 많았다. 유진은 태블릿으로 뭔가를 살펴보면서 논의 중인 시우와 형준에게 고개를 돌렸다.

"얘들아, 책 배송이 언제 올지 모르겠어. 그냥 지금 시내 가서 점심 먹고 마트 다녀올까? 형준이 너는 시내 나간 김에 바로 퇴근하면 되겠네."

1

할머니와 밤하늘

중학생 때의 다인은 오디션을 보러 다니는 것이 주요한 주말 일과였다. 아니, 일과의 전부에 가까웠다. 가창력은 괜찮은 정도라는 평가를 들었지만, 연예인을 할 만한 얼굴은 아니라는 수군거림이 뒤에서 그림자처럼 붙었다. 다인도 알고 있었다. 젖살이 통통하게 올라온, 선크림만 바른 얼굴을 거울에 비추어 볼 때면, 오디션장에서 봤던 화려한 외모의 아이들이 떠올랐다. 그들은 분명히 성형한 것도 아닌데 이목구비가 인형 같았다. 거리를 걸으면, 남녀노소 불문하고 의식적이든 무의식적이든 빤히 바라보게 되는 외모의 아이들이었다. 다인은 오디션장에 가면 이미 데뷔한 연예인을 보는 것처럼 화려한 이목구비의 아이들을 정신없이 바라봤다. 연예인이 되는 영재교육을 하는 학교라도 있는 걸까

싫었다.

다인이 작은 음반 제작사를 통해 '다이앤'이라는 가수로 데뷔를 하게 되었을 때, 아무도 다인을 주목하지 않았다. 한 해에만 수십 팀이 넘는 아이돌 그룹이 데뷔했다가 두세 팀만 살아남고 나머지는 조용히 사라지는 세계였다. 주목을 받지 못한 아이돌 그룹의 이름은 불과 몇 달 만에 오래된 묘지처럼 잊혔다. 심지어 다인의 음반을 제작한 회사는 신인 가수를 처음 키워보는 회사였다. 물론 업계에서 경력이 있는 사람을 직원으로 대여섯 명 뽑아 데리고 있기는 했지만, 마케팅이나 의상 콘셉트 등이 대형 기획사처럼 착착 맞아떨어지게 진행될 리가 만무했다. 거의 대학교 동아리 분위기였다. "이런 건 어때?", "저런 방식도 있대." 하는 식으로 회의라는 이름을 빙자한 수다가 몇 시간씩 이어졌고, 결국 '다인은 아이돌 콘셉트는 아니다.'라고 만장일치를 보았다. 그거 하나만은 확실했다.

걸 그룹 '딜리셔스'가 대한민국 무대를 평정하던 시대였다. 아이돌 하면 딜리셔스였다. 그들은 하나같이 바비 인형 같은 몸매와 찡긋거리는 윙크, 애교 그리고 세상에서 가장 행복해지는 요정 가루라도 뒤집어쓴 것 같은 미소를 가졌다. '그래, 내가 아이돌이라고 할 수는 없지.' 하고 다인도 그들을 보며 수긍했다. 하지만 세상이 자신을 아이돌이라는 카테고리에 집어넣지 않으면 자신을 뭐라고 정의해야 할지 난감했다. 어린 나이에 데뷔하는 것을 마케팅

메시지로 쓸까 했지만, 다인보다 어린 나이의 아이들도 데뷔 준비에 한창이던 시절이었다. '외모는 그럭저럭 귀여운 정도지만, 가창력만은 머라이어 캐리 저리 가라 할 정도예요.'라는 정도로는 사람들에게 흥미를 불러일으킬 수 없었다. 그때는 작사와 작곡을 하지도 않았으니 싱어송라이터로 포장을 할 수도 없었다.

하지만 다인은 '다이앤'으로 데뷔한 지 3년 만에 국민 여동생 자리를 꿰찼다. 다인의 가장 큰 무기는 이야기를 듣고 말하는 재능이었다. 다인은 고정 게스트의 펑크로 우연히 대타로 나가게 된 밤 10시 라디오 프로그램에서 그 주 최고의 청취율을 달성했다. 라디오 PD는 다인을 해당 프로그램의 고정 게스트로 섭외했고, 그 후 6개월 만에 다인은 라디오 프로그램 5개에 고정 출연을 하게 되었다.

다인의 따뜻한 말투는 게스트의 이야기가 맛있게 요리되도록 돕는 역할을 제대로 해냈다. 라디오를 통해 전해지는 약간은 허스키하지만 사랑스러운 말투는, 친구에게 수다를 떨 듯 재잘거리는 것처럼 들렸다. 진심을 다해 만들었지만 약간은 어설픈 초코 머핀처럼 다인은 귀엽고 사랑스럽게 반짝였다. 게스트의 마음을 깊숙한 곳까지 따스하게 다독여 주는 다인의 말에 다들 위로를 받았다. 더불어 예상치 못한 노래 선물이 하이라이트였다. 폭발적인 가창력을 요구하는 머라이어 캐리의 〈히어로Hero〉를 완벽하게 소화하고, 어쿠스틱 기타를 치면서 제이슨 므라즈의 〈럭키Lucky〉를 달콤하게 부르는 다이앤의 영상은 유튜브에서 역주행하며 전설의 영상이라며 돌아다니기 시작했다.

차트 10위 안에 처음 들어간 노래는 〈봄날〉이었다. 편의점에서 아르바이트를 하는 한 소녀가 봄이 오면 모로코에 여행을 가고 싶다는 꿈을 꾸는 내용을 담은 어쿠스틱 재즈곡으로, 다인의 독특한 음색과 딱 맞아떨어졌다. 케이팝 특유의 비트와 멜로디에서 벗어나, 인디 음악 같으면서도 대중적 코드를 갖춘 곡으로 앨범 발매 당시에는 큰 호응이 없었다. 그런데 예능 프로그램에 출연한 한 남자 아이돌이 이 노래를 몇 소절 부른 뒤로 분위기가 반전되었다. 고등학생들이 수학여행을 가서 단체로 〈봄날〉의 춤을 추는 영상이 화제가 되었고, 핸드폰 광고의 배경음악으로도 들어가면서 앨범 발매 3개월 만에 음원 차트에서 역주행을 하기 시작했다. 이후에는 거대한 파도를 탄 것 같았다. 이어서 낸 디지털 싱글 〈그냥 그거면 된다니까〉가 음원 출시와 동시에 음원 차트 1위에 올랐고 한 달간 그 자리를 지켰다. 뮤직비디오는 유튜브에서 기록적인 조회 수를 찍었고 광고 모델로 러브 콜이 쏟아졌다. 광고주들은 화려하지 않은 얼굴에 깨끗하고 티 없는 느낌의 목소리를 가진 다이앤이 라이징 스타라는 사실을 단번에 눈치챘다.

순식간에 구름 위까지 훌쩍 뛰어오른 것 같은 기분이었다. 석 달 전까지만 해도 '다이앤'을 아는 사람이 거의 없었는데, 이제는 주변의 많은 사람이 다이앤을 알아보기 시작했다. 각종 섭외 1순위에 올랐고 앨범 피처링 요청이 쇄도했다. 해외에서도 좋은 반응을 얻어 아이튠즈 아시아 차트에서 높은 순위에 올랐다. 갑자기 폭발하듯 늘어난 팬들은 다인을 전지전능한 신이라도 된 것처럼 대했다.

다인은 문득 두려워졌다. 자신은 석 달 전과 딱히 달라진 게 없는데, 갑자기 온 세상이 자신을 대하는 방식이 너무 달라져서였다. 갑자기 사람들이 놀라운 실력이라며 자신에게 열광했다. 부글부글 끓어오르다가 펑 하고 터져버리는 거품 같은 인기가 아닐까 싶어 조심스러웠다.

시간은 비트가 빠른 댄스곡처럼 정신없이 흘렀다. 다인이 소위 톱스타라는 타이틀을 지켜온 지 8년째였다. 대중들이 생각하는 다인은 '사랑스러운 소녀'의 이미지였다. 대중들은 다인이 파스텔 색깔의 마카롱처럼 달콤한 소녀일 거라고 상상했다. 뮤직비디오 속에서 다이앤은 셔링이 잡힌 꽃무늬 원피스를 입고 춤을 추며 한껏 사랑스러운 미소를 지었다. 남자 팬들은 다이앤의 영상을 보며 외로운 밸런타인데이를 견뎌냈다. 10대 소녀들의 워너비 모델 1위 자리를 다이앤이 수년 동안 꿰찼다.

사실 다인은 꽃무늬 드레스보다는 무채색 후드 티를 좋아했다. 녹음실에서도 자신만의 세계에 차분히 몰입하는 성격으로, 비타민 광고 모델처럼 생기발랄한 일상을 보내지는 않았다. 10대일 때도 인형이나 크리스마스 케이크에 환호하는 성격은 아니었다. 오히려 삶과 죽음의 의미에 대해 고민하는 등 혼자서 깊이 생각에 파고드는 것을 좋아하는 성격이었다. 물론 부모님께는 사랑스러운 딸이지만, 애교 많고 수다스럽지가 않았다. 속이 깊어서 겉으로 감정을 불쑥 드러내지는 않지만 하나하나 세심하게 배려하고 말 없이 사람들을 챙겼다.

그래서인지 다인은 광고나 예능 프로그램 속 자신의 모습이 가짜로 만들어진 모습 같다고 종종 느꼈다. 그리고 대중의 관심과 사랑이, 한순간에 비난과 손가락질로 바뀔 수 있다는 사실에도 겁이 났다.

오랜만에 일정이 없는 목요일이었다. 다인은 늦잠을 자려고 작정했지만, 그러지 못하고 지치고 피곤한 상태로 일어났다. 새벽 3시가 넘도록 뒤척이다가 간신히 잠이 들었는데 꿈을 연달아 꾸고 나니 쉰 것 같지가 않았다.

꿈속에서 다인은 라디오 생방송에 늦어서 좁고 긴 복도를 하이힐을 신은 채 뛰고 있었다. 그러다 이내 다인이 MC를 보는 토크쇼 스튜디오로 장소가 바뀌었다. 다인이 발랄하게 말을 이어가는데 출연자의 얼굴이 이유 없이 굳어갔고 점차 무표정에 가까워졌다. 다인은 속으로 당황하면서도 애써 말을 이어갔는데, 그런 다인의 모습이 모니터에 클로즈업되어 나오고 있었다.

다인은 뭔가에 놀란 듯한 상태로 잠에서 깼다. 꿈의 마지막 장면이 연기처럼 사라지는 중이었다. 다인은 눈을 반쯤 감고 거실에

나와 부스스한 머리를 한 채로 TV를 틀었다. 화면에는 완벽하게 메이크업을 한 자신이 토크쇼에 어울리는 환한 웃음을 지으며 너무나 즐겁게 이야기를 하고 있었다. 방송 끝에 이어지는 뮤직비디오 속 다이앤은, 자신이 봐도 놀라울 정도로 사랑스럽고 청초하고 매력적인 모습이었다.

문득 다인은 TV 속 자신의 모습이 빈껍데기처럼 느껴졌다. 다인은 혼란스러웠다. 가수가 되는 건 어렸을 때부터의 꿈이었지만, 다른 사람들에게 사랑받기 위해서 노래를 부르기 시작했다고 보긴 어려웠다. 다인은 자신만의 음악 스타일과 대화 방식으로 대중들에게 다가갔고, 그게 받아들여졌다고 생각했는데 착각이었다. 언젠가부터 다이앤은 대중의 애장품이 되었을 뿐이었다.

그날 밤, 침대에 누웠을 때였다. 심장 뛰는 소리가 갑자기 귓가에서 울리기 시작했다. 멀리서 기차가 오는 것처럼 쿵쿵대는 소리가 들리더니, 곧 기차가 귀 바로 옆까지 온 듯 소리가 커졌다. 이어서 호흡이 가빠졌다. 어둠 속 어떤 존재가 서서히 자신의 목을 조르고 있는 느낌이었다. 자신의 호흡이 희미해지며 사그라드는 걸 느낄 수 있었다.

어느새 다인은 대중이 모두 볼 수 있는 유리 상자에 갇혀 사는 동물이 된 꿈속이었다. 다인은 어린아이를 까르르 웃게 하는 작은 원숭이가 되었다가, 20대 직장인들이 귀여워하는 황제펭귄으로 변해 뒤뚱거렸다. 그다음에는 동물원에서 가장 인기가 많은 판다가 되어 감정을 숨긴 채 헤벌쭉 웃고 있었다. 유리 상자는 360도에서 모두 관람이 가능했고, 모바일로 생중계되었으며, 대중이 게임 아이템을 고르듯 자신이 입는 옷과 털 색깔, 액세서리까지 모두 선택할 수 있었다. 그곳에 다인의 충격과 슬픔과 분노와 외로움을 표현할 수 있는 공간은 없었다.

＊＊＊

할머니가 그리웠다. 할머니는 다인과 대조적으로, 대책 없는 낙관주의자였다. 힘들고 화가 나는 일이 생겨도, 할머니는 햇빛을 보며 산책하고 돌아와 이내 훌훌 털어버리고 새로운 하루를 시작하곤 했다. 집채만 한 파도가 몰아치는 듯한 감정 변화는 할머니에게서 찾아볼 수 없었다. 할머니는 언제나 잔잔한 호수에서 느긋하게 배를 타고 있는 사람 같을 뿐이었다.

다인에게 할머니 손은 곱고 따뜻한 난로였다. 일주일 넘게 잠을 제대로 자지 못한 채 할머니를 보러 가면 할머니는 고운 미소를 지어 보이고 다인의 배를 슬슬 쓰다듬어 주곤 했다. 뭘 묻는 일도 별로 없었다.

할머니는 사실 다인의 노래를 거의 듣지 못했다. 다인이 어느 정도 성공을 하기 전부터 할머니는 이명이 심해져서 라디오나 텔레비전을 거의 듣거나 보지 않았기 때문이다. 다인은 할머니가 자신의 노래를 들어보지 않아서 좋았다. 이번에 나온 노래가 어떻게 엄청나다느니, 어떤 부분은 예전 앨범보다 힘이 떨어진다느니, 잰 척하며 가벼운 판단을 내리는 사람들은 주변에 널려 있었으니까. 그냥 다인을 있는 그대로 봐주고, 말없이 무릎을 빌려주는 할머니의 거슬거슬하지만 고운 손길이 좋았다.

할머니의 손길이 닿으면 다인은 금세 잠이 들었다. 한옥 처마 끝에서 부는 바람도, 고소하게 풍겨오는 찌개 냄새도, 어딘가에서 강아지가 짖어대는 소리도, 해가 지면서 주황빛으로 선명하게 물 드는 빛깔도 다인이 잠들기를 소망하는 듯했다. 할머니의 밝고 긍정적인 에너지가 다인에게 전달되었다. 다인은 그곳에서는 꿈도 꾸지 않고 10시간씩 잠을 잤다. 잠에서 깨면 할머니와 동네 산책을 나갔다. 시골 길가에서 상자째 파는 과일을 샀고, 5일장이 서는 날에는 몸뻬 바지도 함께 골랐다. 시골 장터에서 국밥을 포장해 왔고, 할머니 집 앞마당 텃밭에서 자란 상추와 고추를 따고 장독대에서 고추장과 된장을 한 숟갈씩 퍼내 섞고 참기름과 깻가루를 넣어서 찍어 먹었다.

소양리에 온 건 충동적인 결정이었다. 이제 할머니가 소양리에 없다는 건 다인도 잘 알고 있었다. 할머니는 3년 전 요양원에 들어갔고, 1년 전에 세상과 작별했다. 할머니가 살았던 150년이 넘은 한옥 4채는 진작에 팔렸다. 병원비를 감당하기 위해서이기도 했고,

한옥을 제대로 관리하려면 돈이 꽤 들기도 해서였다. 할머니의 한옥은 근처에 탁 트인 부지로 옮겨가 2년 전에 한옥 호텔이 되었다고 들었다. 어렸을 적, 숨바꼭질할 때 숨기 딱 좋았던 곳간채 창고만이 철거되지 않고 남아 있다라고 엄마가 전화로 이야기했었다.

곳간채 창고는 그야말로 혼돈의 결정체였다. 작은 목재 창문이 천장 바로 아래에 하나 있는 것을 빼면, 창문은 없었다. 그래서 한낮에 햇살이 쨍쨍할 때도 창고는 어두운 편이었다. 다른 아이들과 숨바꼭질을 할 때, 창고에서 낡은 옛날 책자와 쌀가마가 아무렇게나 쌓여 있는 곳 뒤에 놓인 큼지막한 자개장롱 안에 숨으면 열에 아홉은 절대 찾아내지 못했다. 창고에 숨은 사람이 있나 술래가 찾으러 온 경우에도, 경작용 삽과 예전에 소가 있을 때 썼던 코뚜레와 맷돌과 이름 모를 종이 더미와 커다란 액자 틀과 먼지 쌓인 운동기구가 뒤섞인 그곳에서 행여나 거미나 벌레와 마주칠까 봐 슬쩍 발을 들여놓았다가 사라지곤 했다.

'소양리 북스 키친 오픈 준비 중 — 4월 1일부터 숙소 예약 받습니다!'

다인은 플래카드를 물끄러미 바라보았다. 아래로는 "위로와 격려의 문장을 담은 책들의 부엌. 글을 읽고 쓰고 나누는 북 스테이 & 북 카페"라는 설명이 적혀 있었다. 플래카드가 바람에 펄럭였지만 다인은 생각에 빠져 바람을 느끼지 못했다.

다인은 작게 한숨을 내쉬었다. 자신이 조금만 빨리 알았더라면 할머니의 집터를 샀을 텐데. 별장으로 하든지, 작업실로 쓰든지 했어도 되는데. 하지만 아빠는 다인이 할머니의 흔적에 연연하지 않기를 바랐다. 할머니가 쏟아준 사랑을 기억하되, 감정에 허우적대는 건 원치 않았다.

작년 5월, 미국에 사는 첫째 큰아버지 식구와 스페인에서 민박집을 하는 셋째 큰아버지 식구가 한국에 왔다가 갔다. 각자 살기에 바빴던 8남매는 몇 달 전에야 할머니 집터를 팔기로 마음을 모았고 토지 소유권을 깔끔하게 타인에게 넘긴 뒤 유산을 분배하고자 했던 것이다. 살아 있는 사람은 또 앞으로 나아가야 하니까. 아빠도 다인의 불면증을 알고 있었다. 공황장애까지는 미처 눈치채지 못했지만 어쨌든 다인이 할머니와의 추억을 아름답게 고이 접어 마음 서랍 어딘가에 보관하길 바랐다. 다인도 아빠의 그런 마음을 이해했기에 여기 땅을 팔았다고 했을 때 화가 나지 않았다.

다만, 할머니의 숨결이 느껴지는 듯한 이곳에 와보고 싶었을 뿐이다. 그늘진 산자락 아래에 황량한 겨울 속 어둠을 뚫고 매화 봉오리가 단단하게 움트고 있었다. 할 말이 있지만 입을 꾹 다문 사춘기 소녀처럼, 아직 꽃 피우지 않은 봉오리들이 나뭇가지를 따라 방울방울 맺혀 있었다.

아홉 살이 된 다인이 아이돌 가수가 되는 꿈을 꾸고 할머니에게 재잘대며 이야기를 늘어놓으면 할머니는 그냥 싱긋 웃으며 오후

간식으로 먹을 꽈배기를 사러 나가자고 한마디를 할 뿐이었다. 할머니도 다인에게 하고 싶은 이야기가 많았을까.

할머니 손을 잡고 장터로 내려가던 좁은 길은 그대로였고 치맛자락으로 품은 듯한 산등성이 자락도 변함없는데 건물만 낯설었다.

바람은 낯선 건물과 플래카드를 경계하듯 낮고 차갑게 윙 하는 소리를 냈다. 오래된 이야기를 담은 한옥은 이제 없었다. 눈앞에 보이는 건 4개의 동으로 이뤄진 현대식 사각형 건물이었다. 지붕은 나무 소재를 사용해 감쌌고, 널따란 테라스가 밖에서도 훤히 보였다.

우뚝 선 4개의 사각형 건물 옆에는 2평이 안 되는 크기의 카페하나가 별채처럼 자그마하게 놓여 있었다. 지붕은 진한 밤색이고 카페 전체가 통유리라서 커피 기계와 원두, 에스프레소 잔과 트레이 등이 훤히 보였다. 테이크아웃만 가능한 작은 카페로 꾸민 것같았다. 할머니의 텃밭이 있었던 앞마당은 정원으로 변했다. 아기자기한 꽃 화분이 줄지어 놓여 있고 인디언 텐트가 잡지 촬영지 소품처럼 정원에 자리하고 있었다. 분명히 세련되고 따스해 보이는 공간인데, 다인은 왠지 가슴 한쪽이 먹먹했다.

그때, 햇살을 담은 바람이 불어오며 달콤한 향이 났다. 어디서나는 향일까 해서 주변을 돌아보니 작은 카페 옆으로 가지를 뻗어 내린 매화나무가 보였다. 할머니가 애지중지하던 모습 그대로였다. 바람결에 가지는 손을 흔드는 듯 살랑거리고 있었다. 다인은 자신도 모르게 매화나무 쪽으로 걸음을 옮겼다.

작은 카페는 매화나무와 비슷한 높이로 나란히 서 있었다. 그런데 작은 카페의 주춧돌이 왠지 낯익었다. 자세히 보니 바닥에 있는 건물의 턱만 반들반들하게 닳아 있었다. 원래 곳간채 창고에 있었던 돌을 그대로 쓴 것 같았다. 다인은 그제야 매화나무 옆에 있었던 곳간채 창고 공간이 통유리로 둘러싸인 작은 카페로 변신했다는 사실을 깨달았다. 건물 구조는 그대로 살리고 전체적으로 통유리로 구성한 방식으로 예전 모습을 새롭게 변형해서 현대적 스타일의 카페로 재탄생시킨 것이다. 반들반들하게 닳은 곳간채 창고의 주춧돌을 보고 있자니 다인은 왠지 눈물이 날 것 같기도 하고 미소가 지어질 것도 같았다.

다인은 봄을 그다지 좋아하지 않았다. 온 세상에 환하게 만개한 꽃들이, 어둡고 춥고 황량했던, 죽음과 같았던 겨울은 잊어야 할 때라는 듯 눈부시게 빛났다. 봄에는 다들 새로운 희망과 도전 그리고 시작을 이야기했다. 하지만 어쩌면 봄은 마지못해 꽃을 피우는 것인지도, 과거의 깊은 어둠을 여전히 기억하고 있을지도 모른다. 다시금 볼품없어지는 한이 있더라도, 자신의 방식으로 역할을 다하기 위해 낑낑대면서 봄이라는 본분을 충실히 수행하고 있을 뿐일지도 모른다.

대부분의 사람들은 봄이 희망의 메시지를 가지고 왔다고 감격하곤 했다. 봄이 되면 우울함과 실패, 좌절과 낙담을 딛고 일어설

시간이라고 했다. 과거의 시간은 깨끗하게 정리하고 털어버리라며, 새로운 희망과 목표를 손에 쥐여주려고 했다. 세상은 다인이 봄을 맞은 새 건물처럼 반짝반짝하고 세련된 미소를 지어주길 기대했다. 버려진 곳간채 창고 같은 건 그만 잊어버리라고……. 그래서 당연히 곳간채 창고도 사라졌을 거라고 생각했는데…….

그런데 아직 있었다. 모습만 약간 바뀐 채로 매화나무와 다정하게 서 있었다. 반들반들한 주춧돌이 과거의 시간을 기억하고 있는 듯 잠자코 있었다. 다인은 눈물을 꾹 참았다. 예전에 그랬듯 할머니가 이제 왔냐며 도닥여 주는 것만 같았다. 할머니가 했던 말이 문득 떠올랐다.

'매화는 말이야, 봄이 오기를 제일 기다리는 아이야. 목을 빼고 기다리다가 언덕 너머로 봄이 올 기미가 보이면 얼씨구나 하고 꽃을 피워내지. 그러다 꽃샘추위에 눈이 펑펑 내리기라도 하면 꽃잎이 젖어서 가련해 보이기도 하고. 그런데 할미는 그래서 매화가 좋더라. 곁에 두면 봄을 덩달아 기대하게 되거든. 봄이 오는 기척을 누구보다 먼저 눈치채는 꽃이기도 하고. 꽃샘추위 따위는 두렵지 않다는 듯 온 힘을 다해서 꽃을 피워내는 기개가 근사한 아이지.'

"혹시…… 서진아 작가님이세요?"

뒤편에서 커다란 종이 박스를 내려놓으며 유진이 말을 걸었다. 북 스테이 오픈 기념으로 서진아 작가가 이틀 밤을 소양리 북스 키친에서 보내고 후기를 남기기로 했다. 마케팅의 일환이었다. 유진은 작가로부터 오늘 오후 5시 도착 예정이라는 문자를 받았다. 그래서 가오픈 상태인 소양리 북스 키친 앞에 멍하니 서 있는 여자를 보고 서진아 작가가 예정보다 빨리 온 건가 했다.

앞에 서 있던 여자가 뒤로 돌며 대답했다.

"아, 저는 그냥 지나가다가……."

유진은 자신을 돌아보는 얼굴을 자기도 모르게 빤히 쳐다봤다. 어디선가 많이 본 얼굴이었다. 슬로 모션으로 보이는 것처럼 천천히 표정이 보였다. 텔레비전을 잘 안 보게 된 지 5년이 넘긴 했지만, 겨울 햇살이 머무는 것처럼 투명하고 하얀 얼굴에 밋밋한 디자인의 검은색 롱 패딩을 마치 모델처럼 소화하는 것을 보니 연예인인가 싶었다. 그때 박스를 들고 뒤따라오던 시우가 깜짝 놀라며 멈춰 섰다.

"어, 다이앤이 여기에 어떻게 오셨……. 아니 이게 무슨, 헐!"

시우는 횡설수설하며 박스를 바닥에 툭 내려놓았다. 손바닥으로 입을 틀어막듯 가리고 고개를 세차게 흔들며 어쩔 줄 모르는 그를 보며 여자는 여유로운 미소를 지었다. 모르긴 해도 수도 없이 겪은 일인 듯했다.

다인은 자신에게 작가님이냐고 묻는 눈앞의 여자가 자신이 누구인지 한 번에 알아보지 못했다는 사실에 조금 신기했다. 다인은 '저 사람이 땅을 산 사람이로구나.' 싶었고, 이내 마음이 놓였다. 야무져 보이는 입술과 선량해 보이는 눈매를 가진 여자를 보니 속이 깊고 말이 많지 않아 보였기 때문이다. 할머니가 보았다면 한눈에 마음에 들어 했을 타입이었다.

다인은 그제야 발끝에 붙어 떨어지지 않던 그림자를 털어낸 듯한 기분이 들었다. 다인은 살짝 미소 지었다. 레드 카펫이 깔린 음악 시상식이나 화장품 광고 촬영장의 카메라 앞에서 짓는 표정이 아니었다. 그 미소는 안도의 한숨과 닮아 있었다.

"아, 그러니까 여기가 할머니 집이었다고요? 신기하네요."

"네, 여기 뒷마당 감나무에 올라간다고 낑낑대다 떨어진 적도 있어요. 가을에 친언니랑 밤을 따러 산에 올라갔는데, 알밤이 나오는 게 신기해서 밤송이에 잔뜩 찔려가며 해가 질 무렵까지 있기도 했어요. 나비 잡는다고 잠자리채 휘두르다 소똥 가득한 텃밭에 발이 빠지기도 했고요."

다인은 소양리 할머니 집에서의 추억을 떠올리며 재잘댔고, 유진은 다인의 어린 시절 모습을 엿보는 듯한 기분으로 이야기를 들었다. 원피스보다 멜빵바지를 좋아했다는 꼬마는 나무에 오르는 걸 두려워하지 않았고 텃밭에 빠지고도 깔깔대며 웃었다.

"진짜 할머니 집에 와 있는 기분이에요. 왠지 어색하지가 않은 느낌인 거 있죠."

"그런 것 같아요. 지금 다이앤 씨, 되게 신나 보이네요. 하하."

"아, 편하게 다인이라고 부르세요. 여기서는 왠지 그렇게 불리고 싶네요. 인터뷰를 하거나 일기를 써도 옛날 일을 돌아볼 기회는 별로 없거든요. 근데 오늘 여기 와보니까 할머니 집에서의 일들이 한꺼번에 기억나요. 그때의 제가 여기 어딘가를 쫑쫑거리며 돌아다니는 것 같은 느낌도 들고요."

얇은 회색 줄무늬가 그려진 머그잔에서 고소한 아메리카노 향이 올라왔다. 근처 유명 와플 가게에서 사 온 시나몬 와플과 호두 파운드케이크가 앞에 놓여 있어서 달콤한 향이 커피 향과 어우러져 은은하게 퍼졌다. 다인은 커피를 한 모금 마시더니 주변을 돌아보다 유리창 바깥으로 보이는 매화나무에 눈길을 주었다.

"그리고 저 매화나무 기억나요. 할머니가 참 아끼셨거든요. 할머니가 대청마루에 앉아서 고추를 다듬고 콩을 까는 동안, 매화나무가 할머니 뒤편으로 배경처럼 서 있었어요. 봄에 제일 먼저 꽃이 피는 나무라고 알려주신 것도 할머니였고요……."

다인은 매화나무가 보이는 유리창 앞으로 가서 매화꽃이 맺히기 시작한 나뭇가지를 애틋한 눈길로 바라봤다. 유진도 옆으로 와서 나란히 섰고, 창문을 열었다.

"저 매화나무 세 그루는 처음부터 건드릴 생각이 안 들었어요. 오래된 나무인 것 같은데, 너무 곱고 아름다워서요. 사실 여기 원래 있던 별채 창고인가? 곳간채로 불리던 곳도 터전을 그대로 보존하면서 그것만 한 크기로 작은 카페를 올렸고요."

"네, 주춧돌이 그대로 남아 있더라고요. 그거 보고 솔직히 울컥했어요. 저 숨바꼭질할 때 여기 많이 숨었거든요."

다인이 진심으로 반가워하는 눈빛이라 유진도 절로 미소가 지어졌다.

"원래 곳간채가 있던 공간을 작은 카페로 만들어 테이크아웃하는 고객을 대상으로 서비스를 하자는 아이디어는 이 친구가 냈어요. 여기 1호 스태프인 시우예요."

유진이 한마디 거들어 주자, 다인은 시우를 바라보며 환하게 웃었다. 시우는 사춘기 소년처럼 수줍게 따라 웃었지만 다인과 눈이 마주치자 이내 머릿속이 하얘졌는지 아무런 말도 하지 못했다. 유진은 시우의 모습을 보니 어이가 없어 웃음이 계속 새어 나왔다. 다인은 시우에게 고맙다고 재차 인사한 뒤 미소 지은 채 말을 이었다.

"할머니 집에만 오면 제가 잠을 잘 잤거든요. 사실 제가 불면증이 있어요. 이유를 아직 정확하게는 몰라요. 심리 상담도 받아보고 약도 먹어봤는데, 잠시 잠깐 효과가 있다가 결국 제자리로 돌아온

게 몇 번인지 몰라요. 근데 할머니 곁에만 있으면 잠이 솔솔 몰려왔어요. 할머니가 3년 전부터 요양원에 가 계시다가 1년 전에 하늘나라 가셨거든요……. 가끔 꿈에 할머니 집이 나오곤 했어요. 항상 정다운 햇살이 내리쬐고, 할머니는 곱게 한복을 입으신 채로 아무 말 없이 빙긋 웃고 계셨죠. 그러면 꼬마 시절에 갔던 밤나무 숲 냄새가 나고, 어스름한 보랏빛과 붉은빛이 뒤섞여 물들던 세상에 제가 있는 거예요. 그런데 이제 그런 할머니 집이 없어졌다고 생각하니 너무 아쉽고 뭔가 억울해서, 새벽에 잠에서 깨면 해가 뜰 때까지 다시 잠이 들지 못했어요."

"……그랬군요."

유진은 자신이 잘못한 것은 아니지만 왠지 미안한 마음이 들었다. 누구에게나 지키고 싶은 추억이 있는 법인데, 자신도 모르게 누군가의 추억에 선을 넘는 행동을 하고 만 것 같은 느낌이었다. 유진은 말을 이었다.

"사실 저도 비슷했어요. 소양리에 오고 나서 누가 잠을 재워주는 것처럼 단잠을 잤거든요……."

다인이 유진을 마주 보며 끄덕이면서 웃었다. 아련한 추억을 담은 침묵이 내려앉았다. 이곳 어딘가에 아직 남아 있는 할머니의 숨결이 부드럽게 공간을 감싸는 듯했다.

다인이 부드럽게 웃으며 질문을 던졌다.

"아, 그런데 어쩌다가 여기 땅을 사게 되신 거예요? 아랫동네

신길리에 고속도로와 바로 연결되는 국도가 뚫려서 이제 소양리 땅은 다들 관심 없을 줄 알았거든요."

유진이 빙긋 웃었다. 머릿속에 자그마한 와플 가게가 팝업 창처럼 떠올랐다.

* * *

"아니, 그러니까 뭔가 방법이 좀 없을까요?"

"시간이 너무 촉박하니까 그렇지요. 아니, 오늘이 5월 12일인데 6월 1일까지 무조건 계약이 완료되어야 한다니요, 사장님."

사장님이라 불린 사내는 얼굴이 약간 벌게진 상태로, 기다란 테이블 위에 놓인 동그란 물잔을 들어 소주 마시듯 물을 입 안으로 털어 넣었다. 입고 나온 은회색 양복은 분명히 고급 양복인 것 같은데, 사이즈가 작아서인지 불편해 보이고 태가 나지 않았다. 와플 가게 여자 사장님이 부엌에서 흘낏거리며 이쪽 테이블을 바라봤다. 싸움으로 번지는 건 아닌지, 어느 시점에 끼어들어야 하는 건지 고민하는 눈치였다.

얼굴이 벌게진 사내가 말을 이었다.

"저희 형제자매가 이렇게 한 번에 모일 수 있는 게, 딱 이때쯤이라고 한 달 전부터 말씀드렸잖습니까. 한 달이 뭐야, 석 달은 되었겠네. 큰형님네 가족이 다시 미국에 들어가고 나면, 언제 다시

나올 수 있을지 깜깜이라니까! 아휴."

조곤조곤 말하던 남자도 더는 참기 어렵다는 듯 목소리에 짜증이 묻어나기 시작했다.

"아니, 저희도 백방 알아봤죠. 주변에 소문을 있는 대로 죄다 냈어요. 다른 지방에 사는 지인들한테도 불쑥 연락하기까지 했다니까요. 지인 건너 아는 분이 대전에 사는 분인데 웬만하면 땅을 사고 싶다고 하셔서, 제가 온종일 시간 빼서 토지랑 주변 동네를 얼마나 열심히 알려드렸는데요. 그런데 일주일 동안 묵묵부답이더니 어제 불쑥 전화 와서 이번에는 어렵다고 하시는 거예요······."

반대편에서 열심히 답변하며 어쩔 줄 몰라 하는 사람은 40대 후반 정도로 보이는 남자로 푸근하고 네모진 얼굴에 선해 보이는 큰 눈이 돋보였다. 그는 긴장되는지 연신 이마를 훔치며 땀을 닦고 있었다. 붉은빛이 도는 얼굴은 시골 햇살에 바짝 탄 듯했다. 그는 조곤조곤한 말투로 말을 천천히 이어갔는데, 말이 빠르고 거친 은회색 양복의 사내에게 기가 눌리는 모양이었다.

"아니, 그러니까요. 여러 사람을 후보군에 좀 올려놓고 다 보여드리고 그래야죠. 저희도 이렇게 모두 모이기가 여간 어려운 게 아닙니다. 어머님 돌아가신 지 100일이 넘었는데, 이번에 이거 해결 안 되면 형제 간에 재산 싸움 난다니까요."

"네, 사장님. 저희도 무슨 말씀인 줄 압니다. 아니까, 저희도 백방으로 알아보고 다른 지역에 지인까지 끌어서 물어보고 했지요.

땅을 보여준 횟수로만 따지면 어림잡아도 20번은 넘어요."

몇 번이나 했던 말을 반복하는 게 지치는 듯, 설명하던 남자는 대답하면서도 열의가 떨어졌다.

"땅을 본 사람들이 불만인 게 뭡니까?"

은회색 양복을 입은 사내가 의자를 바짝 끌어당기고 몸을 앞으로 기울이며 물었다.

"글쎄요, 손님들께서 이유야 상세히 말하는 법이 있겠습니까마는…… 아무래도 토지 크기가 부담스러우신 것이 아닐까 싶습니다. 사실 여기 부근에 요즘 타운하우스 부지로 나온 75평이나 50평짜리 땅도 많고 한데…… 선생님 땅은 250평이다 보니 사이즈가 크죠……. 게다가 여기는 교통이 아무래도 아랫동네보다는 좀 불편하지 않습니까. 산자락을 1km씩이나 올라와야 하는 데다, 주변에 편의 시설 하나 없고요."

그러자 은회색 양복의 사내는 답답한 듯 남은 물을 벌컥벌컥 들이켰다.

대화가 잠시 끊겼다. 활짝 열린 창문 너머로 산들바람이 불었고, 와플을 굽느라 분주하던 주방도 어느새 조용해져 있었다. 자그마한 와플 가게에는 따뜻하고 달콤한 공기가 떠다녔지만, 두 남자 사이에 놓인 아이스크림 와플은 외로운 꼬마 아이처럼 덩그러니 놓여 있을 뿐이었다. 동그란 바닐라 아이스크림이 한쪽으로 흘러내리며 산사태가 난 모양이 될 때까지 두 사람은 잠자코 각자의 생각에 잠겨 있었다.

유진 앞에는 큼직한 시나몬 와플이 반쯤 남아 있었다. SNS에서 여기 와플 가게가 스테이크 두께만 한 와플로 유명하다고 소문이 났기에 문 여는 시간에 맞춰서 찾아왔다. 달달한 시나몬 와플과 고소한 아메리카노 조합은 정말 추천할 만했다. 와플 맛은 말할 것도 없었다.

처음에는 그냥 재미있어서 옆자리의 이야기를 듣기 시작했다. 아저씨들 목소리가 워낙 또랑또랑한 데다 가게도 자그마한 터라 듣지 않는 게 불가능한 상황이기도 했다. 게다가 딱히 할 일도 없었다. 유진이 앉은 둥근 테이블과 아저씨들이 앉은 기다랗고 네모난 테이블의 거리는 수줍은 구경꾼이 짐짓 아무것도 안 들리는 척하며 앉아 있기에 적당했다.

그런데 이야기를 들으면서, 유진의 마음속에 서서히 진동이 몰려왔다. 처음에는 나비가 나풀거리며 날아가는 정도의 잔잔한 떨림이었지만, 이내 지진이라도 날 것처럼 강력해졌다. 핸드폰 알람이 울려대는 기분이었다. 유진의 트렌치코트에는 아직 그날 새벽의 마이산 공기가 스며들어 있었고, 아침 햇살은 유진에게 희미한 목소리로 속삭이는 듯했다.

유진은 허리를 곧추세우고 핸드폰으로 몇 가지 내용을 검색한 뒤 계산기 앱을 꺼내 뭔가를 계산했다. 최종적으로 뜬 숫자는 위험을 최소화하는 방안처럼 보이진 않았다. 하지만 누군가가 모험을 떠날 용기를 갖기에 충분한 데이터란 세상에 없는지도 모른다. 뭔가를 결정한다는 건 미지의 위험을 받아들이겠다는 의지 표명일 테니. 유진은 핸드폰을 집어 들고 조용히 일어났다. 그리고 두 남자가 여전히 각자의 생각에 잠겨 있는 테이블로 천천히 다가갔다.

"저기…… 말씀 중에 죄송한데요, 그 땅이요, 혹시 좀 볼 수 있을까요?"

유진의 말에 두 사람은 약속이나 한 듯 서로 눈을 마주쳤다. 한 명이 먼저 엉거주춤 일어나서 눈을 반짝이며 말했다. 마음이 급했는지 무릎을 쾅 부딪치며 일어나는 바람에 테이블이 삐걱거리는 소리가 꽤 요란하게 났고, 접시도 떨어질 듯 달그락거렸다.

"아…… 그, 그럼요! 지금 당장 한번 보러 가실래요?"

* * *

"그래서 그날 땅 돌아보고, 일주일 만에 계약서 도장 찍었죠."

요약해서 얘기하다 보니 유진도 스스로가 어이없어서 피식 웃었다. 지금 생각해 보니, 그렇게 급하게 처리할 간절한 사정이 있는 것도 아니었는데. 다인도 마주 웃었다.

"와, 사장님 추진력 갑이네요. 근데 얘기 들어보니까, 사장님께서 우리 아빠를 만나셨던 것 같은데요. 아하하하!"

"어머, 그럼 은회색 양복 사장님이……?"

둘은 폭소를 터뜨렸다. 그때 유진의 핸드폰이 지잉 하는 소리를 내며 진동했다. 액정 화면에는 "서진아 작가"라고 글씨가 떴다. 유진은 잠시 양해를 구하고 일어나 한쪽 옆에서 전화를 받았다. 오후 5시에 오기로 했던 작가는 출발하려다가 주차장에서 멀쩡하게 서 있는 다른 차를 긁는 바람에 보험 처리하고 정비소에 다녀와야 해서 아무래도 오늘 못 갈 것 같다며 미안해했다. 유진은 작가를 안심시키고 시간을 다시 잡기로 한 뒤 전화를 끊었다.

유진은 다시 테이블로 돌아와 앉았다. 창밖을 멍하니 바라보는 다인의 뒷모습을 잠시 지켜보다 입을 열었다.

"혹시…… 오늘 여기 있다가 가시겠어요? 오늘 오시기로 한 작가님이 못 오실 것 같은데. 가오픈이라 아직 손님은 없거든요."

서진아 작가의 북 스테이를 위해 숙소 동을 모두 정리해 둔 상태였다. 어메니티부터 수건과 드라이기, 전기 포트, 차, 커피까지 빠짐없이 준비되어 있었고 방도 따뜻했다. 더불어 내일 조식도 미리 준비해 둔 상태였다. 다인은 의외의 제안이었음에도 기다렸다는 듯 아이처럼 기뻐하며 매니저에게 곧장 전화했다. 회사에서는 다인이 갑자기 시골에서 혼자 외박을 한다고 하니 당장 걱정부터 했다. 다인은 할머니 집이 있었던 곳에 들어선 펜션이고 아직 가오픈이라 다른 손님이 없으며 보안이 잘되어 있는 안전한 곳임을 설명하며 매니저를 간신히 설득했다.

사실 다인은 앞으로 일주일 동안 휴가였다. 그래서 다인은 하와이로 휴가를 가려고 비행기에 숙소까지 예약해 둔 상태였다. 휴가를 떠나기 하루 전날, 문득 할머니한테 인사를 하러 오고 싶어서 혼자 운전해 시골까지 온 것이었다. 유진은 다인이 매니저에게 비행기표와 호텔 일정을 바꿔달라고 통화하는 것을 들으며 빙긋이 웃음을 지었다.

원래 서 작가가 오면 가려고 근처 한정식집을 예약해 뒀지만, 밖에 나가면 다인이 여러모로 불편할 수 있을 것 같아 집에서 만들어 먹기로 했다. 유진과 시우는 냉장고에서 재료를 있는 대로 꺼냈다. 거창하지는 않아도 한 상 차림은 나올 것 같았다. 다인도 저녁 식사 준비를 돕겠다고 나섰다. 그들은 계란말이에 들어갈 당근을 채썰고, 뭇국에 들어갈 무도 깍둑썰기를 했다. 칼질하는 것이 소꿉놀이하는 아이들처럼 어설펐다. 다인은 음식을 직접 해본 적이 거의 없다고 했다. 솔직히 말해, 계란프라이도 제대로 할 줄 모른다고 고백했다. 다인은 달걀 4개를 널찍한 국그릇에 풀어 넣으면서 까르르댔고, 김이 훅훅 올라오는 냄비 앞에 서서 국간장 간이 적당한지 맛보면서 진지한 표정을 지었다.

부엌이 시끌시끌한 사이 바깥은 해가 내려앉았다.

"뭐 하고 싶은 거 없어요?"

저녁 식사를 하면서 유진이 다인에게 물었다. 다인은 유진이 자신에게 존댓말을 써주는 게 좋았다. 어렸을 때 데뷔를 해서인지 주변 사람들 태반은 처음 보는 사이에도 당연하다는 듯 자신에게 반말했다. 다인은 유진의 눈을 빤히 바라보더니 유진 너머로 어딘가를 바라보듯, 가만히 생각에 잠겼다. 유진은 광고 촬영 중인 연예인의 모습을 구경하는 기분이었다. 일상이 화보라는 말이 진짜구나 싶었다. 유진이 멍하니 쳐다보는데, 다인이 이내 눈을 맞추더니 빙긋이 웃으며 대답했다

"별 보는 거요. 옛날에 할머니 집 오면, 여름밤에 마당 마루에 누워서 별을 구경하곤 했거든요. 쏟아질 듯한 은하수를 보면서, 저기 우주 어딘가에 빛을 보내는 존재가 있는 게 아닐까 생각했어요. 할머니 집에서 별을 한 번 더 볼 수 있다면 좋을 것 같아요."

"아⋯⋯. 별은 여름에 보면 더 좋을 텐데. 3월이긴 해도 밤은 아직 겨울이나 다름없거든요. 꽤 추울 것 같아요. 가수인데 목감기라도 걸리면 어떻게 해요."

다인의 눈에 약간 실망한 빛이 어렸다. 하지만 이내 부드러운 눈빛으로 조용히 고개를 끄덕였다. 실망한 감정을 감추고 현실을 받아들이는 데에 도가 튼 것이었다.

"그렇죠, 맞아요. 너무 추울 것 같긴 해요⋯⋯."

"아, 저기⋯⋯."

그때 시우가 끼어들었다. 이제 시우에게 다인이 더는 여신으로 보이지 않는 것 같았다. 회색 후드 티를 입고 소탈하게 이야기하

는 임다인은 확실히 화려한 무대에 선 프로 가수 다이앤이 아니었다. 시우는 망설이는 듯한 눈빛으로 말을 꺼냈다.

"겨울 침낭이 있긴 한데……. 아, 근데 1년 넘게 한 번도 안 빨아서 좀 민망하긴……. 그러니까 냄새가 음……. 하하하!"

3월의 밤하늘은 매혹적이었다. 약간 어두운 구름이 군데군데 흘러 다녔고, 달이 검은 구름에 휩싸여 보였다가 사라지기를 반복했다. 다만 별은 구름 따위는 상관하지 않겠다는 듯 빼곡히 들어차 있었다.

유달리 밝은 밤이었다. 주변에 가로등 불빛 하나 없었지만, 2층 테라스에서 주변을 바라보니 따로 조명을 켜둔 것처럼 밝았다. 달빛에 나뭇잎이 반짝이듯 하늘거렸고 도시의 소음이 사라진 공간은 바람에 사각대는 나뭇가지 소리와 멀리서 우엉우엉 우는 새소리가 채우고 있었다.

유진은 쉰 냄새와 곰팡내가 섞여 나는 듯한 침낭에 들어가 누운 채, 얼굴만 빼꼼히 내밀었다. 하늘은 말 그대로 별바다였다. 하늘 너머에 이렇게 수많은 별이 존재한다는 사실을 머리로 아는 것과 실제로 눈으로 보는 것은 차원이 달랐다. 유진은 미처 몰랐던 하늘의 비밀을 몇십 년 만에야 알게 된 느낌이었다. '틀에 박힌 일상을 보내다가 어느 순간 나도 별 너머로 여행을 가게 될까? 내가 지금 보는 저 별빛 중 어떤 별빛은 이미 사라진 행성의 편지일지도 몰라. 어떤 행성이 존재했다는 흔적을, 그러니까 과거의 순간을 보는 건지도 모르지.' 유진은 생각했다. 우주가 오랜 시간의 틈을 건너 말을 건네고 있었다.

유진과 다인, 시우 셋은 한참 말이 없었다. 침낭은 2개뿐이었기에, 유진과 다인이 하나씩 썼다. 시우는 겨울 니트와 롱 패딩을 겹겹이 껴입고 북 카페에 있는 담요를 몽땅 갖고 와서 바닥에 깔고 누웠다. 어쿠스틱 기타로 연주하는 재즈곡이 블루투스 스피커에서 흘러나왔다. 노래는 별빛 사이로 흐르는 안개처럼 잔잔하게 깔렸다. 아직은 쌀쌀한 이른 봄바람마저 우주가 보여주는 한 편의 장엄한 뮤직비디오를 숨죽여 바라보는 듯했다.

유진은 예전에 바로 이 공간에서 있었을 시간의 흔적을 상상했다. 예전 한옥에서 별을 바라봤을 사람들을 머릿속으로 그려보았다. 다인은 한겨울에도 군고구마처럼 따스하던 할머니를 떠올렸다. 할머니와 함께 별을 보던 여름밤이 머릿속을 맴돌았다. 시우는 노량진 학원에서 나와 걷다가 스러져 가듯 희미한 빛을 내는 별을 물끄러미 바라보았던 밤을 기억했다.

"태어나서 이렇게 많은 별을 본 건 처음이에요."

다인이 침묵을 깼다. 시우도 하얗게 한숨을 토해내며 고개를 끄덕였다. 다인이 말을 이었다.

"……기분이 이상해요. 원래 하늘에는 저렇게 별이 많았을 텐데. 쭉 계속 있었을 텐데. 어떻게 저렇게 별이 많은 걸 잊은 채로 살았을까요."

유진은 압도적인 별바다를 응시하며 마이산 구름바다를 봤던 새벽을 떠올렸다.

"그렇죠……. 신기하죠. 사실 아까 다 하지 않은 이야기가 있어요. 소양리에 여행 왔던 날, 그 와플집에 가기 전에요, 마이산 일출을 보러 갔었어요. 그날 새벽에도 이렇게 별이 총총 빛나고 있었어요. 은하수를 흩뿌린 듯한 별바다는 아니었지만, 짙푸른 바닷빛 하늘 아래 가로등이 일정한 간격을 두고 빛나는 듯한 따스하고 부드러운 별빛이었죠……."

* * *

유진이 마이산 정상에서 아래를 내려다보니 세상은 오래된 비밀을 홀로 간직한 깊은 바닷속처럼 보였다. 산등성이는 까만 그림자가 되어 있었고 산등성이 앞으로는 구름이 수묵화를 그리듯 소복하게 깔려 있었다. 눈길이 머무는 곳마다 진한 새벽이었고, 그 위로 적막이 바다처럼 두둥실 떠다녔다. 잊힌 기억들이 고요한 한 줄기 바람이 되어 이따금 목덜미를 훑고 지나갔다.

하늘은 시시각각 변했다. 어느새 산 뒤편이 서서히 맑은 하늘빛을 띠기 시작했다. 동쪽 산등성이 위로 주황빛이 점차 환해지더니 구름은 새하얀 빛깔을 드러내며 잠시 운행을 멈춘 기차처럼 정지

했다. 산맥 사이로 깔린 안개는 기차가 뿜어낸 연기의 흔적 같기도 했다. 텅 빈 하늘 저편에는 달이 덩그러니 남아 있었다. 이내 햇살이 쏟아지기 시작하자 풍경은 일상의 얼굴로 전환했다. 잠시 정차했던 기차가 시간표에 맞춰 다시 달리기 시작한 듯 가까이에서 새소리가 들려왔다.

　마이산 전망대에서 일출을 보면서, 유진은 안개처럼 희미하게 사라져 버린 미미한 존재들을 떠올렸다. 유진이 밤늦도록 회의하던 공유 오피스는 낯선 사람들의 노트북으로 채워졌다. 자신을 잘 안다고 믿었던 선배와는 끝도 없이 싸웠고 함께했던 사람들은 하나둘 자신의 길을 찾아 사라졌다. 낙엽이 뒹굴던 거리를 말끔하게 청소한 것처럼, 마치 아무 일도 없었던 것 같았다. 유진은 텅텅 비어버린 스타트업 사무실의 풍경과 창업을 열심히 말렸던 선배 컨설턴트와 갔었던 연남동의 작은 와인 바를 떠올렸다. 미미할 정도의 변화부터 시작했지만, 문득 되돌아보면 알아볼 수 없을 만큼 낯설어진 관계와 사물들. 짙은 새벽을 걷어내고 반짝반짝 빛나던 시간을 지나 어느새 빛이 바랜 작고 쓸쓸한 공간들……

***

"……그날 진안 마이산의 구름바다를 보지 않았다면, 전 아무런 결정도 하지 않았을 거예요. 코미디 연극 같은 아저씨들의 대화를 속으로 웃어넘기고 말았겠죠. 전 소양리가 처음이었거든요. 서울에서 태어나 자랐기 때문에 평생 서울에서만 살 줄 알았죠. 소양리 땅 250평을 사는 건 인생 일정표에 없었던 선택지예요."

유진의 얼굴에 희미한 웃음이 떠올랐다. 다인이 핫팩을 얼굴에 갖다 대며 유진의 이야기에 집중했다.

"그때가 내가 이끌던 스타트업이 다른 회사에 인수된 뒤로 두 달간 홀로 멍하니 웅크리듯 지내던 때였어요. 스타트업의 지식재산권이 다른 회사에 팔린 거니까 완전한 실패라고 볼 순 없었는데, 그냥 인생이 허무하고 의미 없이 느껴지더라고요. 그동안 앞만 보고 달려왔거든요. 프로그램 개발하고 클라이언트 설득할 자료를 만드느라 3년 넘게 휴일도 밤낮도 없이 일만 했거든요. 백수가 되고 나서야, 읽으려고 사뒀다가 책장에만 꽂아뒀던 책을 읽었죠. 기구한 인생을 산 여인이 영국 시골 마을에 작은 호텔을 만들고, 다양한 사연을 가진 손님들이 그곳을 찾아와 겨울의 일주일을 보내는 이야기였어요. 그 책을 읽고 근처 어디라도 여행을 다녀올까 싶어서 마이산 일출을 볼 생각으로 소양리에 왔었던 거예요."

깊어가는 3월 밤에는 봄이 끼어들 틈이 없었다. 칼바람에 얼굴이 얼어붙을 것 같았다. 차가웠던 시간이 자동 재생되는 영상처럼 유진의 머릿속을 흘러 다녔다. 유진은 말을 이었다.

"그날 오후에 부동산 아저씨와 함께 소양리 땅을 둘러보는데, 소설 속 주인공처럼 나도 해볼 수 있지 않을까 하는 생각이 드는 거예요. 새벽에 봤던 마이산에 구름바다가 격려해 주는 것만 같았고요."

다인의 매니저는 자정쯤 도착했다. 셋이 테라스에서 내려와 북 카페에서 맥주를 마시기 시작했을 무렵이었다. 시골 밤길을 운전해서 온 여자 매니저는 인상이 부드럽고 친근해 보였다. 싹싹한 태도가 몸에 배어 있었고, 수더분했다. 두툼한 검은색 롱 패딩을 입고 야구 모자를 쓴 모습은 카메라 감독을 떠올리게 했다. 매니저는 다인이 좋아하는 성수동 빵집에서 종류별로 빵을 사 왔고 파티시에가 직접 블렌딩을 했다는 허브티 세트도 함께 가져왔다. 테이블에 전부 늘어놓기에도 벅찼다. 말 그대로 '빵 한 상 가득'이었다.

다인은 환호성을 지르며 뺑 오 쇼콜라부터 냉큼 집어 들었다. 입을 오물거리며 다인은 유진에게 물었다.

"근데 무슨 책을 전시할지 다 정했어요?"

유진은 캐러멜 루이보스 티백을 찻잔에 넣고 뜨거운 물을 부으면서 고개를 가로저었다.

"아직 다 못 정했어요. 생각보다 배송도 시간이 꽤 걸려서 이번

주까지는 주문을 완료해야 할 것 같아요. 아, 좋아하는 책이 뭐예요? 아님 최근에 읽은 책 중에서 좋았던 책이라든가…….”

다인이 잠깐 생각하는 사이에 시우가 정신을 집중하며 눈을 반짝이는 게 보였다. 책 제목이 등장하기를 기다려 머릿속 메모장을 꺼낸 다음에 마음속 메인 책장에 전시해 둘 모양이다.

“저는 최은영 작가님의 《밝은 밤》이요. 읽는 내내 할머니 생각이 났어요. 나한테 ‘할머니’라는 역할로서 말고, 그냥 한 여인으로의 할머니는 어떤 사람이었을지 궁금해지더라고요. 책을 다 읽고 나니까 마음속이 뭔가 따뜻하게 채워진 기분도 들었고요.”

시우가 고개를 끄덕이는 모습이 새까만 눈을 한 푸들을 닮아 있었다. 유진은 웃음을 꾹 참고, 차를 한 모금 마신 뒤 다인을 향해 고개를 끄덕였다.

“그렇죠. 그 책이랑 같이 읽으면 어울리는 책이 고수리 작가의 《우리는 달빛에도 걸을 수 있다》라는 책이에요. 에세이인데, 정말 문장이 얼마나 따뜻한지 몰라요. 《밝은 밤》이 재밌었다면 《파친코》도 취향에 맞을 것 같아요.”

“우와, 어떻게 술술 추천 도서가 나오는 거예요? 꼭 읽어봐야겠어요.”

“저야말로 다인 씨 얘기 들으니까, 손님들에게 책 추천을 어떻게 해야 할지 좀 감이 오네요. 고마워요.”

“시우 씨는요?”

다인이 갑자기 시우를 바라보며 묻자, 시우는 맥주를 마시다가 사레가 들린 사람처럼 뿜어냈다.

"앗, 괜찮아요?"

"아…… 정말 괜찮아요. 아무렇지도 않아요!"

귀가 빨개진 시우는 벌떡 일어나더니 주방에 뒀던 물티슈를 꺼내서 가져왔다. 나머지 셋은 그런 시우가 귀엽기도 하고 재밌기도 해서 깔깔거리며 웃었다. 시우도 "허허." 하고 따라 웃더니 자리에 앉았다.

"……저는 요즘 읽고 있는 책이 있긴 한데, 솔직히 말해서 너무 두꺼워서 한 달째 읽는데도 아직 다 못 읽었어요."

"오, 너 읽고 있는 책이 있었어?"

유진이 장난스레 시우를 바라보며 고개를 까딱였다.

"아우 씨, 누나! 나도 나름 북 카페 스태프라고. 흠, 그러니까 제가 요새 읽는 책은 《그해 여름은 오래 남아》인가……."

유진이 웃음기가 담긴 목소리로 거들었다.

"《여름은 오래 그곳에 남아》 말하는 거지?"

"아, 그 책 건축가 얘기 아니에요?"

매니저가 알은척했다. 유진이 시우를 바라보며 손뼉을 짝 하고 쳤다.

"아, 맞다. 너 건축 전공이지?"

다인이 눈을 동그랗게 떴다.

"건축 전공했어요? 우와, 영화《건축학 개론》보면서 건축 배워보고 싶다는 생각도 했었는데."

시우는 3명의 시선이 집중되자 부담스러워하며 얼른 대꾸했다.

"아, 그런데 건축사 시험도 떨어지고 뭐…… 그냥 전공만 했어요, 전공만. 하하. 그리고 얘기했잖아요, 아직 다 읽지도 못했다고요. 어찌나 두꺼운지……. 하아."

다들 한바탕 웃었다.

이후 어디로 여행 가고 싶은지에 대해서 이야기의 물꼬가 트였고, 하와이로 출발하는 다인을 부러워하다 하와이를 배경으로 하는 무라카미 하루키의 단편소설《하나레이 해변》에 대한 이야기로 이어졌다. 유진은 소양리 북스 키친에서 북 클럽을 한다면 이런 모습이었으면 좋겠다고 마음속으로 생각했다.

별빛 때문이었을까, 아니면 할머니의 숨결이 남아 있는 소양리 북스 키친이기 때문일까. 다인은 오랜만에 푹 잘 수 있을 것 같은 예감이 들었다.

소양리 북스 키친의 객실은 다인을 편안하게 안아주는 것처럼 따뜻하고 깔끔했다. 창문 밖으로 소양리 산자락에 바람이 쏴아아 하고 부는 소리가 조그맣게 들렸다. 다인이 깊은 잠에 빠지기 시작한 건 새벽 2시쯤이었다.

아침은 느릿느릿 시작되었다. 모두 늦잠을 자는 중이었다. 당장 오늘 해야 하는 일은 없었다. 늦잠을 자기로 결의를 하고 잠든 건 아니었지만 아무도 기상 알람을 설정하지 않았다.

새벽부터 봄비가 내리기 시작했다. 을씨년스러운 잿빛 하늘에서 가느다란 빗줄기가 오락가락하듯 흩날렸다. 겨울을 닮은 바람이 불었고 연둣빛 어린 봄 새싹이 어쩔 줄 몰라 하듯 바르르 떨었다. 봉오리만 나온 벚나무는 아무렇지 않은 듯 가지를 흔들어 댔다. 해가 떠오른 지 3시간이 지났지만 진한 회색 먹구름이 블라인드 역할을 톡톡히 해내고 있어 여전히 어둑어둑한 실루엣이 산자락에 깔려 있었다.

소양리 북스 키친의 아침은 할머니의 손길이 닿은 시간처럼 평화롭고 여유로웠다. 드센 바람이 힘을 바짝 세우고 다가왔다가 별다른 힘도 못 쓴 채 사그라졌다. 가느다란 빗방울이 유리창에 부딪히며 타닥거리는 소리를 냈다. 숲속에서 올라온 비를 머금은 피톤치드 향이 어디선가 살금살금 스며들었다.

유진이 제일 먼저 눈을 떴다. 북 카페에서 드립 커피를 내렸고, 어제 매니저가 사 온 시나몬 롤을 몇 조각으로 자른 뒤 전자레인지에 돌렸다. 접시를 꺼내자, 특유의 시나몬 향이 재즈 음악처럼 여유롭게 퍼져나갔다. 따스해진 롤빵은 슈거 파우더와 어우러져 촉촉하고 달콤했다. 아몬드 슬라이스도 들어 있어서 씹을 때마다 고소했다. 집은 조용했다. 아침마다 습관처럼 음악을 틀었지만, 오늘 아침만은 정적이 어울린다고 생각했다. 고소하고 달콤한 시나몬 롤빵 같은 고요함이었다.

유진은 어제 이야기를 나눴던 테이블을 정리했다. 설거지를 하면서 유진은 어젯밤에 봤던 별바다를 떠올렸다. 신비롭고 숨 막히는 광경이, 지금도 먹구름 위에 펼쳐져 있을 것이라는 생각이 들자 기묘했다. 일상은 아파트 분리수거장 모서리 어딘가에 있고 여행은 구름 위 아득한 어딘가에 있을 것 같은데, 사실은 일상 속에 여행이 패키지 상품으로 묶여 있었다니 신기했다. 북 카페에 놓을 책을 박스에서 꺼내서 정리하는 단순하고 일상적인 시간 속에도 별빛은 변함없이 빛나고 있겠지.

부엌 정리가 끝난 뒤에 유진은 북 카페로 나갔다. 아직 정리가 다 안 된 책이 박스 몇 개에 고이 담겨 있는 게 보였다. 유진은 어제 오후 늦게야 배송 온 책 박스 앞에 쭈그리고 앉았다. 테이프만 뜯어놓은 박스 사이로 메이브 빈치의 《그 겨울의 일주일》이 보였다. 유진은 책을 향해 손을 뻗었다. 소양리 북스 키친을 시작하도록 용기를 준 바로 그 책이었다.

유진은 책 표지를 가만히 쓰다듬으며 다인을 생각했다. 책 표지에는 평화로운 풍경이 일러스트로 담겨 있었다. 초록색 체크무늬 테이블보가 단정하게 깔려 있고, 영국식 찻잔에 진한 아메리카노가 찰랑거렸다. 커피 옆으로는 샐러드가 놓여 있고, 커다란 창문 밖으로는 바다가 넘실대는 풍경이 보였다.

유진은 다인이 파도 소리를 실어 나르는 그곳을 여행하길 바랐다. 고양이가 한가로이 창밖을 바라보며 생각에 잠겨 있고, 장난감 같은 벽돌색 지붕의 자그마한 집들이 다다다닥 붙어 바다 내음을 나누고 있는 마을에서 잠시 쉴 수 있길 바랐다. 다인이 책을 펼치면 등장인물들이 반갑게 맞아줄 것이었다. 어쩌면 이 책은 오랜 시간 동안 다인을 향한 여행을 해온 것인지도 몰랐다. 유진은 페이지를 스르륵 넘겨보다가 한 문장에서 시선이 멈췄다. 마치 문장이 자신을 불러 세운 것 같았다.

여긴 생각하기에 좋은 장소야. 바닷가에 나가면 더 작아진 기분이 들거든.
내가 덜 중요해지는 것 같고. 그러면 모든 것이 알맞은 비율을 되찾게 되지.

유진은 그 페이지에 책갈피를 꽂아둔 채, 금빛 물방울무늬가 반짝이는 진한 빨간색 포장지로 책을 포장했다. 그리고 줄무늬가 없는 노트 한 장을 찢은 뒤 손바닥 크기만 하게 자르고 볼펜으로 꾹꾹 눌러 짧은 편지를 썼다.

'당신만의 곳간채 창고를 찾길, 그곳에서 파도 소리를 듣길, 할머니의 손길을 닮은 따스한 순간을 만나기를 바라며……'

봄비가 내리는 그날, 어스름이 내려앉기 전에 다인은 매니저와 함께 소양리 북스 키친을 떠났다. 유진이 선물한 물방울무늬 포장지에 쌓인 책 한 권을 트렁크에 넣은 채로.

차가 사라지는 모습을 바라보며 시우와 유진은 몽롱한 꿈에서 깨어나는 기분이었다. 다인은 아마도 파도 소리가 들리는 하와이에서 이 책을 읽게 될 거라고 유진은 생각했다. 화려한 찬사가 매일같이 쏟아지지만 외롭고 불안한 정상의 자리에서, 다인이 가면을 쓰지 않고도 행복한 미소를 지을 수 있길 바랐다. 바쁜 하루에도 틈틈이 이야기 세계로 들어와 소박하고 따스한 식사와 차 한잔을 즐길 여유를 가지길 바랐다.

다인이 떠나고 유진은 소양리 북스 키친을 돌아보았다. 침낭 속에 누워서 별을 본 게, 불과 하루도 지나지 않았다는 사실이 놀라웠다. 그리고 소양리 와플 가게에서 부동산 가게 아저씨와 땅 주인인 아저씨를 우연히 마주친 날이 불과 열 달밖에 안 됐다는 것도 믿기지 않았다.

유진은 다인과 둘러앉았던 북 카페의 원목 테이블 앞에 앉았다. 다인이 할머니의 손길이 담긴 한옥과 소양리 북스 키친이 배턴터치를 한 듯한 느낌이 들었다. 다인이 할머니의 손길이 여전히 이곳에 머물고 있다는 것도 느낄 수 있었다.

옅어진 구름 뒤로 희미한 노을이 지고 있었다. 유진은 일어나 커다란 통유리 창과 작은 부엌 창을 죄다 활짝 열었다. 오늘은 3월이 반으로 접힌 15일. 저녁 어스름에 부드러운 봄바람이 매화의 은은한 향기를 담고 몽글거리듯 북스 키친으로 들어왔다.

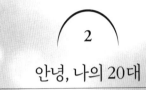

2

안녕, 나의 20대

직장 생활 4년 차인 나윤은 쳇바퀴 같은 회사 생활에 점점 익숙해짐과 동시에 질려가고 있었다. 솔직히 말해 회사에 크게 문제는 없었다. 나윤이 다니는 회사는 좋은 프로그램과 복지 제도가 많은 IT 회사이다. 하지만 나윤은 요즘 들어 매사에 의욕이 생기지 않았다. 이 회사에서 자신의 역량을 모두 발휘하고 온 마음을 바치고 싶지가 않았다. 다들 얘기하는 슬럼프가 온 것 같았다.

　복지 혜택은 누리고 적당히 회사에 다니고 싶은 게 솔직한 심정이었다. 이직이 필요할까 싶기도 한데 사실 그것도 귀찮았다. 회사에서 나윤을 괴롭히는 이상한 상사도 없고 하는 일이 딱히 싫은 것도 아니었다. 이직한다고 회사가 천국 같은 곳으로 바뀌지는 않는다는 사실도 알고 있다. 다만, 서른 살을 코앞에 둔 지금의 모습이, 자신이 스무 살 때 상상했던 서른 살의 모습이라고는 자신할수 없었다.

서른 살에는 성공한 커리어 우먼의 모습일 것이라고 막연히 기대했다. 실크 블라우스에 검은색 치마를 입고 세상의 어려운 일은 다 해결하는 슈퍼우먼의 모습일 것이라고 상상했는데, 현실은 4년 내내 자잘한 업무만 처리하는 막내 자리였다. 혼자 결정해서처리할 수 있는 일은 거의 없었다. 정해진 절차와 결재 라인을 따라서 처리해야 하는 일이 대부분이었다.

"백 세 시대라잖아. 50대에 들어서면 회사는 잘릴까 봐 눈치 보면서 다닐 것 같고…… 남은 50년 뭐 먹고 살아야 하지? 애가 대학생 되면 나는 쉰둘인데, 뭐라도 해야 하나 고민이다……."

아들 둘 아빠인 이 과장이 한숨을 쉬며 말끝을 흐렸다. 점심시간에 주식 투자와 부동산 정책에 이어 가장 많이 등장하는 이야기 소재는 퇴직 이후의 인생 계획이었다.

"그러게요. 임원 보면 MBA 출신도 꽤 되는데……. '지금이라도 준비를 해봐야 하는 걸까?' 하는 고민이 돼요……. 차라리 유튜브 영상 편집 기술이라도 배우는 게 나으려나요."

3년 차 소프트웨어 엔지니어 윤영도 진지한 표정으로 이 과장의 말을 받았다. 나윤은 토핑으로 크림을 잔뜩 얹은 따뜻한 모카 라테를 마시다가 테이블에 내려놓았다.

"카페 차리려면 얼마 정도 들까요? 지난번 바르셀로나로 휴가 갔을 때 먹은 스페인 가정식 엄청 좋았거든요. 이태원이나 경리단 길에 내면 수지가 맞을까요? 하아, 전문직이 부러워요. 정년도 없고……."

허탈한 표정을 짓는 나윤의 말을 이 과장이 싹둑 잘랐다.

"의사나 변호사라고 다 괜찮을 것 같아? 폐업하는 병원이 얼마나 많은데. 변호사도 결국은 영업을 해서 실적을 내야 하니까 압박이 엄청나. 실적에 따라서 수당을 받는 거라, 워라밸이 엉망일 수밖에 없다고. 대형 로펌 다니는 내 친구 놈도 얼마 전에 과로로 쓰러져서 입원했다더라고."

나윤은 점심시간이 끝나고 사무실에 들어와 자리에 앉았다. 일단 오늘까지 끝내야 하는 '연간 개인 업무 목표'를 인사 시스템에 입력해 놓고 나서 노후 계획은 저녁에 고민하자고 생각했다.

하지만 퇴근하고 나면 아무런 생각도 나지 않았다. 정말 말 그대로 아무런 생각도. 집에 들어가면 그냥 침대에 드러눕고 싶은 마음뿐이었다. 1분기 실적 보고가 다음 주인데, 아직 제대로 준비되지 않은 보고서의 빈 공간이 계속 찜찜하게 머릿속을 맴돌았다. 제시간에 자료를 보내지 않는 다른 부서 사람들 얼굴이 떠오르며 짜증이 슬며시 고개를 들었다.

배달 앱으로 맛집 검색을 하고 밥을 먹으면서 요즘 인기 있는 드라마에 푹 빠져 있다 보면 금세 졸음이 몰려왔다. 빨래도 못 했고 내일 입을 옷도 못 정했는데, 1년 뒤에 뭐 할지 계획을 세우는 건 뭔가 비상식적 행위가 되었다. 언젠가 먼 훗날, 생각해 볼 수도 있겠지……. 그래, 뭔가 때가 있을 거야. 생각하다가 나윤은 잠이 들었다.

* * *

"소양리? 거기가 어딘데? 리█면 엄청 시골 아니야? 오늘 우리 근처에서 벚꽃 보는 거 아니었어?"

눈이 동그래진 나윤 앞에서 찬욱과 세린이 장난스럽게 킬킬거리고 있었다. 브런치 카페에서 만난 게 아니었다면 소리 높여 깔깔거렸을 기세였다. 둘은 비밀 임무를 완수한 요원들처럼 기세 좋게 손뼉을 마주쳤다.

찬욱이 들떠서 답했다.

"힙하게 떠나보는 거야. 계획 없이 일단 고! 언제 또 계획도 없이 훌쩍 떠나볼 수 있겠냐, 응? 결혼하고 애 낳으면 30대가 훅 가고 없다더라."

토요일 오전 11시, 셋이 머리를 맞대고 앉은 판교 브런치 카페에는 4월을 닮은 샹송이 느긋하게 흐르고 있었다. 뜨악해하는 나윤을 바라보며 찬욱이 잽싸게 말을 이었다.

"나윤아, 실은 시우가 어제 전화 왔었어."

"뭐라고? 시우가? 정말이야?"

"어, 잠수 타던 그 자식이 지금 소양리에서 펜션 스태프인가 뭔가 한대. 3년 넘게 연락 끊고 살더니 어제저녁에 연락 왔더라고. 시우한테 가자. 그 자식 얼굴이라도 좀 봐야 마음이 놓일 것 같기도 하고. 서른이 되기 전에 우리 같이 여행 가자고 말했잖아. 이러다 마흔 되어도 못 간다. 이 오빠가 오늘 엄마 차도 빌렸다는 거 아니냐. 지금 바로 그냥 출발하기만 하면 된다고!"

찬욱이 말하면서 자동차 키를 눈앞에 흔들어 댔다. 나윤은 왠지 모르게 화도 나고 반갑기도 해서 어떤 표정을 지어야 할지 알 수 없었다.

"아우, 시우 이 자식. 눈에 보이기만 해봐, 진짜 가만 안 둘 거야."

세린은 그런 나윤을 보면서 이미 나윤이 마음의 결정을 내린 걸 눈치챘다. 세린은 갑자기 응원단장이라도 된 것처럼 몸을 들썩이며 외쳤다.

"지금 당장 출발하자고. 고고고!"

찬욱이 차 오디오의 볼륨을 높였다. 대학교 다닐 때 매일같이 듣던 곡이 줄줄이 흘러나왔다. 이내 버스커 버스커의 〈벚꽃 엔딩〉이 흘러나오고 자동차 안은 광란의 콘서트장으로 변한 것 같았다. 이 곡이 이렇게 흥이 넘치는 곡이었던가. 〈벚꽃 엔딩〉 도입부가 흘러나오기 시작하자 셋은 소리를 지르듯 목청 높여 노래를 따라 부르면서 정신없이 웃었다.

벚꽃이 만개한 4월의 토요일 오후 2시. 20대 마지막 즉흥 여행의 막이 오르고 있었다. 활짝 핀 새하얀 벚꽃이 조금씩 바람에 날리는 중이었다. 스튜디오 지브리 애니메이션의 한 장면처럼 꽃잎이 나풀대며 떨어졌다. 나윤은 어제 바로 이 시간에 독서실처럼 조용한 사무실에서 노트북으로 다음 주 월요일에 진행되는 주간 업무 회의 내용을 업데이트하고 있었다는 사실이 믿기지 않았다.

나윤은 소양리가 어디에 있는지 몰랐지만 상관없었다. 거기에 시우가 있다고 했으니까, 그걸로 됐다. 그들 넷이 한자리에 모여 앉을 수 있다면 그걸로 충분했다. 나윤은 각자의 스물아홉 살에서 기쁨과 슬픔을 감당하며 분투하고 있을 찬욱과 세린을 바라봤다. 소양리에 있다는 시우를 떠올렸다. 그리고 스물한 살, 스물두 살, 스물세 살의 추억들에게 안녕이라고 말을 걸었다. 만개한 벚꽃은 신나는 댄스 음악의 하이라이트 구간을 닮아 있었다. 구불구불한 국도 어딘가를 달리며 나윤은 오랜만에 가슴이 쿵쾅댔다.

* * *

유진은 골든 리트리버 강아지처럼 신이 난 시우를 보며 고민에 빠져 있었다. 시우의 대학교 절친 찬욱이 1시간 뒤에 도착한다고 전화가 온 게 30분 전이었다. 찬욱과 시우는 대학교 광고 동아리에서 알게 된 친구 사이로, 피시방에서 게임하며 무수한 날밤을 함께 지새웠던 끈끈한 사이라고 했다. 같은 동아리에서 활동하며 친해진 여자 친구 둘도 함께 온다고 했다.

"아, 근데 지금 벚꽃 시즌이라 북 스테이는 주말 예약까지 꽉 차 있는데. 어떻게 하려고?"

"가족 같은 애들이야. 안 추우면 텐트에서 자고 추우면 내 방에서 같이 자면 되지!"

"넷이서 한 방에서 잔다고? 그분들도 이 사실을 알고 계시니? 다들 일어서서 잠을 잘 생각인 거지?"

"음, 좁긴…… 하겠네. 어차피 얘기할 때는 2층 테라스에서 있을 거고, 잠잘 때만 여자애들이 내 방에서 자게 하지, 뭐. 나랑 찬욱이는 테라스에서 침낭 깔아놓고 텐트에 들어가서 자면 되니까 걱정 마. 일종의 캠핑이지!"

"지금 네가 말하는 텐트라는 게…… 저거야?"

유진은 어이없다는 표정으로 정원에 소품용으로 놓아둔 인디언 텐트 3개를 가리켰다. 시우는 해맑게 고개를 끄덕이면서 1인용 텐트라서 2층 테라스로 옮기기도 간편하다고 말했다. 뿌듯함을 감추지 못하는 해결사의 얼굴을 바라보며 유진이 어이없다는 듯 대꾸했다.

"시, 시우야? 저건 진짜 인테리어용 소품이야. 거기 안에 매트리스 하나 없고 불편해서 어떻게 자려고? 2층 테라스 바닥이 타일이잖아. 게다가 산에서 내려오는 바람도 만만치 않을 거고, 새벽에는 이슬에 젖어서 힘들 텐데……. 차라리 2층 거실 소파에서 자는 게 낫지 않아?"

유진은 걱정부터 됐다. 시우는 어쩌면 저렇게 뭐든 가능하다고 떵떵거리고 소리치고 느긋할 수가 있는 건지. 하나부터 열까지 세팅이 되어 있어야 안심이 되는 유진은, 일단 부딪쳐 보고 필요한 게 뭔지 생각하기 시작하는 시우와 극과 극의 성격이었다. 걱정 리스트부터 줄줄 읊는 유진을 쳐다보면서, 시우는 느긋한 표정으로 담요와 여분의 이불을 챙기기 시작했다.

"누나, 대학교 엠티 갔을 때 바닥에 프리미엄급 매트리스가 깔려 있었어? 우린 아직 20대야. 아직 쌩쌩하다고. 길바닥에서 하룻밤 잔다고 허리가 나가고 입 돌아갈 나이는 아니야. 그리고 정 안 되면 그냥 차에서 잔다고도 했어. 주차만 하게 해달라고. 그런데 누나, 즉흥 여행으로 여길 온다잖아! 서프라이즈로 준비 없이 막 떠나서 바로 나를 만나러 온다는 거! 캬~ 진짜 너무 멋지지 않아? 걔네도 큰 기대 없이 올 거야. 우리 넷이 밤새도록 얘기할 수 있는 공간만 있으면 되는 거라고, 응?"

속사포처럼 읊더니 시우는 잽싸게 물건을 챙겨 2층 테라스로 올라갔다. 언제 왔는지 형준도 무심한 얼굴로 알전구가 담긴 상자를 나르고 있었다. 유진은 시우의 말에 전적으로 동감한 건 아니었지만, '20대 즉흥 여행'이라는 콘셉트에 마음이 약간은 편해졌다. 혼자만의 시간을 갖고 싶어서 가시가 돋친 채 오는 예민한 손님은 아니란 얘기였다.

유진은 찬장 위를 뒤져서 빨간색의 커다란 우드 캔들 2개를 찾았다. 광화문 근처 오피스텔로 독립할 때, 집들이용으로 누군가가 선물해 준 캔들이었다. 향이 꽤 강하고 크기도 큼직해서 사용하기가 부담스러워 일단 잠시 보관해 둔다는 게 몇 년이 흘렀다. 발 옆에 두는 전기난로도 다시 꺼냈다. 2층 테라스 텐트 옆에 캔들을 켜고, 전기난로도 콘센트를 연결했다. 바람이 꽤 불었지만, 캔들에서 흘러나오는 불빛은 우아하게 춤추듯 하늘거렸다.

시우는 북 카페에서 작은 의자를 몇 개 가지고 올라왔다. 이어서 책을 담았던 커다란 종이 박스를 뒤집고 유리 테이프로 바닥을 고정해서 일회용 테이블을 만드는 데 온 정신을 집중하고 있었다. 형준은 인디언 텐트 주변으로 알전구 장식을 완성하고 박스 테이블을 만드는 시우를 돕기 시작했다. 유진은 흥얼거리며 마무리 작업에 집중한 시우의 뒷모습을 가만히 보다가 천천히 2층 계단을 내려왔다.

"우와, 시우야! 웬일이야, 여기 너무 좋다!"

소양리 북스 키친 2층 테라스는 청춘 드라마 세트장으로 변했다. 찬욱과 세린, 나윤은 시우를 얼싸안고 환호성을 질렀다. 테라스에는 꼬맹이들이 장난감을 갖고 놀 만한 사이즈의 1인용 인디

언 텐트가 3개 놓여 있었고 무릎 담요가 10개 정도 쌓여 있었다. 옆으로 전기난로가 불그스레한 빛을 내고 있었고 알전구 장식이 텐트 앞으로 알알이 맺힌 듯이 걸려 있었다.

"아, 진짜 너무 오랜만이네. 잘 지냈냐?"

"시우야, 안 어울리게 무슨 안부 인사야. 이 자식, 너 연락 안 돼서 우리가 얼마나 걱정했는 줄 아냐? 먼저 좀 맞고 시작하자."

세린과 나윤은 정색하는 표정을 지으며 시우 등짝을 한 대씩 철썩 때렸다. 과묵한 편인 찬욱이도 이번만큼은 껄껄 웃어대며 동참했다.

"야야, 얘들아, 잠시 진정해 보렴. 그럴 줄 알고 준비한 게 있어. 먼저 이걸 좀 봐줘."

시우는 잽싸게 빠져나갔고, 마법사가 최종 결과물을 공개하는 것처럼 뭔가를 가려놓은 담요를 번쩍 들어 벗겨냈다. 그곳엔 맥주 캔과 음료수가 가득 담긴 박스가 있었다. 찬욱과 세린, 나윤은 홀린 듯 환호성을 내질렀다.

나윤이 말을 꺼냈다.

"근데 있잖아, 지금 오후 4시밖에 안 됐는데 나는 왜 배가 고픈 걸까?"

고속도로 휴게소에서 점심으로 해물 라면과 김밥을 먹고 간식으로 알감자, 떡볶이, 소떡소떡, 호두과자까지 야무지게 먹었지만 신기하게도 또다시 배가 고팠다. 세린이가 찰떡같이 공감해 줬다.

"고기가 안 들어가서인가······. 우리 동아리 엠티 갔을 때 10명이 삼겹살 20인분 먹었던 거 기억나?"

찬욱이 한숨을 쉬듯 말을 이었다.

"말도 마라. 시우, 이 자식이 혼자 4인분은 너끈히 먹었을걸!"

넷은 또다시 와르르 웃어댔다.

시우와 찬욱, 세린 그리고 나윤은 대학교 1학년 때부터 절친이었다. 일명 사총사 패밀리. 넷은 대학교 교양 수업을 거의 다 같이 들었다. 찬욱과 시우가 군대에 갔을 때 나윤과 세린도 교환학생을 다녀와서 넷은 마지막 학기까지 붙어 다녔다.

남자 둘, 여자 둘. 사총사가 썸 타는 사이라고 확신하는 선배들도 있었지만, 넷은 그냥 순수하게 친구였다. 광고 동아리 새내기 엠티 때, 넷은 같은 조가 되었고, 기적적으로 소울메이트가 되었다. 돌아보면 정말 어울리지 않는 조합이었다. 얼마 전 MBTI(성격유형 검사)를 해봤더니, 찬욱과 나윤은 상극인 유형이라고 떠서 포복절도했다. 서로 이해하는 데 시간을 들이기보다, 갓 시작된 스무살을 어떻게 보내야 하는지 골몰하기 바빴던 시절이기도 했다.

학교를 졸업하고, 각자 연애를 하고, 이별하고, 방황을 거듭하다 취업을 했다. 세린은 일러스트 작업을 하는 프리랜서가 되었고, 나윤은 네트워크 회사의 IP 사업본부 경영지원 팀에 들어갔고, 찬욱은 게임 회사에서 사운드이펙터 PM으로 일을 맡게 되었다. 찬욱은 게임 음향을 총괄하는 부서에서 기획자 역할을 한다는데 도대체 뭘 한다는 건지 나윤은 아직도 알 수가 없었다. 시우는 졸업과 동시에 건축사 시험을 본다고 낑낑대더니 포기하고 공무원 시험에 도전한다고 노량진으로 간 뒤로 소식이 뜸해졌다.

사총사의 세계는 점점 경계선이 많아졌다. 그리고 함께 모이는 시간도 점점 줄었다. 20대 초반에는 일상을 함께 하는 게 당연했지만, 20대 후반이 되자 각자의 행성을 개척해서 우주 정거장을 통해서만 교신이 가능한 수준이 되었다.

그래도 모이기만 하면 20대 초반에 함께 깔깔대던 세계로 돌아갈 수 있었다. 맥주와 소주가 뒤섞인 냄새를 폴폴 풍기며 싸구려 펜션의 딱딱한 바닥에서 일어나 퉁퉁 부은 얼굴로 라면 5개를 끓이면서 파김치를 자르던, 부산한 아침으로 돌아갈 수 있었다. 수업을 땡땡이치고, 한강 다리 아래에 모여 앉아 이마트에서 사 온 9,900원짜리 와인을 홀짝이며 치즈랑 빵을 먹었던, 실없는 농담을 했던 나른한 가을 오후가 반짝였다. 피자와 치킨을 숨도 안 쉬고 먹는 이병 찬욱이 짠해서 면회를 마치고 돌아오는 버스 안에서 조용히 눈물을 닦았던 세린과 나윤의 모습이 드라마 회상 장면처럼 지나갔다.

맥주를 곁들여 삼겹살을 끊임없이 먹으며 대학교 시절 이야기를 하다 보니, 어느새 사방은 어둑해져 있었다. 쌀랑한 바람이 불었지만, 4월의 봄바람은 드세지 않았다. 알싸한 봄밤의 기운은 대학 시절 엠티 날 밤의 기억을 깨웠다. 익숙한 온도와 분위기가 반가웠다. 밤의 축제는 시작되었고 산은 네 사람을 넉넉히 감싸 안았다. 소양리 북스 키친 정원에서는 나무 향과 풀 향이 진하게 밀려왔다가 사라졌고, 물비린내 같은 땅 냄새와 봄꽃 향기가 우드 캔들 향과 함께 둥둥 떠다녔다.

시우는 밤하늘을 봤던 3월 봄밤을 떠올렸다. 딱 한 달이 지났을 뿐인데, 공기는 확실히 부드럽고 따뜻해져 있었다. 4월의 하늘 한쪽에는 뿌연 안개가 감싼 듯한 희미한 어두움이 펼쳐져 있었고, 저쪽 편에는 몇 개의 반짝이는 별들이 또박또박 쓴 글씨처럼 단정하게 박혀 있었다. 우드 캔들에서 흘러나오는 달콤한 향이 봄꽃 내음과 춤을 추듯 떠다녔다.

"남우 오빠, 올가을에 결혼한대."

세린이 담백하게 말한 것은 자정이 막 넘어가는 시간이었다. 잠깐 정적이 흘렀다. 나머지 셋은 서로 눈빛을 교환하며 움찔했다. 세린의 첫사랑인 남우는 세린과 두 번을 헤어지고 다시 만났다. 재작년 봄에 결국 헤어졌는데 그걸로 정말 끝이었나 보다. 나윤은 맥주 캔을 내려놓았다.

"언제 정해졌대? 너한테 연락 온 거야? 누구래?"

"예비 신부가 남우 오빠 회사 디자인 팀 후배래. 나한테 오빠가 직접 연락한 건 아니고…… 건너 아는 사람이 있다 보니 우연히 들었어. 사실 나 결혼할 그 사람 누군지 안다? 우리보다 한 살 어릴걸. 3년 전에 입사한 사원인데 우연히 얼굴 본 적 있어. 잘 어울릴 것 같아. 잘 살겠지."

세린의 말투는 담담했다. 누군가를 질투하고 경쟁에서 이기려고 밤을 새우고 세상을 다 얻은 기분으로 신나 하고 내일이 없는 아이처럼 통곡하고 자신의 앞에 눈부신 폭죽이 펑펑 터지는 듯한 놀라움에 소리 지르던 계절은 흘러갔다.

"으이구. 잘 살라고 하지, 뭐. 흥칫뿡이다. 네 마음 그렇게 힘들게 만들더니……. 얼마나 잘 사나 두고 본다! 근데 언제 얘기 들은 거야? 왜 말을 안 했어."

"이렇게 느긋하게 얼굴 볼 틈이 있어야 말이지……."

"흐이잉……."

나윤은 안쓰러운 마음에 세린의 어깨를 토닥였다. 찬욱과 시우는 맥주 캔을 부딪치더니 남은 맥주를 동시에 쭉 들이켜고 살짝 찌그러트리며 내려놓았다. 찬욱이 말했다.

"에효……. 나는 솔직히 결혼이란 걸 할지 모르겠어. 정말 준비된 게 하나도 없는데 세상은 내가 결혼하기 적당한 나이가 되었다고 시간표를 들이미는 것 같은 기분이 든다."

나윤도 과자를 와작거리고 씹으면서 한숨을 쉬었다. 그리고 약한 불에 보글보글 끓고 있는 어묵탕을 뒤적이며 대꾸했다.

"그렇지. 마치 수능 날짜가 서서히 다가오는데 시험 볼 과목 진도가 전혀 안 나가고 있는 것 같아."

담요를 뒤집어쓴 세린이 나윤의 어깨에 기대면서 칭얼거리듯 말을 이었다.

"수능 얘기가 나왔으니 말인데, 지금 수능이라도 다시 보면 인생이 달라질까 싶다. 아효……."

나윤이 세린의 맥주 캔에 혼자 자신의 캔을 부딪치고 한 모금 들이켰다.

"세린아, 소름이다. 나도 며칠 전에 독하게 마음먹고 수능 공부하면 한의대 갈 수 있을까 하는 생각했었어."

우드 캔들 불빛을 가만히 바라보던 찬욱이 피식 웃더니 새 맥주 캔을 따면서 나윤을 바라봤다.

"한의대는 개뿔, 이번 생에서 그런 건 끝났어. 정신 차리라고. 월급 모아서 아파트를 사기는커녕 오피스텔 월세 감당하기도 어려운 대한민국을 살아내야 한다고."

"아, 부동산 진짜!"

넷은 약속이라도 한 듯 맥주 캔을 힘주어 부딪쳤다.

"……근데 시우야 너는 진짜 괜찮겠어?"

별말 없이 고개만 끄덕이고 있는 시우에게 찬욱이 슬쩍 눈길을 주며 물었다.

"뭐가?"

"공무원 시험 포기하는 거. 그래도 너, 3년 넘게 노량진에서 컵

밥 먹으면서 준비한 거잖아. 이번에 한 번 더 보면 하느님이 보우하사 합격할지도 모르는 거 아니야?"

찬욱은 시우가 안쓰러웠다. 그렇게 오지랖 넓고 밝았던 시우였는데, 9급 공무원 행정직 시험을 준비한다고 3년 넘게 거의 모두와 연락도 끊고 살았다. 철 밥통 공무원이 되어 연락하면 그렇게 잠수를 탈 일이었냐고 따끔하게 한마디 하려고 했는데 이렇게 시험을 포기하고 시골에 와 있을 줄은 몰랐다.

"일단 시험 자체가 너무 비인간적이야. 필수과목 3개에 선택과목 2개를 쳐야 하거든. 문제 하나를 1분 안에 풀지 못하면 시간이 부족해서 시험 문제도 제대로 다 못 보고 나오기 십상이야."

시우는 안 어울리게 찡그린 표정을 짓다가 생각을 털어내려는 듯 머리를 흔들었다.

"무엇보다 공무원은 내 적성에 안 맞아. 공무원의 세계에선 '티 안 나게 뒤에서 말없이 도와주는 선량하고 착실한 사람'이 워너비 인재상이야. 그런 사람이나 행정직에 적당하지, 나는 아무래도 아니었던 것 같아."

찬욱과 나윤, 세린은 시우의 말에 맞장구를 쳐야 할지 말아야 할지 알 수 없어서, 그냥 잠자코 앞을 바라봤다. 모르긴 해도 분명 홀로 있는 밤마다 시우는 많이 고민했을 것이다. 시우의 무한 긍정 인생에 최대의 쓰나미가 아니었을까 싶었다. 미래를 긍정적으로 바라본다고 해서, 긍정적 미래가 열리는 게 아니라는 진실을 마주하고 시우는 얼마나 마음이 까슬했을까. 시험을 준비한 3년이 실패라는 꼬리표와 함께 아무런 흔적 없이 사라지는 밤, 시우는 무슨 생각이 들었을까. 오랜 침묵을 깨고 찬욱에게 전화를 걸 용기를 낸 시우는, 그동안 어떤 어른이 된 걸까.

"여기가 3년째 버려져 있었던 집이었대. 볼품없던 땅이 소양리 북스 키친으로 변신하는 과정을 내가 함께했거든. 마지막에 인테리어 공사까지 끝난 펜션이랑 북 카페를 찬찬히 살펴보는데 내가 다시 태어난 기분이 들더라. 그래서 그냥 나답게 뿌리내리고 살면 되겠구나, 싶었어."

"……맞아, 너 원래 전공도 건축학과였잖아. 건축사 시험 준비하다 포기하고 공무원을 하겠다고 노량진 가더니…… 결국 네가 원래 꿈꾸던 일을 한 거네."

시우가 세린과 눈을 마주치며 대꾸했다.

"그렇지. 스무 살 때 꿈꾸던 건 유치하고 비현실적이라고만 생각했는데 이제야 알겠어. 꿈이란 건 원래 현실적으로 생각하면 말도 안 되는 거라서 자신을 더 근사한 사람이 되도록 만드는 에너지라는 걸. 인생의 미로에 얽히고설킨 길에서 목적지를 잃어버렸을 때, 가만히 속삭여 주는 목소리 같은 거였어. 꿈이란 게 그런 거였어."

"우오……. 시우 너, 소양리에서 근사한 목소리로 말하기 강의라도 들었냐? 엄청…… 느끼해."

나윤의 말이 끝나자 세린이 같이 까르르 웃었고, 찬욱도 시우의 머리를 헝클어뜨리며 따라 웃었다. 나윤은 웃으면서 오래된 추억을 꺼내 보는 듯한 마음으로 시우와 찬욱과 세린을 바라봤다. 그리고 넷 다 말이 없어졌다. 익숙하고 친밀한 침묵이었다. 더는 스무 살이 아니고, 각자 다른 세계를 살고 있지만 이렇게 가끔이나마 만날 수 있다는 게 얼마나 큰 위로가 되는지 모른다. 찬욱이 오는 길에 마트에 들러 사 온 와인을 땄다. 와인의 달콤하고 쌉싸름한 향이 벚꽃 향이 감도는 밤공기와 어울렸다.

찬욱이 시우의 잔에 와인을 따르며 말했다.

"보고 싶었다, 차시우. 이렇게 느끼해져도, 보니까 좋네."

"아 뇨, 이 자식들이! 나 이제 무게감 있는 서른이 될 거야."

"아악. 우리가 서른이라니!"

세린이 머리를 쥐어뜯는 시늉을 했다. 쓴 약을 삼키는 기분이었다. 서른이 된다는 사실 자체보다는, 자신이 서른에 걸맞은 모습인지 여전히 모르겠기 때문이었다.

"다음 벚꽃이 피는 계절에는, 우리 모두 서른이겠네."

찬욱은 소설의 마지막 문장을 읽는 사람처럼 중얼거렸다.

"야야, 그렇게 센티해질 게 뭐가 있어. 벚꽃은 우리가 백 살이 될 때도 계속 피고 있을 거야. 자, 짠 하자고!"

시우가 찬욱에게서 와인을 뺏어 자신의 잔에 콸콸 따르며 씩씩한 목소리로 말했다.

그날 밤, 나윤은 꿈을 꿨다. 찬욱이 벚꽃 길을 지나 새하얀 다리를 건너고 있었다. 하얀색 머메이드 웨딩드레스를 입은 예비 신부의 손을 꼭 잡고 있다. 저 다리를 지나고 나면, 찬욱은 다시 이곳으로 돌아올 수 없다. 하나의 경계를 통과하는 것이다.

모든 사람이 환하게 웃으며 찬욱에게 환호하고 박수를 보내고 있다. 나윤도 겉으로는 웃으며 손뼉을 치고 있지만, 마음속 깊은 곳에서는 사총사 우정으로 지어진 세계의 시효가 끝나가는 느낌이 들었다. 벚꽃이 비처럼 날리고 찬욱은 더는 이쪽 세계에 없었다. 솔직히 말해 나윤은 다음 단계로 넘어갈 준비가 되어 있지 않았다. 서른이 밀물처럼 밀려드는데 꼼짝 못 한 채 찬욱의 뒷모습만 멍하니 바라보고 있었다.

* * *

"나윤아, 얼른 일어나! 호수 가서 일출 보고 자전거 타기로 했잖아. 늦으면 말짱 꽝이야."

"아……. 안 가면 안 돼?"

"안 돼! 우리 어제 약속했잖아."

"하……. 어제 우리 새벽 3시에 잤다고. 우리 고작 3시간밖에 못 잤어."

"그래도 안 돼. 얼른 일어나. 자, 모자!"

세린이 나윤을 깨웠다. 나윤은 알겠다고 말했지만, 기절하듯 다시 잠에 빠져들었다. 나윤은 결국 모자만 뒤집어쓴 채, 시우의 트럭 운전석 뒷자리에 짐짝 모드로 탑승했다. 아직 주변은 어둑어둑했지만, 진한 파란색으로 주변이 서서히 물들며 형태가 드러나고 있었다. 트럭이 지나가는 길 주변의 나무들은 가지 하나 흔들리지 않고 있었다. 어젯밤에는 주변을 전혀 보지 못했는데, 산이 이곳을 감싸 안은 듯 병풍처럼 둘러싸고 있는 게 보이기 시작했다. 하늘은 이제 맑고 연한 하늘빛이었다.

운전대 옆으로 보이는 시계를 보니, 6시 11분이었다. 아무리 봄밤이라지만 야외에서 새벽 3시까지 수다를 떨다가 잠든 대가를 치를 시간이었다. 온몸이 두들겨 맞은 듯 욱신거리기 시작했다. 머리 뒤쪽을 무거운 돌덩어리가 누르는 듯 묵직했다. 이어서 뾰족한 두통이 파도처럼 밀려왔다가 사라지기를 반복했다. 따뜻하고 푹신한 침대에 가서 다시 잠들고 싶었다. 뒷자리에 같이 앉은 세린도 피곤한 건 마찬가지였는지 고양이처럼 최대한 몸을 말아서 옆으로 기댄 채 눈을 감고 있었다.

호수는 생각보다 거대했다. 얼핏 봤으면 바다라고 착각할 만큼 거대한 천장호수가 새벽의 어스름을 품고 있었다. 호수 반대편은 아득한 거리였지만, 구름 한 점 없이 깨끗한 아침이라 엽서에 담긴 풍경처럼 깨끗하게 보였다. 호수 수평선 너머의 산맥 사이로,

해가 슬며시 떠오르기 시작했다. 호숫가의 잔물결에 햇빛이 반짝이며 녹아내렸고, 아름드리 커다란 나무가 바람에 흔들릴 때마다 햇살이 춤을 추듯 일렁였다. 찬욱과 나윤, 세린은 저마다 탄성을 질렀다. 시우는 그럴 줄 알았다는 듯 뿌듯한 얼굴로 고개를 연신 끄덕였다.

잠시 후, 나윤이 잔잔한 호수를 바라보며 감상에 젖어 있을 때 어디선가 노랫소리가 들렸다.

"생일 축하합니다, 생일 축하합니다, 스물아홉 살 나윤의 생일 축하합니다!"

세린이 오예스를 겹겹이 쌓아 올리고 아몬드 빼빼로를 꽂은 다음 요플레를 뒤집어씌워 완성한 케이크를 들고 나윤에게 걸어왔다. 찬욱은 옆에서 나윤에게 생일 주인공을 위한 고깔모자와 케이크 모양 안경을 씌웠다. 시우는 손뼉을 치며 같이 깔깔대면서 이 순간을 사진과 영상으로 담았다.

"야, 어제 주유소에서 화장실 들른다고 잠깐 내리더니. 이걸 산 거였어?"

나윤은 까르르 웃음을 터뜨렸다. 동시에 뭉클해졌다. 그리고 이 깜짝 파티를 숨긴다고 나름 머리를 굴렸을 친구들의 어설펐던 행동들이 이내 이해가 됐다. 세린의 하얀색 스니커즈 신발, 찬욱의 까치집을 한 머리, 시우의 진회색 스웨터까지 죄다 기억에 남을 것 같은 시간이었다. 나윤은 찬욱과 세린 그리고 시우를 바라봤다.

몽롱한 감각이 남아서인지 꿈같기도 했다.

나윤은 불도 안 붙은 아몬드 빼빼로 위로 "후." 하고 바람 부는 흉내를 냈다. 괜히 크게 웃으면서 눈물을 밀어 삼켰다. 예상대로 세린도 똑같이 눈물이 글썽거렸다. 찬욱은 여전히 덤덤한 얼굴로 씩 웃기만 했다. 시우는 장난기 어린 눈빛으로 박수를 치다가 잽싸게 요플레를 콕 찍어 나윤의 얼굴에 묻히고 도망갔다.

언젠가 이런 날들이 다시 오지 않는다고 해도, 병풍 같은 산등성이에 햇살이 깃들고 오예스를 겹겹이 쌓아 빼빼로를 꽂은 케이크를 들고 생일 축하 노래를 부르던 이 녀석들과의 기억으로, 이 공간과 이 시간은 영원히 살아 숨 쉴 것 같았다. 먼 미래에 애틋한 마음으로 이 시간을 추억할 것이 그려졌다. 언제고 이 시간을 꺼내 볼 수 있다면 그걸로 충분하다고 나윤은 생각했다.

자전거를 타고 호숫가를 달리자, 기다렸다는 듯 벚꽃의 꽃잎이 비처럼 날리기 시작했다. 장대비처럼 쏟아지는 게 아니라, 이슬비가 봄바람에 날리듯 나풀거리면서. 호수 반대편을 둘러싸고 있는 산등성이 골짜기가 천천히 무대에 오르는 듯했다. 하늘에는 먹구름과 하얀색 솜털 구름이 떠다녔는데, 구름의 이동속도가 놀랍도록 빨랐다. 금세 구름 아래로 은은한 햇살이 내려왔다. 우중충한 구름으로 덮여 있던 봄 하늘에서 드디어 아침 햇살이 내리쬈다. 하늘은 선명했다. 카메라 필터라도 켠 듯, 완벽한 하늘색이었다.

나윤의 머릿속에 대성리 엠티촌이 떠올랐다. 호수 보트에 올라

타서 노 젓는 막대기로 상대편 보트에 물을 튀기던 스물한 살의 아침, 멀리서 이름 모를 새가 물 튀기며 날아가는 모습에 까르륵 대던 시간, 어떤 회사에 다니는지 무슨 직급인지가 중요하지 않았던 시절……. 주간 회의 시간에 보고해야 하는 일 따위는 없었던 시간들이었다.

그때의 사총사는 텅텅 빈 여행 가방처럼 정해진 일정이 없었다. 하루는 게으른 농부처럼 한없이 늘어지듯 서 있기도 했다. 끝없는 바다처럼 펼쳐진 자유 앞에 일종의 막막함을 느끼기도 했다. 고등학생 시절이 가끔 추억처럼 그립기도 했다.

다시 빡빡한 일정의 세계로 넘어온 직장인이 되자, 대성리 엠티 촌의 시간은 판타지로 남았다. 월급받는 값을 하는 존재가 되려고 온 힘을 쏟았다. 실적 관리 시스템의 미로에서 헤매고, 보고서에 걸맞은 어색한 명사형 단어들을 주워 담았다. 회의실 예약에 성공하지 못해 발을 동동 구르고, 상사가 휴가로 없는 날 덜덜 떨면서 협력사의 전화에 대응하고, 자신이 아무것도 결정할 수 없는 회의 내용을 그저 받아 적고 회의록을 돌리기에 바쁜 날들. 수영을 처음 배우는 아이처럼 푸덕거리다 보니, 시간은 쏜살같이 흘렀다. 그리고 돌아보니 20대는 저물고 있었다. 감쪽같이.

나윤은 자전거 페달을 좀 더 세게 밟았다. 마음이 계속 어떤 순간에 남아 서성이고 있었다. 아련한 순간은 어떤 의미의 서랍에 들어갈지 결정하지 못한 채 그대로 멈춰 있었다. 나윤은 머릿속에 뭔가가 떠오를 것 같다가 이내 안개처럼 사그라드는 걸 지켜볼 수밖에 없었다. 힘껏 페달을 밟는 것을 멈췄지만, 자전거는 내리막길을 매끄럽게 내려가며 커브 길을 돌았다. 체인이 감기는 소리가 경쾌하게 났다. 바람이 오페라 극의 하이라이트 부분처럼 힘차게 불었다. 새파란 하늘은 빙긋 웃는 얼굴로 나윤을 향해 열려 있었다.

* * *

"나윤아, 편지 한 통 써볼래? 북 카페에서 편지 쓰는 프로그램 하거든."

"······편지?"

"어, 편지를 쓰면 올해 크리스마스이브에《츠바키 문구점》책과 함께 배달해 줘. 자신에게 할 말 없으면 나한테 쓰든가."

나윤은 어이없다는 얼굴로 시우를 바라봤다. 시우 스타일의 유머 코드를 잠시 잊고 살았다는 사실을 깨달았다. 시우는 싱긋 웃더니 유진의 호출을 받고 이내 사라졌다. 찬욱과 세린은 아랫마을 마트에 심부름을 간 상태라 1시간 뒤에나 북스 키친으로 돌아올 예정이었다.

나윤은 북 카페 프로그램 안내 브로슈어를 한 장 들고 유심히 살폈다.

나는 느린 우체통입니다.

츠바키 문구점의 포포와 함께 [자신에게 보내는 편지]를 써봐요.

당신의 편지와 책 《츠바키 문구점》은

올해의 크리스마스이브에 배달됩니다.

아래 안내 사항이 작은 글씨로 덧붙여져 있었다. 참가비는 25,000원으로 책 《츠바키 문구점》과 함께 편지지, 봉투, 택배비까지 포함된 가격이었다. 편지는 다른 사람에게 보내도 좋다고 했다. 그리고 만약 편지 쓰기가 부담스러우면, 누구에게 어떤 인사를 건네고 싶은지 등을 적어 넣어두면, 이곳에서 대신 편지를 써서 보내준다고 적혀 있었다.

평소의 나윤이라면 이런 이벤트에 참여했을 리가 없었다. 아니, 자신에게 보내는 편지를 쓸 생각을 했을 리 없었다. 하지만 산을 통해 내려오는 싱그러운 바람과 함께 기분 좋은 밤을 보내고, 새벽을 넘어온 햇살에 반짝이는 호숫가 물결을 바라보고, 벚꽃이 하늘하늘 날리는 호숫가를 자전거로 달리고 나니 마음속 어딘가가 일렁이고 있었다. 여행 온 자신이 일상의 시간에게 하고 싶은 이야기가 있는 것 같았다.

편지지와 펜을 먼저 고르고, 실링 왁스와 무늬 도장까지 고른 뒤 봉투와 우표까지 선택하면 되었다. 책 《츠바키 문구점》에서 포포가 대필 의뢰를 받으면, 작업을 하는 순서를 그대로 따르는 것이었다. 종이의 두께부터 질감, 색깔까지 다양한 편지지가 눈앞에 놓였다. 나윤은 하나하나 살펴보기 시작했다. 중학생 때 친구와 우정 노트라는 이름으로 매일 일기를 교환하며 썼던 하늘색 공책이 떠올랐다. 사인펜으로 글을 쓰기라도 하면 종이 반대편은 글씨를 쓸 수 없을 지경으로 잉크가 번져 있곤 했다. 나윤은 편지지를 조심스레 만져보고 들여봤다.

우선 약간 두꺼운 편지지에 마음을 담고 싶었다. 봄이니까 진홍빛이 들어갔으면 했고, 편지지를 세 번만 접어도 봉투에 쏙 들어갈 만한 아담한 크기였으면 했다. 한지로 된 편지지도 매끈하고 우아해서 마음에 들었지만, 결국 고른 건 연한 분홍색 바탕에 오른쪽 위로 벚꽃이 날리는 산책로 일러스트가 담긴 편지지였다. 두께가 두껍진 않지만, 생각보다 단단한 질감이라 한 번에 술술 접히지 않는 게 마음에 들었다. 봉투는 빳빳한 재질에, 보내는 이와 받는 이를 쓰는 면에 액자 테두리처럼 금색으로 얇게 사각형이 그려져 있는 깔끔한 것으로 골랐다. 편지지까지 넣으면, 꽤 두툼하게 느껴질 것 같았다.

펜은 생각보다 금방 골랐다. 노란색 라미 만년필이었다. 살짝 테스트해 보니 짙은 파란색 잉크가 들어 있었고 펜촉 두께도 적당했다. 다만, 만년필로 글을 써본 적이 거의 없어서 조심스러웠다. 나윤은 연습하는 종이에 만년필로 글을 써보려고 했지만, 잉크가 제대로 나오지 않았다. 살짝 기울여 가며 펜의 각도를 조절했더니 어느 순간 문이 서서히 열리듯 잉크가 매끄럽게 흘러나오기 시작했다.

솔직히 나윤은 뭘 써야 할지 몰랐다. 마음은 어수선하게 들떠 있었고, 정리된 생각은 한 조각도 없었다. 하지만 자기 자신에게 보내는 편지니까 조금은 횡설수설해도 상관없을 것 같았다. 누군가에게 보여주기 위해 쓰는 게 아니니까. 그냥 일기 쓰는 거라고 생각하기로 했다. 이 순간의 마음을 추억으로 남겨놓고 싶은 것뿐이었다.

나윤은 편지지와 봉투와 펜을 고르는 테이블에서 벗어나 오른편의 작은 방으로 갔다. 처음에는 주변의 소음과 재즈 연주곡 소리가 어렴풋이 들렸지만, 나윤은 오디오 볼륨을 천천히 줄이는 것처럼 소리가 점차 사그라드는 것을 느꼈다. 친구들과 떠나온 즉흥 여행지에서 낯선 만년필을 쥐고 자신에게 편지를 쓴다…… . 만년필은 두껍고 단단한 편지지에 우아하고 당당하게 미끄러져 내려갔다. 뭘 쓸지 미리 구상한 것도 아닌데, 펜은 이야기를 알고 있다는 듯 거침없이 편지지 위를 달렸다.

편지지를 곱게 접어 봉투에 넣으니, 역시 꽤 묵직한 느낌이 났다. 참새 가슴처럼 볼록 올라온 모양새가 마음에 들었다. 진한 포도주 빛깔의 실링 유약을 불에 달구고 녹여서 도장을 찍었다. 도장에는 벚꽃 무늬와 "소양리 북스 키친"이라는 글자가 동그란 원을 따라 새겨져 있었다.

느린 우체통에 편지를 넣었더니, 예상대로 '툭' 하는 소리가 묵직하게 났다. 우체통 옆에는 《츠바키 문구점》의 문장이 적혀 있었다.

우체통에 편지를 넣는 순간, 톡 하고 작은 소리가 났다.

잘 다녀오렴.

마치 내 분신을 여행 보내는 기분이었다.

편지는 기다리는 시간도 즐겁다.

부디 큐피에게 무사히 도착하기를.

나윤은 오랜만에 자신의 감정과 대화를 나눈 기분이 들었다. 그동안 막연함, 두려움, 소외감, 무기력함, 아쉬움 같은 감정을 애써 밀어내며 살아왔다. 긴장한 상태로 주어진 업무를 처리하며 하루를 바쁘게 보내고 나면 집에서는 그저 쉬고 싶은 생각뿐이라 내면 상태가 어떤지 돌아볼 기력이 없었다. 그런데 막상 감정을 제대로 만나보니 생각보다 아담한 크기였다. 거대하고 울창한 밀림 같은 감정 속에서 길을 잃을까 두려워서 발을 들이지 않고 살았던 자신에게 미안했다.

문득 올해 크리스마스가 기다려졌다. 크리스마스 시즌에 봄날의 편지를 읽는 기분은 어떨까. 나윤은 느린 우체통을 톡톡 두드렸다. 마치 누군가가 나윤의 마음을 넉넉하게 받아준 것 같은 기분이 들었다. 즉흥 여행을 떠나기로 했던 작은 브런치 카페의 샹송 멜로디가 떠올랐고 소양리 북스 키친에서 맥주를 마시며 깊은 새벽까지 이어졌던 이야기와 깜짝 생일 축하 파티와 호숫가에서 자전거 페달을 밟던 순간이 줄줄이 머릿속을 지나갔다.

나윤이 창밖을 바라보자, 북 카페 앞쪽으로 마트에서 잔뜩 물건을 사 들고 오는 세린과 찬욱이 보였다. 찬욱이 먼저 나윤을 발견하고 오른팔을 번쩍 들어 흔들었다. 찬욱이 어제 입고 온 와이셔츠는 군데군데 구겨졌고, 어디에서 묻었는지 소매에도 흙이 있었다. 세린도 나윤을 보더니 팔짝 뛰면서 두 팔을 하늘로 휘젓듯 인사를 했다. 세린의 베이지색 원피스가 바람에 나풀거리다 제자리로 돌아갔다. 이어서 뭐 하고 있었냐는 듯이 몸을 앞으로 쭉 숙이며 궁금한 표정을 지었다. 마침 북 카페 앞으로 뛰어오던 시우가 찬욱과 손뼉을 마주했고 시우가 세린과 찬욱에게 뭔가 설명하는 몸짓으로 나윤을 손으로 가리키며 이야기를 했다.

4월의 햇살이 세린과 찬욱, 시우의 얼굴을 향해 눈부시게 내리쬐는 중이었다. 바람도 멈춘 봄날이었다. 나윤도 두 팔을 위로 쭉 뻗으며 손바닥을 흔들거리고 인사를 했다. 그리고 예감했다. 지금 우리 사총사의 모습이 머릿속에 사진처럼 박혀 있게 될 거라고. 오늘의 날씨와 공기와 주변 풍경까지 그대로 멈춰 있을 거라고.

세린은 이때만 해도, 자신이 올해 여름부터 소양리 북스 키친에서 몇 년 동안이나 스태프로 근무하게 되리라는 사실을 전혀 예상하지 못하고 있었다. 앞으로 석 달 뒤, 소양리 북스 키친은 여행지가 아닌 일상의 공간이 될 예정이었지만, 세린은 미래에 대한 어떠한 힌트도 눈치채지 못한 채 소양리 북스 키친을 떠나면서 아쉬움에 몇 번이고 뒤돌아보았다. 판교로 돌아가는 길, 다들 말이 없었다.

3

최적 경로와 최단 경로

지방 대학 교수였던 부모님은 항상 네가 하고
싶은 것을 하라며, 소희를 자유롭게 키웠다. 영어 유치원은 문턱
에도 가본 적이 없었다. 친구들이 학원, 학원, 학원을 전전하고 있
을 때 소희는 도서관에서 닥치는 대로 글을 읽고 살았다. 그냥 뭐
든지 활자로 구성된 세계가 좋았다. 소희에게는 현실 세계보다 책
속의 세상이 더욱더 생생하게 느껴지기도 했다.

　책 속 세상에 들어가면 소희는 꿈속보다 자유로웠다. 특히 모험
을 떠나는 이야기가 좋았다. 책을 펼치면 광활한 사막의 한가운데
에서 외계인과 마주친 탐험가가 되기도 했고 아마존에서 거대한
파충류를 연구하는 학자가 될 수도 있었다. 저 별빛 너머 우주로
떠나는 여행도 책 속에선 얼마든지 가능했고 세계 7대 불가사의

의 미궁에서도 헤맬 수 있었다. 책은 시간과 공간을 초월한 타임 머신처럼 신비롭고 매혹적인 세계로 소희를 안내했다.

하지만 이내 소희도 친구와의 대화, 선생님과의 상담, 친구 부모님들이 나누는 이야기 그리고 뉴스 기사 등을 통해, 사회에서 요구하는 무언의 압박을 깨닫게 되었다. 세상은 치열한 경쟁에서 살아남으라고, 최고가 되라고 요구했다. 특별한 꿈을 가지고 유일무이한 존재가 되기 위해서 최선을 다하라고 강조했다.

"소희야, 너 정도면 충분히 더 잘 해낼 수 있을 거라고 믿는다."

"한번 미끄러지면 회복하는 게 2배는 힘든 거 알지?"

"세상은 1등만 기억해. 이번에도 최고로 잘 해내는 거야. 소희야, 파이팅!"

중학교 2학년 여름방학, 소희는 경쟁에서 밀리면 자신의 존재 가치도 그대로 증발하고 마는 거라고 믿게 됐다. 경쟁에서 이긴 뒤에 어떤 직업을 가진 사람이 되겠다는 생각을 딱히 해본 적은 없었다. 그저 경쟁에서 지는 게 싫을 뿐이었다.

소희의 아빠는 소희가 기억이 나는 순간부터 정교수였지만, 엄마는 소희가 중학생이 되어서야 간신히 정교수 자리에 올랐다. 미국에서 박사 과정을 마치고 한국에 들어오자마자 정교수가 되었던 아빠와 달리, 엄마는 소희를 키우며 한국의 대학교에서 박사 과정을 마쳤고 지방의 한 대학교에서 정교수가 되기까지 7년의 세월이 걸렸다. 지방대 교수의 삶은 비교적 안정적이라고 할 수 있었지만, 학업적으로나 재정적으로나 결핍을 느낄 만한 구석도 있었다. 부모님의 얼굴에 서린 어떤 아쉬움을 읽을 때마다, 소희는 경쟁에서 뒤처지지 않겠다는 결심을 되새겼다.

소희는 타고난 머리가 좋았던 건지, 경쟁에서 밀리기 싫어하는 성격이 한몫한 건지 모르겠지만, 고등학교 때 전교 1등 자리를 줄곧 지켜냈고 한국대 정치 외교학과에 수시 전형으로 합격했다. 그리고 4년 뒤에 한국대 로스쿨로 진학했다. 시험 시즌마다 한약재 냄새와 치열한 신경전이 천둥과 번개처럼 지나갔지만, 소희는 의외로 차분하게 로스쿨 과정을 즐겼다.

소희는 로스쿨 2학년 여름방학 때 대형 로펌의 입사 제안을 받았다. 이어서 3학년 1학기 때 법원 재판연구원이 되기 위한 시험에도 합격했다. 대형 로펌 변호사와 재판연구원이라는 두 장의 카드를 쥐게 된 것이다. 살짝 고민은 했지만 결국 소희는 재판연구원의 길을 택했다.

재판연구원 업무는 생각보다 방대했다. 로스쿨에서 변호사 시험을 준비하기 위해 공부했던 앞뒤가 딱딱 맞아떨어지는 사례는 현실 세계에서는 거의 등장하지 않았다. 술자리에서 얼핏 들어왔던 선배들의 전설적 영웅담처럼, 읽어야 하는 서류의 양은 실로 어마어마했고 법원은 거대한 도서관 같았다. 독립된 판사실의 방문은 거의 항상 닫혀 있었고, 법원 직원들도 각자 컴퓨터 앞에 머리를 박고 숨소리도 안 들릴 정도의 정적 속에서 업무를 봤다. 가장 시끄러운 소리는 산처럼 쌓인 서류철을 카트에 주르륵 얹은 다음 어디론가 끌고 가는 카트 소리였다.

회식도 거의 없었다. 각자 할 일이 끝나면 알아서 퇴근했다. 검찰 실무 수습이 끝나고 검사가 된 동기에게 얘기를 들어보면 군대에 다시 들어간 것 같은 느낌이라고 했다. 법원은 개인주의 공화국이었다. 간식을 먹으려고 사다리를 타거나, 점심 때 맛집을 찾아가는 등의 일들은 없었다.

그래도 소희는 법원이 좋았다. 막막하게 보이던 방대한 자료가 머릿속에 어느 정도 정리되어 사건의 형태가 구체적으로 드러나고 논리적으로 재구성되는 과정은 이야기가 만들어지는 순간처럼 느껴졌다. 자신의 자리는 작은 섬이었다. 무인도나 다름없는 3평짜리 섬에서의 틀에 박힌 시간과 침묵과 정적으로 가득 찬 하루가 소희는 마음에 들었다.

지금 소희는 재판 연구원 3년 과정을 끝내고 서초동의 작은 로펌에서 변호사로 근무한 지 3년째였다. 내년이면 판사 지원이 가능한 '법조 경력 7년'을 채우게 된다. 내년 가을에 판사 자리에 지원해서 내후년 봄부터는 법복을 입는 것이 계획이었다.

'서른네 살 판사, 최소희.'

컨베이어 벨트가 돌아가듯 일정한 속도로 정해진 순서에 도달할 당연한 미래라고 생각했다. 그 일이 일어나기 전까지는……

　　　　　　　　　* * *

　소희는 높다란 서류 더미 옆에 놓인 얇은 4장짜리 종이를 노려 보듯 쳐다봤다. 종이를 다시 열어볼 필요는 없었다. 전화를 통해서 도 확인한 내용이고, 어제만 해도 다섯 번쯤 열어봤다. 토씨 하나 빼놓지 않고 모든 글과 문장을 죄다 읽는 게 소희의 버릇이었다.

　소희는 종이를 다시 한번 내려다보다 까만색 가죽 의자에 스르 륵 주저앉듯 앉았다. 푹신한 가죽이 푸스스 바람 빠지는 소리를 냈 고, 이내 고요한 정적의 공기가 소희의 몸을 죄어오듯 감쌌다. 3주 뒤에 열리는 재판 전에 정리해서 제출해야 하는 증거와 녹취록, 진정서 뭉치와 어제저녁에 마셨던 스무디 플라스틱 컵이 책상 위 에 어지럽게 놓여 있었다.

　소희는 조용히 깊게 숨을 들이마셨다가 내쉬었다. 눈을 감았다. 소희에겐 잠깐의 시간이 필요했다. 바람도 불지 않는 사무실이었 다. 소희는 창밖의 밋밋한 서초동 회색 거리를 바라봤지만, 아무런 감정도 들지 않았다. 그런데 정말 갑자기 어디론가 떠나야 할 것 만 같은 기분이 들었다. 어디로 가야 할지 떠오르는 곳은 없었다. 그도 그럴 것이 소희는 7년간 그럴듯한 여행 한 번, 휴가 한 번 가 본 적이 없었다.

　무의식이 이끄는 대로 인스타그램 앱을 켰다. 검색어에 '숲속 펜션'을 입력했더니, 게시물이 수두룩하게 떠올랐다. 이어서 '시골 북 카페'와 '시골 독채 펜션'도 검색했다. 소희는 게시물들을 보며 몇 번 스크롤을 내리다가, 하나에 눈길이 멈췄다. 눈을 두 번 깜빡 거렸다.

[숲속 작은 힐링, 북 스테이 & 북 카페 '소양리 북스 키친'

한 달 장기 예약 프로모션!

6월 한 달 예약하면 40% 할인! 나만의 '글 쓰는 작업실'을 가져보세요.]

소희는 소양리 북스 키친 공식 계정에 들어갔다. 굽이진 산등성이, 작가의 작업실처럼 꾸며진 객실과 꽃으로 가득한 유리 정원, 화이트 우드 느낌의 따뜻한 북 카페, 벚꽃이 만발한 호수 산책로 사진이 차례로 떴다. 오픈한 지 두 달이 안 된 신생 펜션인 듯했는데 블로그 리뷰에서는 대부분 호평이 이어지고 있었다. 소희는 주저 없이 '예약하기' 버튼을 눌렀다.

＊ ＊ ＊

소양리 북스 키친 객실 동 1층에 있는 작업실은 생각보다 아담했다. 24평 아파트 거실 크기였는데, 6인용 하얀 원목 테이블이 중간을 차지하고 있으면서 전체적으로 새하얗고 탁 트여 있어서 답답한 느낌은 들지 않았다. 책을 읽거나 글을 쓰는 등의 작업을 하기 딱 좋은 정도의 크기였다. 통유리 창 앞의 티 테이블에는 까만색 전기 포트와 수동 그라인더가 놓였고, 옆으로는 관엽식물 화분 3개가 놓여 있었다. 빌트인으로 제작된 거실 장에는 책이 백여 권 정도가 꽂혀 있었는데, 자세히 가서 보니 칸막이별로 분야별 추천 도서를 모아놓은 듯했다. 소설부터 인문서까지 그 종류가 다양해 보였다. 책 옆으로는 하얀색 블루투스 스피커가 보였다.

책장 옆 간이 의자에 놓인 하얀색 블루투스 스피커에서는 〈오버 더 레인보우Over the rainbow〉가 재즈 피아노 버전으로 흐르고 있었다. 영화《오즈의 마법사》에 등장했던 곡이었다. 마치 짜여진 것처럼《오즈의 마법사》책도 눈에 들어왔다. 그 책은 다른 책들에 비해 크기가 자그마해서 끄트머리에 꽂혀 있었음에도 불구하고. 책을 보자 소희는 오랜만에 친구를 만난 기분이 들어 미소를 지었다.

소희는 어렸을 때부터《오즈의 마법사》이야기를 좋아했다. 주인공 도로시는 허리케인 돌풍에 휘말려, 오즈의 나라에 불시착한다. 주변 사람을 붙잡고 어떻게 다시 집으로 돌아갈 수 있는지 물어보니, 전지전능한 오즈의 마법사만이 문제를 풀어줄 거라고 했다. 오즈의 마법사를 만나러 떠난 여행길에서 도로시는 두뇌를 갖길 바라는 허수아비와 심장을 원하는 양철 나무꾼, 용기를 구하는 겁쟁이 사자를 만난다. 대장정의 모험을 성공적으로 마치고 도로시와 친구들은 마법사 앞에 서지만, 위대하다던 마법사가 평범하고 키 작은 노인에 불과하다는 사실을 깨닫고 경악한다.

소희는 이 반전 부분이 마음에 들었다. 허수아비와 양철 나무꾼과 겁쟁이 사자가 평생 고민한 콤플렉스는, 모험하는 과정을 통해 이미 극복되었다는 이야기가 특히 좋았다. 도로시가 신고 다녔던 은 구두가 언제든 집으로 도로시를 데려갈 수 있었지만, 모험이 끝나기까지 도로시가 은 구두의 비밀을 몰랐다는 사실도 여운이 남았다.

특히 이 부분은 다이어리에 적어놓을 정도로 마음에 드는 문장이었다.

"You have plenty of courage, I am sure," answered Oz. "All you need is confidence in yourself. There is no living thing that is not afraid when it faces danger. The True courage is in facing danger when you are afraid, and that kind of courage you have in plenty."

"내가 보기에 넌 이미 용기 있는 사자야. 너한테 필요한 건 용기가 아니라 자신감이야. 생명이 있는 것들은 무엇이든 위험에 처하면 두려워하기 마련이지. 그런 두려움을 이기고 위험에 맞서는 것이 바로 진정한 용기란다. 그런데 넌 그런 용기를 이미 많이 가지고 있잖아." 오즈의 마법사가 말했다.

소희는 작업실의 통유리 창 너머로 매화나무의 가지가 바람에 흔들거리는 모습을 바라봤다. '모험을 떠날 수 없는 나무들은 한 자리에 뿌리를 내리고 살지만, 꿋꿋이 서서 종종 내면으로의 여행을 떠났다가 현자의 모습으로 돌아오는 존재들이 아닐까. 도망치지 않고도 자신의 은 구두를 내려다볼 줄 아는 지혜로움이 나무에게는 있는 게 아닐까.' 하고 소희는 생각했다.

그때 직원의 말이 조금씩 들려왔다.

"……그러니까 여기 있는 책들은 마음껏 읽으시면 됩니다. 북 카페에 있는 책도 읽으실 수 있고, 밤 12시까지 이용 가능합니다. 다만, 북 카페에서 나오실 때 마지막으로 나오시는 분은 불은 꺼 주시면 좋고요. 저희가 운영하는 프로그램 중 '글 쓰는 작업실'이라는 프로그램이 있는데요, 오전 9시부터 12시 혹은 오후 2시부터 5시 중에 고르실 수 있어요. 개인적인 이야기를 나누는 것은 아니고, 시간에 맞춰서 모인 다음 각자 글 쓰거나 책 읽는 프로그램입니다. 집중하실 수 있게 시간을 따로 구분해 놓은 거예요. 이따가 북 카페 오시면, 한 번 더 설명해 드릴게요."

시원시원한 말투의 직원이 말을 이었다. 옷맵시가 좋고 눈썹이 짙은 훤칠한 직원은 약간은 긴장한 듯했다. 그는 손바닥만 한 노트에 뭔가를 빼곡히 써뒀다. 직원은 큼지막한 손으로 자그마한 노트를 김밥 말듯이 말아 쥐고는 연극 연습을 하는 배우처럼 말을 이었다.

"어메니티랑 침구류는 환경을 위해 매일 세탁하지는 않습니다. 사흘에 한 번씩 교체해 드릴게요. 혹시 더 자주 필요하시면 얘기하시고요. 책은 북 카페에서 가져다가 객실에서 읽으셔도 됩니다. 인터넷 와이파이 아이디와 비밀번호는 이용 안내 브로슈어에 있으니 참고하시면 됩니다."

"……네."

소희는 작업실이 마음에 들었다, 꽤 많이. 하지만 그게 표정에 드러나진 않았다. 그저 마음속 깊은 곳에서 '좋다'는 울림이 있었을 뿐이었다. 그리고 무엇보다 너무 지쳐 있었기에 더 얘기할 에너지도 없었다. 시우는 작업실을 보고 감탄하지 않는 고객은 처음이라 적잖이 당황한 상태였다.

소양리 북스 키친을 오픈한 지 석 달째였다. 그동안 짧게 여행을 오거나 카페를 오고 가는 고객만 줄곧 맞이한 터라, 한 달간 장기 투숙하는 고객을 맞이하기 위해 시우는 아침부터 팬히 마음이 부산스러웠다. 그간 이곳을 방문한 손님들은 다들 감탄사를 내뱉었다. 예상했던 것보다 훨씬 더 소양리 북스 키친을 좋아해 줬고, 이곳에서 느끼는 설렘을 감추지 못했다. 부탁하지도 않았는데 그들은 인스타와 블로그에 사진과 동영상을 빼곡하게 올려주는 팬이 되었다. 누구에게나 상냥하고 활발한 시우는 북 카페에서 손님에게 커피 시음 부탁을 하거나 새로 나온 디저트를 평가해 달라면서 말문을 트는 게 어렵지 않았다. 그래서 하루가 지나기 전에 남녀노소 가리지 않고 자연스레 친구가 되곤 했다.

그런데 최소희 손님만은 예외였다. 그녀는 차분한 얼굴에 감정을 알 수 없는 표정으로 일관하고 있었다. 손님들이 모두 소양리 북스 키친 건물에 크게 감탄한 건 아니었지만, 창밖 자연 풍경을 바라보노라면 커다란 감동을 느끼는 게 당연했다. 이 손님처럼 마음의 신호를 읽기 어려운 사람은 처음이었다. 시우는 뭔가 자신이 실수한 건 없는지 머릿속으로 계속 되짚어 보며 말을 이었다.

"……그럼, 뭐 필요한 거 있으시면 북 카페에 와서 이야기해 주시거나 이용 안내 맨 아래쪽에 있는 전화번호로 연락해 주시면 됩니다. 아, 내일 아침 식사는 오전 8시입니다. 북 카페로 와주시면 되고 조식이 필요하지 않으신 경우 미리 연락해 주시면 감사하겠습니다."

소희는 아주 옅은 미소를 지으며 알겠다는 듯 고개를 끄덕였다. 시우는 여전히 뭔가 찜찜한 표정으로 머리를 긁적이며 나갔다. 소희는 창가를 바라보는 방향으로 놓인 테이블 앞 의자에 가만히 앉았다. 공기 빠지는 소리가 나는 푹신한 가죽 의자가 아니라 단단히 받쳐주는 느낌의 나무 의자였다.

테이블 옆에는 진초록색 트렁크 가방이 덩그러니 놓여 있었다. 그리고 통유리 창으로 내리쬐는 소양리의 햇볕은 태평스럽고 여유로웠다. 서초동의 분초를 다투는 분주한 일상의 리듬 따위는 아무런 관심이 없다는 듯 아날로그 벽시계의 분침이 느릿느릿 움직였다. 어느덧 〈오버 더 레인보우Over the rainbow〉 피아노 연주가 끝나가고 있었다. 소희는 머릿속으로 천천히 가사를 떠올렸다.

Someday I'll wish upon a star,

and wake up where the clouds are far behind me

Where troubles melt like lemon drops,

away above the chimney tops,

that's where you'll find me

나는 언젠가 별님에게 소원을 빌 거예요.

그리고 저 멀리 구름이 있는 곳에서 잠을 깰 거예요.

걱정이 레몬 사탕처럼 녹아버리면,

굴뚝 꼭대기 저쪽에 내가 있을 거예요.

정말 이곳에서는 걱정이 레몬 사탕처럼 녹아버릴 수 있을까. 소희는 생각했다. 오즈의 마법사의 달콤한 약속처럼 죄다 거짓이면 어쩌나 하는 걱정이 들었다. 소희는 트렁크도 열지 않은 채 잠깐 잠이 들었다.

* * *

"벌써 2주째인데 도대체 무슨 감정을 담은 표정인지 알 수가 없단 말이야."

"누구?"

"최소희 고객님 말이야."

"최소희 고객님? 나는 그 손님 첫눈에 딱 마음에 들었는데."

유진은 찜찜한 표정으로 북 카페에 들어서며 투덜대는 시우에게 대꾸했다.

"말은 별로 없어 보여도, 마음이 단단한 사람 같아 보였어. 형준아, 네가 보기엔 어땠어?"

"그냥 차분한 성격 같았어요. 논문 쓰는 대학원생 같기도 하고, 시나리오 작업 마무리하러 온 작가처럼 보이기도 하고."

형준이 느릿하게 대꾸하며 차분한 그녀의 분위기와 잘 어울리던 옅은 베이지색 롱 치마와 얇은 하얀색 카디건을 떠올렸다.

형준은 소양리 북스 키친의 객실과 조식 담당이었다. 사흘에 한 번씩 객실 침구류와 어메니티 교체를 위해 방에 들르면, 언제나 재즈곡이 흘러나왔다. 에디 히긴스 트리오, 빌 에반스, 스테이시 켄트, 다이애나 팬턴. 죄다 형준이 좋아하는 쿨재즈 뮤지션이었다. 뭐 하는 사람인지 나이가 몇인지는 딱히 말하기 어려워도, 소박하고 부드러운 성격의 소유자일 거라는 점은 확신할 수 있었다.

"글 쓰는 작업실 오전 타임에는 안 빠지고 나오던데, 정말 뭘 쓰려고 온 손님인가?"

유진이 신간 도서 위에 책 소개용 종이 카드를 붙이며 중얼거리듯 말했다. 시우가 재고 정리하는 박스를 꺼내서 책을 네 권씩 넣으며 대꾸했다.

"아니, 벌써 2주째잖아. 그런데 뭐랄까…… 그 손님 얼굴 주변에는 투명한 칸막이가 쳐져 있는 것 같아. 히어로 액션 영화 보면 등장하는 보호막을 뒤집어쓴 거 같기도 하고. 그 뭐냐, 악당의 공격이 밀려올 때 안전하게 지켜주는 방어막 같은 거 있잖아."

시우는 악당의 공격을 설명하며 양쪽 손바닥을 모아 불꽃을 쏘는 모습을 흉내 냈다. 그때를 기다리기라도 한 듯 천둥이 우르르 쾅 내리쳤다. 요란한 소리였다. 북 카페 창가에 앉아 있던 커플 손님이 움찔하며 창밖을 바라봤다. 비가 후드득 떨어지며 요란한 소리를 내고 있었고, 하늘은 먹구름을 제대로 드리웠다. 오후 2시 37분이었지만, 저녁 7시라고 해도 믿을 정도로 어두웠다.

"와, 정말 주중 내내 그렇게 화창하더니, 주말 되니까 생각났다는 듯 비가 퍼붓냐."

유진이 투덜거렸다. 객실 어메니티 재고를 체크하던 형준도 걱정스러운 눈빛으로 바깥을 응시했다. 실내는 공기 덩어리가 모여 있는 것처럼 묵직했다.

"비가 문제가 아니지. 태풍일지 모르는 게 큰일 아니야?"

시우도 박스를 카운터 뒤에 쌓아두고 난 다음에, 핸드폰을 들여다보기 시작한 유진을 향해 한마디 했다.

"일본에서 발생한 태풍이 바다를 지나서 올라오는 중인데, 규모가 커질지도 모른대. 누나, 진짜 갈 거야?"

유진은 아랫입술 왼쪽을 잘근거리듯 깨물며 대답했다.

"야, 그래도 가야지. 이게 얼마만의 문화생활인데."

유진은 소양리 재즈 뮤직 페스티벌 홈페이지에 접속했다. 집중
호우가 예상되는 날씨였지만, 안전한 공연 관람을 위한 안내가 팝
업 창으로 떴을 뿐 다행히 공연 취소에 대한 공지는 없었다.

"아, 다행이다. 페스티벌 취소는 안 하려나 봐. 스테이시 켄트가
내한하는 건 처음이란 말이야. 게다가 리틀 플라워랑 컬래버 무대
도 한다잖아!"

'소양리 재즈 뮤직 페스티벌'이 열린 지 5회째다. 지역 관광산업
도모를 위해 지자체에서 꾸준히 후원한 덕분에 한국의 인디 밴드
와 A급 가수도 오고, 해외 아티스트도 30팀이 참여하는 꽤 규모
있는 축제로 자리 잡았다. 유진은 평소 좋아하던 스테이시 켄트가
페스티벌에도 온다는 소식을 접하고 4주 전에 티켓을 예매했다.
스테이시 켄트의 공연은 프라임타임인 오늘 저녁 7시에 있을 예
정이었다.

"형준아, 너도 진짜 가려고? 사장님 간다고 너까지 이성을 잃으
면 안 되지 않겠냐?"

시우가 형준을 향해 돌아서며 말을 건넸다. 창문 바깥에서 바람
이 울부짖듯이 거세게 부는 소리가 들려왔다. 빗방울도 아래로 똑
바로 떨어지지 못하고 바람에 휘날려 어디론가 계속 날아다녔다.
형준은 날카로운 바람 소리를 들으며 대답했다.

"……태풍까진 아닐 것 같아요, 비는 많이 올지 모르지만."

"우와, 역시 소양리 본토박이는 다르네. 빗소리랑 바람 소리 들으면 날씨가 어떨지 감이 오나?"

시우가 감탄하자 형준은 밋밋한 음색으로 대꾸했다.

"기상청에서 실시간으로 태풍의 예상 경로 알려주거든요?"

형준은 소양리에서 나고 자랐다. 빗소리와 바람 소리에도 색깔과 모양이 있다는 걸 온몸으로 느끼며 컸다. 그래서인지 말로 완벽하게 표현하기는 어려워도, 오늘 바람이 조금씩 잦아들고 비는 밤새도록 내릴 거라는 기상청의 예보가 맞을 거라는 확신이 들었다. 그때 핸드폰이 삐빅 소리를 냈다. 집중호우 경보를 알리는 안전 안내 문자가 도착해 있었다.

유진과 형준은 4시쯤 소양리 재즈 뮤직 페스티벌로 향했다. 바람은 여전히 휘몰아치듯 불고 있었다. 오페라에서 비극이 일어나기 직전에 몰아치는 격정적인 연주처럼 요란한 소리가 나고, 나뭇가지가 위태로워 보일 지경으로 흔들리고 있었다. 바람은 나무뿌리라도 뽑겠다는 심산인지 가차 없이 몰아쳤다. '별일 없어야 할 텐데.' 유진은 마음속으로 중얼거렸다. '산사태가 나거나 호수의 물이 불어서 넘치면 어쩌지? 소양리까지 못 오는 아티스트가 생기는 건 아닐까?'

*　*　*

유진은 처음에는 고개를 갸웃거렸다. 예전에 알던 사람인데 오랜 시간이 흘러 자신이 몰라보는 건가 싶었다. 어디선가 본 적 있는데, 언제 어디서 봤는지 기억이 도저히 안 났다. 머릿속에서 기억과의 추격전을 펼치는지 생각이 날 듯 말 듯 나지 않았다. 유진은 세 번째로 고개를 돌려 빤히 관찰한 뒤에야 가까스로 확신했다. 엄청난 성량으로 환호를 보내고 야광봉을 흔들어 대며 방방 뛰는 저 여자는, 장기 투숙 중인 최소희 손님이었다. 그녀는 우비를 입고 공연 무대 앞쪽에 달려 나와 있었다.

스테이시 켄트가 신곡을 잠깐 설명하고 무대를 시작하자 소희는 누구보다 열성적인 팬의 모습으로 변신했다. 공연이 시작된 7시에도 여전히 비가 내리고 있었고, 빗줄기는 점점 굵어졌다. 하지만 우비를 입거나 우산을 쓴 관객들은 모두 일어선 채로 후덥지근한 공기 사이로 비가 쏟아지는 상태를 즐겼다. 다들 장대비를 뚫고 무대를 보겠다고 결사적으로 모인 이들이었다. 진짜배기 단골 손님을 가려내는 관문을 통과한 듯한 기분에 평소보다 더욱 흥분한 상태였다. 소희는 관객들과 섞여 스스럼없이 어깨동무를 하고 함께 노래를 따라 부르고 손뼉을 마주쳤다.

공연은 9시가 훌쩍 넘은 시각에 끝났다. 빗줄기가 더욱 강해진데다 바람까지 몰아쳐서 가수는 관객들을 걱정하며 앙코르 곡 없이 무대를 마치려고 했지만, 우비 군단 관객들은 그런 상황을 용납하지 않았다. 사람들은 앙코르 곡으로 3곡을 듣고 나서야 아쉽다는 함성을 마지막으로 내지른 뒤 손뼉을 치고 짐을 챙기기 시작했다. 안전한 귀가를 위한 안내 방송이 흘러나오고 있었다.

"저기, 소희 씨……!"

유진은 뒤돌아 나오는 소희를 기다렸다가 가까이 지나갈 무렵, 작은 목소리로 불렀다. 소희는 흠칫 놀란 듯 옆을 바라보더니 이내 약간 멋쩍은 듯한 미소를 보였다.

"……어, 사장님! 공연 보러 오셨나 봐요?"

소희는 같이 나오던 관객 무리와 작별 인사를 간단히 나누고 유진과 형준 쪽으로 걸어왔다. 우비 모자에서 빗물이 뚝뚝 떨어지고 있었다. 얼굴도 장화도 이미 흠뻑 젖은 상태였다. 후덥지근한 여름밤은 아니었지만 약간의 땀 냄새도 느껴졌다. 뺨은 발그레하게 물들었고, 두 눈은 감동의 순간을 아직 보는 듯 빛나고 있었다. 최소희 손님이 이렇게 밝은 사람이었던가, 생각하면서 유진도 마주 보며 웃었다.

"재즈 좋아하나 봐요."

"네, 뭐 잘 알지는 못하지만요. 무라카미 하루키 책에 재즈에 대한 이야기가 많이 나오잖아요. 글로 묘사된 재즈 연주를 읽다 보면, '흠, 정말 그렇단 말이야?' 하는 마음으로 곡을 찾아서 들어보게 되더라고요. 그렇게 조금씩 듣다 보니, 제 취향에 맞는 곡도 몇

개 발견하게 되었고, 딱 그 정도예요. 하루키가 주선한 재즈 소개
팅이 나름 성공한 셈이죠."

소희는 유진과 형준을 번갈아 바라보며 말을 이었다.

"두 분도 재즈 좋아하세요?"

유진이 소희의 흠뻑 젖은 신발을 바라보고 싱긋 웃으면서 대답
했다.

"아, 저도 비슷해요. 클래식은 좀 어렵고, 케이팝은 비트가 좀
빠르고, 인디 음악은 좀 난해하고……. 그런데 재즈는 뭘 이해하려
고 듣지 않아도 부담이 없어서 좋더라고요. 책 읽을 때 배경음악
으로 틀어놓을 만한 쿨재즈 위주로 듣다 보니, 익숙해진 정도예요.
좋아한다고 할 수 있는 단계인지는 잘 모르겠고요."

유진은 옆에 서 있는 형준을 팔꿈치로 쿡 찌르며 말을 이었다.

"이 친구는 무려 음악 전공자예요. 초짜 아마추어인 저랑은 레
벨이 다르죠. 그렇지, 형준아?"

"어머, 정말요?"

소희의 눈이 호기심으로 반짝였다. 형준이 당황해서 다급하게
맞받아쳤다.

"아, 그게 아니고, 저야말로 왕초보 레벨이에요. 다 까먹어 가지
고 기억이 진짜 하나도 안 나요."

셋은 동시에 웃었다. 마음속 어딘가에서 같은 걸 느끼고 있었
다는 동질감이 느껴졌다. 각자 섬처럼 떨어진 거리를 유지하며 일

상을 살아가지만, 바다 아래 깊은 어딘가에 서로의 감정이 비슷한 멜로디로 연결된 것 같았다.

커다란 우산을 가지고 나오긴 했지만, 유진과 형준도 이미 꽤 많이 젖은 터라 딱히 우산이 필요하지 않았다. 바람이 휘몰아치듯 내리는 탓에, 빗줄기가 옷 속으로 집요하게 파고들었다. 하지만 설렘 때문인지 아직 식지 않은 공연의 열기 때문인지 전혀 춥지 않았다.

"소희 고객님, 북 카페에서 핫케이크 만들 건데 먹고 갈래요? 야식으로 그만인데. 오면서 재료 미리 사뒀거든요. 소양리 북스 키친에 돌아가면 배고플 것 같아서요."

* * *

얇은 핫케이크는 반질반질한 캐러멜 색깔을 닮아 있었다. 형준이 북 카페 카운터의 냉동고에서 바닐라 아이스크림도 한 통 가져왔다. 유리창 너머로 모닥불 소리 같은 타닥거리는 빗소리가 들렸다가, '쏴아아아' 하고 파도가 치는 듯한 빗소리도 들렸다가 잦아들기를 반복했다. 셋은 공연 무대 이야기를 나누며 따끈한 핫케이크와 차가운 아이스크림을 동시에 먹었다.

유진이 스테이시 켄트를 좋아하게 된 이야기를 하는 중이었다.

"그래서인지 오늘 스테이시 켄트가 무대에서 〈포스트카드 러버스Postcards Lovers〉를 부르는데, 친구들이랑 여행하던 순간이 떠올랐어요. 그날의 바람, 웃음소리, 온도, 친구와의 기억이 노래 곳곳에 스며 있더라고요……."

유진 옆에 앉아 있던 소희도 가만히 고개를 끄덕이며 말했다.

"저는 스테이시 켄트의 목소리를 듣고 있으면 가슴속에 뭔가 일렁여요. 어항 속에 잠잠히 헤엄치는 작은 주홍빛 물고기가 된 기분이 들더라고요. 사방은 고요해지고, 뭉클하고 따스하고 외롭고 겁나는 감정이 뒤엉킨 실타래처럼 천천히 밀려와요. 그러고 나면, 멜로디가 엉망진창인 감정을 가만히 쓰다듬어 주는 기분이 들어요."

유리창에 타닥거리며 부딪치고 사라지는 빗소리는 예전의 기억을 불러오는 마력이 있었다. 바람 소리는 낮보다 확실히 잦아들었다. 잠깐의 침묵이 내려앉았다.

"그런데…… 음악을 전공하고 어떻게 소양리 북스 키친에서 일하게 된 거예요?"

소희가 형준에게 조심스레 물었다. 동시에 바람이 대답하듯 쏴아 하는 소리를 내며 불었다. 형준은 약간 멋쩍은 표정을 짓더니 이내 묵직한 목소리로 이야기를 시작했다. 유진은 형준의 목소리가 첼로 소리를 닮았다고 생각했다.

"……작사가가 되고 싶어서 실용음악과를 갔어요. 나름대로 최선을 다했지만, 무명의 작사가를 써주는 곳은 한 군데도 없더라고요. 공모전에도 도전해 보고, 가이드도 만들어보고, 제안서도 보내 보고, 이력서도 써봤지만 죄다 소용없었어요. 졸업하고 2년을 그렇게 지내다가 다 때려치우고 소양리로 돌아와 어머니와 오랜 친구 사이인 사장님이 하는 원예 가게에서 아르바이트하며 살았어요. 딱히 하고 싶은 것도 없고, 뭘 할 수 있을지도 모르겠더라고요. 그러다 소양리 북스 키친을 만났고, 스태프 모집 공고가 뜬 걸 보고 나서…… 밤을 새워가면서 자기 소개서랑 기획 제안서를 만들었어요."

유진은 그날이 생각났는지 빙긋이 웃었고, 형준과 눈이 마주쳤다. 유진이 형준의 말을 이어받듯 말했다.

"말도 마요. 이 친구가 면접 보던 날에 너무 떨렸는지 횡설수설하며 이야기를 늘어놓더라고요. 그런데 전 형준 씨의 눈빛이 마음에 들었어요. 절실함이 들어 있었거든요. 진심이 가득 담겨 있는 절실함……"

형준은 기획 제안서에서 소양리 북스 키친이라는 공간이 사람들의 이야기가 흘러가는 물줄기가 되고, 힘들 때 위로를 받는 쉴 만한 물가가 됐으면 좋겠다는 콘셉트를 제시했다. 그리고 연간 단위 프로그램을 빼곡하게 기획해 왔다. SNS 마케팅 방안도 참신했다. 그래서 면접 보기 전에, 유진은 시우와 함께 형준의 제안서를 보면서 "애는 무조건 뽑아야겠다." 하고 얘기했던 터였다. 면접이 끝나갈 무렵, 어깨를 웅크린 채 초조함을 감추지 못하던 형준에게 유진은 웃으며 말했었다.

"다음 주 월요일부터 출근할 수 있어요? 기초공사도 아직 안 끝나서 당분간은 공사판으로 출근하는 기분일 거예요."

비 오는 여름밤에는 마법 같은 힘이 깃들어 있다고 유진은 생각했다. 마음속 우물 깊은 곳에 자리한 비밀스러운 이야기를 길어내고 싶어지는 시간이었다. 햇빛 찬란한 한여름의 낮에는 침묵을 지키던 어떤 감정이 비가 퍼붓는 밤에는 모습을 드러냈다. 뭘 얘기해도 빗물에 씻겨 내려가 버릴 것 같아서였다. 그리고 뭘 얘기하지 않으면 안 될 만큼 마음속 우물이 가득 채워져서였다.

퍼붓는 빗소리를 묵묵히 듣던 소희가 이내 입을 열었다.

"저는…… 이번에 건강검진 결과가 나왔는데, 갑상선암일지도 모른대요. 종양인 것 같기도 하지만 암일 가능성이 높다네요. 그래서 일단 그걸 제거하기로 했죠. 다음 달에 수술이 잡혀 있고요."

주변 공기가 한순간 멈췄다. 당황한 유진이 고개를 번쩍 들어 소희를 바라봤고, 형준은 순간적으로 얼굴이 돌처럼 굳은 듯했다. 바람도 돌연 힘을 잃었는지 창밖도 조용했고, 빗소리도 눈치를 보는 듯 소리가 잦아들었다. 하지만 정작 소희의 표정은 남의 얘기를 하는 듯 무덤덤했다.

"그런데 초기 단계에 발견했고 전이가 안 된 상태라서 수술만 하면, 크게 문제없을 거래요. 완치율이 90% 이상이라고 의사가 애기해 줬어요. 요새 의학 기술이 워낙 발달해서 이 정도는 일도 아니라던데요."

소희는 조금 남은 핫케이크 조각을 포크로 으깨듯 꾹꾹 누르며 담담하게 말을 이었다. 바닐라 아이스크림 향이 살짝 코끝을 스치고 지나갔다.

"사실 막내 삼촌이 갑상선암으로 돌아가셨어요, 10년쯤 전에. 막내 삼촌이랑 그렇게 각별한 사이는 아니었지만…… 그래도 제 주변 사람 중에 세상을 떠난 사람은 막내 삼촌이 처음이었어요. 제가 스무 살 때의 강렬한 기억이었죠. 인생에 끝이 있다고 이론적으로는 알고 있었지만 실제로 본 적은 없었으니까. 그때 삼촌이 50대 초반이었나 그쯤 되었을 거예요. 그때는 하나의 인생이 세상에서 사라지는 게 엄청난 일이라고만 생각했어요. 그런데, 10년이 지나서 제가 갑상선암 판정을 받으니까 어떤 생각이 들었냐면……."

소희는 잠깐 생각을 정리하는 듯 말을 끊었다. 바깥에서는 빗소리가 끊임없이 타닥거렸다. 유진과 형준은 아직 자신의 무대 순서가 오지 않은 연극배우처럼 잠자코 앉아 있었다. 빗소리의 리듬에 맞춰 유진과 형준은 고개를 가볍게 끄덕였다.

소희는 한숨을 쉬는 것처럼 호흡을 얕게 내뱉고는 말을 이었다.

"……10년이 이렇게 짧은 시간이었나, 싶었어요. 삼촌이 돌아가셨을 때 전 스무 살이었고, 지금 서른두 살이거든요. 이 속도대로 인생이 흘러간다면, 눈 깜짝할 새 쉰 살이 되어 있을지도 모른다는 생각이 들었어요."

유진은 식어버린 커피를 마셨다. 형준은 허공을 바라보며 뭔가를 생각하고 있었다. 소희의 표정은 담담했지만, 목소리에는 얕은 떨림이 담겨 있었다. 소희는 가느다란 손가락을 이마 위에 올리고 머리칼을 뒤로 쓸어 넘기듯이 하다, 한쪽으로 묶었던 머리를 풀고 다시 묶었다. 마치 단단한 밧줄로 정신을 동여매는 것 같았다. 소희는 말을 이었다.

"삶에서 완벽한 순간이란 오지 않는 거였어요. 불완전한 상태로 살아가다, 어느 순간이 오면 암전되듯 끝이 오겠죠. 그런데 저는 20대에 줄곧 그걸 잊고 살았던 거예요. 저는 한국에서 요구하는 시험에 꽤 부합하는 능력을 갖춘 사람이었어요. 승부욕도 센 편이고, 기준이 정확한 객관식 시험에 거부감도 크지 않았으니까요. 정답이 명확한 객관식 시험을 요령껏 파악해서 풀어내는 눈치가 있었죠. 그래서 운 좋게 괜찮은 대학에 진학했고 로스쿨 과정도 무사히 지나서 정신없이 일하는 중이었어요."

소희는 예전 기억이 떠오르는지 창가 바깥쪽 어딘가를 응시했다. 비가 쏟아붓고 눅눅한 비린내가 나는 풍경 너머로 소희는 뭔가를 지그시 보고 있었다. 소희는 커피를 한 모금 마셨다. 그리고 머리카락이 제대로 묶였는지 확인하는 것처럼 머리를 만지작거리며 말을 했다.

"갑상선암일지 모르니 정밀 검사를 권한다는 건강검진 결과

내용을 멍하니 따라가듯 읽는데 문득 이런 생각이 들었어요. 이건…… 어쩌면 막내 삼촌이 보낸 편지일지 모른다고요. 천국에 있는 삼촌이 제게 편지를 썼다면 이렇게 말했겠죠. '소희야, 네가 진짜로 원하는 게 뭔지 생각해 봐. 남들이 괜찮다고 말하는 거 말고. 인생은 생각보다 짧아.'라고요."

유진은 소희가 소양리 북스 키친에 처음 왔던 날을 기억한다. 소희는 지쳐 있었고, 생각에 잠겨 있었다. 끌고 온 커다란 진초록색 트렁크 가방은 물건이 거의 없는지 바닥에서 간혹 통통 튀었다. 여름 숲은 인생의 전성기를 맞이한 것처럼 생동감 있으면서도 왕성하게 자라나고 있었지만 소희에게선 여름빛이 느껴지지 않았다. 그녀는 조그맣고 쓸쓸한 행성 어딘가에 불시착한 것처럼 외로워 보였다.

하지만 끝도 없는 장맛비가 퍼붓는 오늘 밤, 한결 편안해진 소희의 얼굴에서 옅지만 빛이 느껴졌다. 유진은 아무 말도 하지 않았다. 소희의 이야기를 가만히 듣고 있으니, 자신의 이야기를 누군가가 읽어주는 것 같기도 했다.

소희가 커피를 한 모금 더 마시고 말을 이었다.

"저는 안전지대에 숨어 살았는지도 몰라요. 다들 제가 제대로 살고 있다고, 제대로 된 인생 고속도로에 접어들었다고 믿어요. 어려운 시험을 통과하고 지독한 경쟁에서 승리했다고 박수를 치죠. 그런데 정작 저는 이게 제가 정말 하고 싶었던 게임인지, 되고 싶었던 모습인지 돌아보지 않았어요. 경쟁이라는 과정에만 몰두해 있었죠, 길 끝에 뭐가 있는지 궁금해하지 않는 채로요."

누구도 소희에게 '너는 어떻게 살고 싶으냐'고 묻지 않았다. 전교 1등에게 뭘 하고 싶은지, 어떻게 살 때 진짜 자신의 모습으로 살 수 있을지 이야기를 나눠보려는 사람은 없었다. 소희 스스로도 그런 걸 묻지 않아도 당장 큰 문제가 없었기 때문에 그냥 주어진 경쟁에서 이기는 걸 목적으로 여기며 직진하면서 살았다.

"그러다가 건강검진 결과서가 인생에 급제동을 걸더니 저를 빤히 바라보는 것 같더라고요. 나의 진짜 꿈이 뭐였는지, 나는 어떤 사람인지 알고 살았냐고 묻는 것 같았어요……."

"그랬군요……."

유진은 가만히 고개를 끄덕이며 소희와 눈을 맞췄다.

"어쩌면…… 다행인지도 몰라요."

"어떤 게요?"

"인생에 급제동이 걸린 거요. 그냥 직진만 하다가 인생의 마지막 페이지가 넘어가는 게 아니라 멈춰서서 생각할 기회를 가지게 된 거요."

"흠, 그런 것 같기도 하고요……."

"김영민 작가가 쓴 《아침에는 죽음을 생각하는 것이 좋다》라는 책이 있거든요."

유진은 커피 잔 위를 손가락으로 톡톡거리며 말을 이었다. 천둥소리가 마치 엠프에서 비트가 쿵쿵 하고 떨어지는 소리 같았다. 유진은 아득한 땅 아래 어디론가 내려가 있는 기분이었다.

"지인이 그 책의 문장이 재치 있고 반짝이는 지혜로 가득 차 있다면서 흥분해서 추천해 줬었죠. 그 책에서 작가가 마크 타이슨의 말을 빌어서 이렇게 얘기해요. '누구나 그럴싸한 계획 하나씩은 가지고 있다. 처맞기 전까지는.'이라고요."

셋은 동시에 작게 웃었다. 공기가 숨쉬기에 부드러워진 느낌이었다. 유진은 커피를 한 모금 마신 뒤에 말을 이었다.

"인생에서 당연하다고 여기는 가치나 과정에 대해서 작가는 많이 물어봐요. 결혼이나 학업, 성공 따위에 대해서요. '도대체 왜?'라고. 지루한 글을 읽거나 일장 연설을 듣고 살기엔 인생은 너무 짧고 소중하다고도 얘기하죠. 자신만의 인생에 대한 고민을 하고 마음을 짜릿하게 하는 문장을 읽으라고 얘기하는 책이에요."

소희는 천천히 고개를 끄덕였다. 유진은 그런 소희의 눈을 깊숙이 바라봤다.

"그러니까…… 기회인지도 몰라요. 인생에 급제동이 걸린 게 아니라, 진짜 인생을 살아볼 기회를 선물받은 건지도 모르잖아요."

"그럴지도…… 모르겠네요."

소희는 머그잔을 두 손으로 꼭 쥐면서 말을 이었다.

"인생 찬스 티켓이었을지도요."

고개를 끄덕이며 듣고만 있던 형준이 말했다.

"저의 인생 찬스 티켓은 호주행 비행기표였던 것 같아요. 군대 다녀와서 곧장 호주로 워킹 홀리데이를 갔었거든요."

유진도 처음 듣는 얘기였다.

"호주에?"

"……네."

형준은 미지근해진 새까만 커피를 내려다보며 천천히 말을 이었다. 형준의 중저음의 목소리는 빗소리와 꽤 잘 어울렸다. 좀처럼 표정이 드러나지 않는 형준이지만, 오늘 밤만은 마음속이 조금 보이는 것 같았다. 호숫가에 반사된 달의 모습을 바라보는 것처럼.

"솔직히 말하자면 도망간 거예요. 실용음악과에 복학한다고 해서 뭔가 계획이 있는 것도 아니고 해서요. 그런데 하루는 룸메이트 녀석이 그러더라고요. 남반구에서는 북극성이 안 보인다고. 또 호주에서는 달이 떠올라서 하늘에서 이동하는 방향이 한국이랑 다르다고 하더라고요."

형준은 자신의 목소리가 약간 어색한지 잠시 말을 쉬었다. 흠흠, 하면서 목소리를 가다듬었다. 유진은 지금이 몇 시쯤일지 떠올려보았지만 감이 오지 않았다. 그래서 호주의 드넓은 농장에서 토마토를 따고 있는 형준의 모습을 상상해 보았다. 형준과 룸메이트가 쓰러지듯 잠든 밤, 보름달이 슬렁슬렁 자신만의 방식으로 길을 가는 모습도 떠올랐다. 이내 형준이 말을 이었다.

"적도 위쪽 세상에서는 북극성이 변치 않는 지표가 되잖아요.

절대적이고 변치 않는 기준처럼. 다들 그 기준을 따르는 게 정상적인 삶이라고 믿고 살죠. 그런데 적도 아래 세상에서는 정상의 기준이 다르더라고요. 호주 브리즈번의 밤하늘을 바라보면서 전 생각했어요. 사막에 밤이 찾아와 길을 잃었을 때, 별이 이야기하는 방향은 각자 다를 수 있는 게 아닐까, 하고요. 눈이 내린 산속을 헤맬 때, 북반구에서는 북극성을 찾겠지만 남반구에서는 희미한 남극성을 바라봐야겠죠. 도넛이 중간이 동그랗게 뚫려 있는 게 당연하다고 단정하는 사람도 있지만, 도넛은 원래 구멍이 없는 빵이었다고 하더라고요. 그러니까…… 정상적으로 산다는 기준이 꼭 하나는 아닐지도 모르는 거라고요."

유진은 어떤 소설이 떠올랐다. 달이 2개 뜨는 게 정상인 세계가 있다. 이야기 속 사람들은 달이 2개가 떠 있는 게 당연한 건데, 왜 당연한 사실을 궁금해하느냐고 주인공을 의심스러운 눈초리로 바라본다. 주인공도 당황스럽다. 하늘에 달은 딱 하나여야 하는데, 왜 갑자기 달이 2개가 된 건가 싶다. 자신이 원래 살던 세상의 상식에 맞지 않지만, 자신이 얼떨결에 진입한 이야기 속 세상에서는 달이 하나라고 하면 상식에 어긋나는 게 되어버렸다. 신문 기사와 TV 뉴스와 과학자의 연구가 지구 주변을 돌아다니는 행성은 2개의 달이라고 깔끔하게 정리했기 때문이었다.

소희가 형준을 향해 고개를 끄덕이며 대꾸했다.

"……그러게요. 우리 사회는 최연소 합격자와 최단 시간에 문제를 풀어내는 사람을 숭배해요. 각자가 꽃피우는 방식은 다를 수 있고, 인생의 경로는 다양하게 설정할 수 있는 건데 말이죠. 조금이라도 길을 벗어나면 초조함에 발을 동동 굴러요. 누가 지시한 경로도 아닌데."

소희의 차분한 목소리는 새벽의 개울가에 소리 없이 내리는 겨울비 같았다. 거기에는 분노보다는 허탈함의 빛깔이 스며 있었다. 유진이 고개를 끄덕이면서 대꾸했다.

"1등이라는 타이틀, 일류의 삶의 방식에 성공한 삶이라는 정답이 있는 것처럼 매 순간 모두를 닦달하는 것 같아요. 우리나라는 단 한 번도 넘어지지 않고 걸음마를 배우기를 기대하는 사회인 것 같기도 하고요……. 정해진 경로에서 한번 삐끗해서 벗어나면 인생이 끝장나는 것처럼 겁을 주잖아요."

형준이 허탈한 듯 웃으면서 한마디를 덧붙였다.

"그러니까 말이에요. 하아, 정작 내비게이션은 최단 거리라고 해서 섣불리 최적 경로라고 판단하지 않는데……."

소희가 눈빛을 반짝이며 손뼉을 치면서 대꾸했다.

"그러네! 내비게이션도 알고 있는 걸, 왜 다들 모르는 척하고 사는 걸까요? 최적 경로 설정!"

다들 시선을 마주치며 웃었다. 소희의 마음속에 잔잔한 물결처럼 '최적 경로'라는 단어가 밀려들었다. 인생은 100미터 달리기 경주도 아니고 마라톤이라고 하기도 애매한 게 아닐까. 삶이란 결국 자신에게 맞는 속도와 방향을 찾아내서 자신에게 최적인 길을 설정하는 과정인지도 모른다.

형준이 소희를 바라보며 물었다. 형준의 목소리는 더 이상 조심스럽거나 어색하지 않았다.

"저, 사실은 궁금한 게 있었는데요. 한 달 동안 북 스테이 신청하면서 뭔가 계획이 있었어요?"

"아무 계획을 안 하는 게 계획이었어요. 그냥 자연 속에 머물고 책도 읽고 일기도 쓰면 좋겠다고 생각했죠. 아, 재즈 뮤직 페스티벌도 가고요."

셋이 동시에 웃었다. 공기가 말랑말랑한 밀가루 반죽처럼 보드라워졌다. 형준이 고개를 끄덕이며 대꾸했다.

"아니, 가끔 지나가다 보면 뭔가를 열심히 쓰고 계셔서……. 일기를 쓰시는 거였군요."

"네, 처음에는 일기만 썼어요. 그러다가 《오즈의 마법사》 이야기가 문득 떠올랐죠. 초록색 안경을 써서 모든 게 초록색으로만 보이는 세계가요. 그러다 보니 진짜 오즈의 나라는 어떤 빛깔일까, 궁금해지더라고요. 총천연색의 오즈의 나라를 상상하다가…… 다들 자신에게 딱 맞고 어울리는 색깔이 있듯이, 책도 그렇지 않을까 하는 생각이 들었어요. 그러다가 손님 각자에게 인생 책을 찾아주는 마법 서점 이야기를 쓰기 시작했고요."

유진의 눈빛이 반짝였다.

"와, 이야기가 궁금해지는데요."

"아유, 아직 이야기라고 하기에 민망한 수준이에요. 그냥 두서 없이 끄적인 거죠. 그림으로 치면 낙서 수준이에요. 하하."

소희는 자신의 이야기를 털어놓으니 허전했던 마음이 채워지는 느낌이었다. 목구멍 아래와 가슴 사이에 꾹 눌려 있던 뭔가가 스르륵 녹는 기분이었다.

막막했던 어둠 속에 작은 빛이 스며들었다. 오랜 시간 동안 깊은 호수 바닥에 빛을 잃어버린 채 가라앉아 있었던 이야기를 유진과 형준에게 털어놓으면서 소희는 안심이 됐다. 장맛비가 경쾌한 재즈 드럼 소리가 되어 소희를 응원하는 듯했다. '여기 오길 잘한 것 같아.'라는 생각을 하니 자연스레 얼굴에 미소가 번졌다.

여름 장맛비는 영원할 것처럼 쏟아지고 있었다. 하지만 유진은 이 비도 언젠가 그치리라는 걸 알고 있었다. 유한한 우리 인생의 마지막 순간은 오늘도 한 발자국 가까워지고 있을 뿐이었다. 지구의 어떤 밤을 버티면서만 살 수는 없다. 누구에게나 밤의 축제를 껴안고 춤추는 시간이 필요한 게 아닐까, 유진은 생각했다. 태풍은 결국 힘을 쓰지 못한 밤이었다.

유진은 미지근해진 핫케이크를 먹으며 형준과 대화를 이어가는 소희를 바라봤다. 소희는 머지않아 판사가 될 것이다. 하지만 판사라는 껍데기는 삶의 최종 목적지는 아니다. 시작점일 뿐이다. 소희가 판사라는 직업인으로 낮을 보내고 글을 쓰며 밤을 마무리하길, 유진은 가만히 소망했다. 몇 년 지나지 않아, 소희의 이야기가 서점 가판대에 진열되는 모습을 상상하면서. 자신만의 최적 경로를 발견한 소희를 기대하면서.

4

한여름 밤의 꿈

세린은 5시간 만에 처음으로 자리에 앉았다. 저 멀리 미니 웨딩드레스를 입고 피로연장에 들어온 신부의 얼굴이 보였다. 신부는 약간 피곤해 보이긴 했지만 야외 결혼식이 무사히 끝났다는 데에 안심한 듯했다. 긴장이 풀린 표정으로 지인들에게 환하게 인사하며 남편과 손을 꼭 잡고 있었다.

지난 몇 주간 뙤약볕이 줄기차게 내리쬐던 8월의 소양리에 오늘은 웬일로 회색빛 구름이 하늘을 덮었다. 햇살은 코팅된 자동차 안으로 들어오는 햇빛처럼 은은했고, 여름 수국은 영원한 사랑을 상징하는 부케처럼 소양리 북스 키친 정원에 우아하게 흐드러져 있었다. 먼 길을 온 하객들도 예상했던 것보다 덥지 않았다며 서로 안부 인사를 건넸다.

야외 결혼식은 세린이 7월에 소양리 북스 키친으로 와서 맡은 첫 번째 프로젝트였다. 더 정확하게 표현하자면 세린이 얼떨결에 영업한 첫 작품이었다. 사실, 세린은 지난 4월에 소양리 북스 키친을 다녀오고 나서 동네방네 이곳의 아름다움과 매력에 대해 떠들고 다녔다. 가족과 지인에게 끝없이 이야기했고, 인스타와 네이버 블로그에 사진과 동영상을 올렸다.

[누나, 거기 야외 결혼식이랑 피로연을 하기에도 괜찮을까?]

지훈에게 오랜만에 연락이 온 건 인스타그램 디엠을 통해서였다. 세린은 처음에 지훈이 누구인지 단번에 떠오르지 않았다. 잠시 동안 안개 속을 헤매는 기분이었다가 이내 남우 오빠의 사촌 동생이었다는 게 기억났다. 아! 독일에 살고 있는 똘똘하고 마음씨가 따뜻한 아이. 20년 넘게 베를린에 살았지만 교포 느낌이 거의 나지 않는 동생.

세린은 바로 답을 보냈다.

[당연하지. 내가 신부라면 거기서 결혼식을 올리고 싶을 거야! 하우스 웨딩 느낌도 나고. 로맨틱할 것 같아. 그런데 너, 결혼하니?]

[그러면 얼마나 좋게. 연구실 선배가 결혼하는데, 예비 신부가 야외 결혼식을 꼭 올리고 싶어 한다네. 근데 서울은 하우스 웨딩이랑 야외 웨딩 예약이 이미 끝난 상태라서 이곳저곳 물색 중이래서.]

[그렇구나. 내가 거기 스태프 아니까 한번 물어볼게.]

세린은 시우에게 소양리 북스 키친에서 야외 결혼식이 가능할지 물었다.

이 프로젝트를 계기로 세린은 소양리 북스 키친의 스태프로 합류하게 됐다. 공식적으론 북 카페의 각종 MD 상품을 디자인하고 마케팅 관련 시안을 짜는 역할이었지만, 비공식적으로는 야외 결혼식과 피로연, 세미나 같은 소규모 행사 준비가 세린의 몫이 되었다.

처음 해보는 야외 결혼식 준비는 장거리 달리기와 비슷했다. 노트북 앞에 앉아서 100미터 달리기 같은 일러스트 작업만 했던 세린은 야외 결혼식 공간과 피로연 음식, 파티 장식과 음악 등이 오케스트라 연주단처럼 조화를 이루게 만들려고 끊임없이 뛰어다녔다. 유명한 호텔 야외 결혼식장에 답사를 갔고, 피로연 음식을 몇 가지 테스트해 보러 출장 뷔페 업체와 미팅을 가졌다. 그리고 공간에 가장 어울릴 조명과 소품을 적재적소에 배치하기 위해 조명 가게와 파티용 소품 가게를 빠짐없이 돌아다녔다. 마치 소양리 북스 키친이라는 거대한 캔버스에 결혼식이라는 로망을 아낌없이 쏟아부어 그린 그림 같았다.

"누나, 오랜만이야."

"와, 지훈아. 정말 너, 이제 아저씨 느낌이 폴폴 난다?"

4년이 넘는 시간 만에 만났지만 세린은 지훈이 어색하지 않았다. 지훈에게선 첫사랑 남우의 분위기가 있었다. 그는 말이 많은 편은 아니지만 말 걸기가 부담스럽지 않은 사람이었다. 4년 전에 지훈을 봤을 땐 한국에서 군대를 막 제대해서 머리가 짧았고 거칠어진 피부엔 뾰루지가 몇 개 나 있었다. 그리고 오늘, 지훈은 세련된 정장을 입고 등장했다. 어깨가 더 넓어졌고, 길어진 머리카락은 왁스로 단정하게 정리한 상태였다. 짙은 남색 슈트에 검은색 에나멜 구두가 잘 어울렸다. 짙은 보라색 줄무늬가 들어간 회색 양말이 센스 있었다. 세린의 눈을 마주 보고 웃는 지훈의 얼굴도 예전보다 훨씬 더 침착하고 부드러웠다. 살짝 능글맞아진 것 같기도 했다.

"나는 처음에 연락받고 네가 결혼하는 줄 알았잖아. 그런데 어떻게 연구실에 있는 거야? 지금 한국에 들어왔어? 나와 있어?"

"어, 누나. 나 한국 대학교 심리학 석사 과정 밟고 있어. 4년 전에 한국에서 군대 제대하고 한국에서 바로 석사 과정 들어가게 되어서. 그냥 한국에 눌러서 살려고. 아, 눌러앉는다고 말하는 게 맞지?"

지훈은 배시시 웃었다. 눈가가 반달 모양이 되는 건 여전했다. '남우 오빠도 저런 눈빛이었지.' 하고 세린은 자신도 모르게 남우의 얼굴을 떠올렸다. 그를 생각해도 이제 더는 칼로 찔린 듯 아프지 않았다. 약간 애틋하고 많이 덤덤했다. 때로는 즐거웠던 기억이 떠올라 가슴이 따스해지기도 했다.

"베를린에서 그렇게 오래 살고도 한국에서 살고 싶은가 보네.

근데, 저분이…… 그 친구야?"

　세린은 다른 사람이 눈치채지 못할 정도로 살짝 눈길을 주며 목소리를 낮춰 물었다. 지훈은 고개를 끄덕이며 미소를 머금었지만, 세린은 지훈의 눈빛 속에 어두운 그림자 한 조각이 스쳐 지나가는 모습을 볼 수 있었다. 지훈은 마치 긴장된 마음을 누르듯 작게 한숨을 쉬었다.

　"……응, 말했던 그 친구야. 마리."

* * *

　마리와 지훈은 소꿉친구 사이였다. 마리는 세 살 때 아버지가 독일 베를린으로 데리고 왔고, 지훈은 여섯 살 때 가족이 베를린으로 이민을 왔다. 마리와 지훈은 판이한 가정환경에서 자랐다. 마치 같은 공간 안에서 다른 시대를 사는 존재들처럼, 가족의 모습은 극과 극이었다.

　마리의 아버지는 무기 판매 회사를 경영했다. 아니, 마리는 스무 살이 될 때까지 그렇게 알고 있었다. 아버지의 삶은 신비로운 깊은 바닷속 같아서 마음속을 읽어낼 수가 없었다. 마리에게 한국에 대한 기억은 없었다. 마리가 세 살 때 봄에 독일에서 찍은 사진이 있는데, 마리의 생일이 10월이니 태어난 지 18개월 전후에 베를린으로 왔다는 얘기였다. 엄마라는 단어는 집안의 금기어였다.

친척 하나 없는 독일에서 구체적인 이야기를 물어볼 통로는 없었다. 그래서 마리는 엄마가 어떤 옷이 어울리는 사람이었을지, 사진 찍을 때는 어떤 표정을 지었을지 홀로 상상해 보곤 했다. 꼬마 마리는 자신이 엄마의 어떤 부분을 닮았을지를 생각하며 거울에 비친 얼굴을 요목조목 뜯어보기도 했다.

무늬만 그럴싸한 법적 공동체였던 마리와 아버지의 관계와 달리, 지훈의 가족은 단어 그대로 화학적 결합체였다. 서로서로 한 몸처럼 느끼고, 소소한 행복과 고민을 아낌없이 나누는 사이였다.

지훈의 부모님은 베를린의 한인타운에서 세탁소를 운영했는데, 오전 6시부터 문을 열어 밤 11시가 되어서야 문을 닫았다. 엄마는 항상 푸석한 머리에 피곤한 눈빛이었고, 아빠는 한 달 생활비를 어떻게 마련할지에 대한 고민을 안고 살았지만 지훈은 한 번도 부족함을 느낀 적이 없었다.

부모님은 아무리 바빠도 하루에 한 번은 지훈과 눈을 맞추고 사랑한다고 말해줬다. 지훈의 생일선물을 사줄 돈을 작은 저금통에 따로 모았고, 일주일에 한 번 쉬는 일요일이면 베를린의 공원과 갤러리, 자연사박물관과 동물원 등을 데리고 다녔다. 함께한 순간이 담긴 수많은 사진이 사랑의 증거가 되었다. 지훈이 기억하는 한, 언제나 부모님은 최선을 다해서 살았고 언제나 환하게 웃어줬고 언제나 사랑한다고 말해줬다. 사실 그건 부모님이 지훈에게 해줄 수 있는 최고의 인생 교육이었다. 덕분에 지훈은 든든하고 안

정감 있는 아이로 컸다.

이민 5년 차부터 지훈의 가족은 숨통이 트이기 시작했다. 세탁소는 안정적인 수익을 벌어들이는 파이프 라인이 되어줬고, 폐업하려던 바로 옆 식료품 가게를 인수했다. 세탁소 2호점을 미테 지구에 내면서부터 세탁비와 수선비를 올렸는데도 입소문을 타고 수요가 끊이지 않았다. 그곳은 진심이 있었다. 세탁소는 정성스럽고 따스한 기운이 머물렀고, 식료품 가게에서는 활기찬 인사가 오갔다. 손님들은 진짜배기 관심과 애정을 받았고, 자석에 이끌리듯 다시 이곳을 찾았다. 세탁해야 할 옷이 있어서가 아니었다. 배가 고파서도 아니었다. 마음을 채우고 싶어서였다. 부모님은 빛이 바랜 사람들의 마음을 든든하게 채워주고, 쭈글쭈글해진 마음을 부드럽게 다려주는 사람들이었다. 세탁소와 식료품점이 번창하는 건 당연한 수순이었다.

지훈은 열한 살 때, 베를린에서 차로 30분 거리에 있는 국제학교에 들어갔다. 이로써 독일로 이민 올 때부터 품었던 부모님의 꿈은 완성되었다. 국제학교는 커리큘럼이나 교육 환경에 있어 완벽에 가까운 곳이었다. 학비는 결코 만만치 않았지만, 부모님은 하나도 아까워하지 않았다.

전학 첫날 지훈은 긴장되는 마음으로 등교했다. 고풍스러운 빨간색 벽돌 건물의 문을 열면 환하고 모던한 인테리어의 교실이 보였다. 한 반 정원은 15명이었고, 모든 과정은 영어로 진행되었다.

승마와 플루트, 수영과 테니스, 발레와 풋볼, 뮤지컬까지 다양한 활동을 할 수 있는 공간이 마련되어 있었다. 담임 선생님은 항상 햇살 같은 미소를 짓는 사람이었다. 높은 천장은 우아하게 반짝였고 초록빛 운동장에는 잔디가 항상 단정하게 가꿔져 있었다. 국제학교는 다양한 국적의 친구들과 금세 친해질 수 있는 천국 같은 공간이었다.

전학생이 된 첫날, 열한 살 지훈은 교실 두 번째 줄에 앉아 있던 마리의 얼굴을 한 번에 알아봤다. 어쩌면 알아봤다기보다는 머릿속 깊은 곳에 잠들어 있던 영상이 자동 재생된 것과 비슷할지도 몰랐다. 지훈이 마리를 처음 본 건 여덟 살 때 베를린 자연사박물관이었다. 마리는 표정이 거의 없는 얼굴이었고 근엄한 표정을 한 어떤 언니와 함께 중앙홀에 앉아 있었다. 지훈은 마리를 스쳐 지나간 다음, 문득 돌아보았었다. 여자아이의 얼굴은 밀랍 인형처럼 예쁘장했지만, 또래 친구에게선 찾아볼 수 없었던 어두운 눈빛이 스며 있었다.

지훈은 이내 아이가 자신의 가족을 바라보고 있다는 사실을 깨달았다. 지훈의 엄마와 아빠는 지훈의 양손을 하나씩 잡고 있었는데, 고단한 일주일을 보내고 아들과 함께 여유롭게 공룡을 볼 생각에 부모님의 얼굴은 환했고, 엄마는 지훈에게 한국어로 끊임없이 말을 건넸다. 여자아이는 지훈의 가족이 아치형 통로를 지나 나비와 곤충이 잔뜩 박제된 옆방으로 사라질 때까지 흘깃거리며 그들을 바라봤다. 그러다 한순간 마리와 지훈의 눈이 마주쳤고 지훈의 마음에 그건 어떤 이해하기 힘든 자국처럼 영원히 박제되었다.

* * *

스물여덟 살의 마리는 결코 취하도록 마시는 법이 없었다. 부어라 마셔라 하는 술자리에서도, 자연스럽게 취한 척만 하면 누구나 당연하다는 듯 믿어줬다. 친구들은 마리가 술에 약한 타입이라고 생각했지만, 그건 사실이 아니었다. 마리는 최면술이나 심리 상담 등을 믿지 않았다. 믿지 않았다기보다, 피했다는 게 정확한 표현이었다. 만에 하나, 자신의 머릿속에 품고 있는 생각이 해수면 위로 떠오를까 봐 마리는 항상 전전긍긍했다. 말하기 전엔 머릿속으로 자신이 할 거짓말의 맥락이 자연스러운지 반드시 한 번씩 점검했다. 꾸며낸 내용에 빠진 건 없는지도……. 언젠가부터 거짓말을 할 때 마음이 편안해졌다. 진실을 말하는 건 언제나 무거웠다.

"이제 다시 미국으로 돌아가려니 아쉽지 않아요?"

"아쉽기도 하지만, 엄마가 얼른 돌아오라고 성화셔서요."

마리는 연구실 선배에게 대화를 정리하는 뉘앙스로 대답한 뒤 소양리 북스 키친 주변을 돌아봤다. 노을이 깔리면서 정원은 그대로 피로연장이 되었다. 은은한 노란빛 조명이 잔디밭을 가로질러 징검다리처럼 놓여 있고, 살랑이는 여름 저녁을 닮은 왈츠가 흐르고 있었다.

물론, 마리에게는 미국으로 들어오라고 하는 엄마가 없었다. 하지만 엄마 이야기를 늘어놓을 때면, 마리에게도 다정하고 친절하고 때로는 잘 삐지는 귀여운 엄마가 진짜 있는 것 같았다. 마리는 세심하고 집요한 시나리오 작가처럼, 자신의 인생 각본을 완성했다. 시나리오에서 설정한 장치의 세부 사항을 외우고 인물을 상상하고 진짜로 존재한다고, 진짜라고 몇 번이고 되뇌었다. 마법의 주문을 거는 것과 비슷하다고 마리는 생각했다. 지훈의 엄마를 떠올리면 한결 쉬워졌다. 그러면 믿어졌다.

놀랍게도, 허구의 세상을 가정하고 세심한 세공을 거친 거짓 이야기로 집을 지으면, 진짜 집이 탄생했다. 아무런 문제가 없었다. 인생은 어차피 진실과 거짓으로 엮어지는 게 아닌가. 거짓 속에 달콤하고 안락하고 뭔가 특별해 보이는 세계가 펼쳐져 있었다.

"엄마도 같이 한국 들어오셨으면 좋았을 텐데……. 1년만 교환학생으로 있다가 가면 사실상 연구 실적을 남기기가 쉽지 않잖아요. 그래서 말인데……."

눈치가 없는 건지 붙임성이 좋은 건지, 선배는 샴페인 잔을 흔들면서 말을 이어갔다. 그 선배는 미디어 커뮤니케이션 분야에서 인지심리학을 연구하는 박사 과정 고참이었다. 샴페인 잔 거품이 보석처럼 반짝거렸다.

"아, 선배님, 잠시만요."

마리는 고른 치아를 드러내는 미소를 지으면서 선배의 말을 끊었다. 그리고 누군가와 눈으로 인사하듯 고개를 끄덕이더니 자리에서 일어섰다. 선배는 누구와 인사하나 싶어 뒤를 돌아봤지만, 딱히 누군지 알기가 어려웠다. 익숙한 연구실 동료와 선배들이 점잖은 모습으로 소곤거리며 때론 웃음을 터뜨리고 있었다.

마리는 보호색을 입은 카멜레온처럼 자연스럽게 무리와 섞였다. 얼마 전에 함께 갔던 노래방에서 고함을 지르는 수준으로 시끄럽게 떠들며 어깨를 부여잡고 잔을 부딪치던 동료를 보며 슬쩍 웃었다. 마리는 흥청망청한 한국의 술자리 모임이 좋았다. 살아오면서 이렇게 서로의 간격이 바짝 붙어 있는 사회는 처음이었다. '우리가 남이가'라는 식의 한국 특유의 공동체 의식은 술자리의 기운을 받아 깨어난 마법사처럼 주변을 어슬렁댔고, 마리는 오랜만에 집에 온 것처럼 이내 마음이 편해졌다.

게다가 피로연 뷔페 테이블에는 한식이 그득했다. 돼지 갈비찜과 잡채, 각종 전과 김밥, 초밥, 불고기, 잔치국수 등이 줄줄이 기다리고 있었다. 수수하면서도 묵직한 도자기 그릇이 식기 세트와 함께 기대하라는 듯 반짝이고 있었다. 마리는 머릿속으로 지훈의 집에서 함께했던 크리스마스의 식탁을 떠올렸다. 전남 여수에서 태어나고 자란 지훈의 엄마는 독일 베를린에서 리틀 여수를 창조하는 미션을 항상 성공시키곤 했다. 한국에서 항공 배송으로 주문

가능한 재료와 현지에서 구할 수 있는 재료를 총동원했다. 갓김치, 묵은지 고등어 조림, 해물탕이 주인공이었고, 장조림 계란, 숙주나물 무침, 두부 부침 등 9가지가 넘는 밑반찬들이 식탁을 가득 채우곤 했다.

당시의 마리에게 해물 위주로 구성된 한식은 처음이었다. 불고기나 안 매운 김치 정도는 익숙했지만, 해물탕과 생선 조림, 갓김치는 생전 처음 보는 음식이었다. 하지만 입에 넣으니, 오랫동안 미각이 이 맛을 그리워하기라도 한 듯이 사르르 녹았다. 마리의 한국어는 완벽하지 않았지만, 지훈과 부모님의 한국어를 거의 다 알아들을 수 있었다. 지훈의 가족과 함께 있을 때면, 마리는 뭔가 이야기를 지어낼 필요가 없었다. 지훈의 가족은 사람은 누구나 평범하고, 평범함의 옷을 입고 자신만의 방법으로 살 때 빛이 난다고 믿는 사람들이었다. 있는 척하는 삶이 주는 순간의 짜릿함과 우월감을 전혀 이해하지 못했다. "내가 해봐서 아는데.", "내가 그 정도는 벌어봤는데.", "내가 살다 보니 이런 경우도 있었는데 말이야."라는 말로 시작되는 허세의 기운은 세 가족의 어떤 구석에도 스며들지 못했다.

그래서 마리는 지훈과 있을 때는 완벽하고 특별한 존재로 보여야 한다는 압박에서 해방되었다. 지훈의 가족은 마리에게 꼬치꼬치 캐묻는 법이 없었다. 지금까지의 마리의 삶이 어땠는지를 은근히 궁금해하는 표정을 짓지도 않았다. 아버지는 어떤 일을 하는 사람인지, 집에 돈은 많은지, 엄마와는 어떤 추억이 가장 기억에 남는지, 장래의 꿈은 어떻게 되는지 따위를 직간접적으로 질문하지 않았다. 지훈의 부모님에게 마리는 그냥 지훈이의 친구였고, 지훈에게 마리는 독일에서 만난 한국인 친구였다. 그러면 충분하지, 뭐가 더 필요하냐는 눈빛이었다. 지훈의 가족을 만나면 마리는 아무것도 신경 쓰지 않고 편하게 웃을 수 있었다.

"……마리야, 여기!"

정원 반대편에 서 있던 지훈이 마리를 불렀다. 큰 목소리를 낸 건 아니었지만 마리 귀에 꽂히듯 한 번에 들렸다. 마리가 사람들을 지나 지훈에게 걸어가기 시작하자 심리학과 연구실 남자 동료들은 슬쩍슬쩍 마리를 훔쳐봤다.

마리는 얼굴이 하얗고 이마는 톡 튀어나오고, 바비 인형처럼 쌍꺼풀이 진 커다란 눈을 가졌다. 밝은 갈색으로 염색한 머리를 뒤로 묶었는데 바람에 순간 찰랑댔고, 별다른 무늬가 없는 검은색 원피스가 모델처럼 잘 어울렸다. 수수한 화장을 해서인지 화려한 얼굴이 더욱 돋보였다. 뭔가 겁먹은 아이처럼 어깨를 살짝 구부리고 있었지만, 걸음걸이는 우아한 발레리나를 떠올리게 했다. 마리한테서는 신비로운 바다가 넘실댔다. 1년 가까이 함께 연구실에 있었지만, 다른 이들에게 마리는 여전히 신입 연구원처럼 낯설었다.

"야야, 여전하네."

소양리 북스 키친 정원을 가로질러 지훈에게 가던 마리가 풀썩 넘어질 것 같자, 앞에 서 있던 지훈이 마리를 잡아주며 말했다. 마리가 고개를 들자 세련된 슈트를 차려 입은 지훈이 씩 웃고 있었다. 옆에는 귀여운 인상의 여자가 자신을 빤히 바라보는 듯했다.

"사람이 어떻게 그렇게 변함이 없냐."

"지훈아……."

마리는 지훈이 자신을 향해 오랜만에 웃어준다고 생각하며 무의식중에 고개를 끄덕였다.

* * *

넘어지는 건 마리의 특기였다. 완벽해 보이는 얼굴과 자세를 갖추었지만, 마리는 툭하면 넘어졌다. 국제학교에서 발레를 배울 때도, 교실을 이동하러 학교 복도를 걷다가도, 기숙사 앞 작은 정원에서 핼로윈 파티를 할 때도, 뮤지컬 공연 리허설 무대 위에서도. 지훈과도 넘어지는 사건을 계기로 친해졌다. 학교 복도를 지나다가 서로 부딪힐 뻔했는데, 부딪히지 않으려고 방향을 틀던 마리가 옆으로 고꾸라지는 바람에 발목을 제대로 삐었다. 움직일 수가 없어서 지훈이 마리를 업고 보건실로 갔고, 그날 이후로 둘은 붙어다니기 시작했다.

마리는 다리 깁스를 4주간 해야 했고, 지훈은 자신 때문에 마리가 다친 것이니 당연히 자신이 가방이나 필요한 물건을 들어줘야 한다고 생각했다. 둘은 같이 수학 숙제를 했고, 독서 토론 수업에서 읽어야 하는 《앵무새 죽이기》, 《빨강 머리 앤》, 《어린 왕자》 같은 책들을 함께 읽었다.

마리가 지훈의 부모님을 만난 건 그해 크리스마스 시즌이었다.

"아이고! 어쩜 이렇게 예쁘게 생겼대요, 그래."

지훈의 엄마는 마리를 보자마자 다짜고짜 덥석 안았다. 몇 년 동안 못 본 조카를 대하는 이모 같았다. 마리는 당황스러워서 얼굴이 굳어버렸지만, 포근한 음식 냄새가 나는 품이 싫진 않았다. 지훈은 싱글벙글 웃으며 아빠와 엄마에게 마리를 소개했다.

"엄마, 내가 얘기했던 마리야. 독일어가 제일 편하다지만, 한국어도 어느 정도 해. 유치원 때부터 한국어 과외를 따로 받았대."

"한국어 계속 공부하는 게 쉽지 않을 텐데. 진짜 대단하구마이. 역시 한국인이구먼."

지훈의 아빠는 빳빳하게 다린 양복을 차려입고 둘을 맞이했다. 마리는 아빠가 내민 손을 조심스럽게 잡았고, 마리는 생각보다 보드라운 지훈 아빠의 손에 살짝 놀랐다.

마리는 그 이후로 지훈의 가족과 여섯 번의 크리스마스 식사를 함께 했다. 지훈은 당연한 듯 일곱 번째 크리스마스도 마리와 함께하리라고 생각했지만, 일곱 번째 크리스마스이브부터 마리는 연락이 되지 않았다. 지훈은 마리에게 무슨 사정이 있겠지, 곧 연락이 오겠지 생각하며 기다렸다. 하지만 그 후로 10년이 흐르도록 마리는 나타나지 않았다. 마리는 마음을 단단히 먹고 둘 사이를 잇는 연결 고리를 제대로 끊은 듯 감쪽같이 사라져 버렸다. 사실 마리는 지훈에게 얼마든지 연락을 할 수 있었지만, 하지 않았다.

지훈은 라이프치히 대학교에 들어가 심리학으로 학사 학위를 받았다. 대학교에 가면 마리를 찾을 수 있을 거라 믿었던 지훈은 어떻게든 실마리를 발견하려고 애썼지만, 마리는 흔적도 없었다. 마리는 친구도 없었고, SNS도 하지 않았고, 고등학교 졸업 사진도 찍지 않았다. 당연히 연락처나 주소는 비공개였다. 그래도 지훈은 포기할 수 없었다. 마음이 포기가 안 됐다. 마리와 함께할 때는 그저 우정인 줄 알았다. 하지만 떨어져 있어 보니 몸의 일부가 떨어져 나간 듯했다. 그리움은 눈치 없이 불쑥불쑥 문을 두드렸고, 기억은 단풍이 든 나뭇잎처럼 선명해졌다. 지훈에게 마리가 친구 이상의 존재라는 게 점점 확실해졌다.

더불어 마리가 낯선 사람들과 마주하면 가면을 쓴 것처럼 진짜 모습을 절대 드러내지 않던 모습이 점점 또렷하게 기억났다. 어렸을 때는 그런 마리를 대수롭지 않게 생각하고 넘겨버렸지만, 조금 더 큰 뒤에 돌아보니 마리는 가면을 쓴 본인의 모습을 더 편안하게 느꼈던 것 같기도 했다. 그런 마리의 모습을 어렴풋이 눈치채고 있었음에도 한 번도 직접적으로 물어보거나 다독인 적이 없었던 게 후회되기도 했다. 마리는 복잡하고 계산적이고 이해되지 않는 모습투성이었지만, 지훈은 마리의 진짜 모습을 알았다. 겁이 많

고, 혼자 있을 때만 몰래 울고, 평범해지기만을 소망하던 아이의
모습을……

　그리고 오늘, 마리는 노을이 지는 소양리 북스 키친의 정원에서
지훈 앞에 서 있었다. 10년이라는 시간의 벽을 훌쩍 뛰어넘고 등
장한 마리가 지훈을 빤히 바라보고 있었다. 지훈은 마리가 마음만
먹으면 신기루처럼 사라질 수 있는 아이란 걸 알았다. 지훈은 심
장 어딘가를 꾹 누른 것처럼 아릿한 감정을 느끼며 세린을 마리에
게 소개했다.
　"여기, 세린 누나야. 유망한 일러스트 작가님이시지."
　"애가 원래 남을 놀릴 때 거창하게 설명하는 버릇이 있나 봐요.
하하. 독일에서 단짝이었다면서요?"
　"아, 예. 저는……."
　마리는 반사적으로 침을 꿀꺽 삼키고 말을 이었다.
　"마리라고 합니다."
　마리는 한국말이 서툰 척을 하면서 이 상황을 빠져나가면 어떨
까 하는 생각이 들었다. 명쾌하게 설명하긴 힘들었지만, 자신의 어
린 시절을 함께했던 세련된 슈트 차림의 지훈이도, 눈웃음이 사랑
스러운 눈앞의 여자도 왠지 부담스러웠다. 거짓말을 하면 안 될
것 같은 부담감에서였을까.
　"마리, 이름 예쁘네요. 너무 잘 어울리는 이름이에요. 아, 맞다.

그런데……."

세린이 갑자기 생각난 것처럼 말을 꺼냈다. 세린은 침착한 말투로 말을 이었지만 설레하는 감정이 배어 있었다.

"오늘 저녁 7시부터 심야 책방 프로그램을 하거든요. 작은 동네 서점들이 돌아가면서 밤 11시까지 책방을 열고 책 모임 하는 거예요. 오늘이 마침 그날인데, 피로연도 7시까진 끝나기로 되어 있어서 심야 책방은 예정대로 진행해요. 저희 대표님이 진행하시는데…… 온 김에 한번 구경해 볼래요?"

세린은 마리에게 브로슈어를 내밀었다. 지훈이 마리에게 슬며시 웃으며 고개를 까딱였다. 마리는 세린과 지훈이 의미심장한 눈빛을 교환하는 것을 전혀 눈치채지 못했다. 마리는 브로슈어에 소개된 '한여름 밤의 북 클럽'의 헤드라인 부분을 읽는 중이었다.

8월의 책 : 델리아 오언스의 《가재가 노래하는 곳》
습지에 버려진 카야의 인생을 통해
외로움과 고독의 목소리에 귀 기울여 보세요.

마리는 버려진 어린 소녀의 모습 따위는 상상하고 싶지 않았다. 마리는 브로슈어에서 눈을 뗀 뒤, 세련된 표정을 유지하면서 자연스럽게 말을 했다.

"아, 저는 그냥 카페라테나 한 잔……."

"······한번 가보자, 마리야."

지훈이 마리의 말을 자르며 말했다. 중저음의 목소리에는 어떤 결심이 담겨 있었다. 마리는 반사적으로 옆에 선 지훈을 바라봤고, 둘은 눈을 마주쳤다.

지훈의 눈 속에 아주 투명한 호수 같은 세계가 있었다. 따뜻한 달빛이 두둥실 뜬 평온한 호숫가였다. 아기 코끼리 한 마리가 아무렇지 않은 듯 태연하게 물을 마시고 있고 적막이 흐르지만 부드러운 바람이 부는 곳이었다. 이곳에서는 굳이 태양이 빛나지 않아도 좋을 것 같았다. 반면, 마리의 눈 속에는 어지럽고 혼란스러운 세계가 있었다. 굉음을 내며 롤러코스터가 지나갔고, 정리되지 않은 채 조각난 기억의 파편이 둥둥 떠다녔다. 여기저기 부서지고 깨어진 집은 금방이라도 무너질 듯 위태로웠다.

지훈은 마리를 가만히 바라봤다.

'마리야. 괜찮아, 그냥 다.'

지훈은 눈으로 이렇게 이야기했다. 불완전한 언어로 표현하기에, 감정은 너무 깊고 오묘하고 복잡하니까. 마리는 지훈의 투명하고 깨끗한 눈빛이 두려웠다. 그 눈빛에 자신도 투명해질 것만 같았다. 마리는 여전히 비밀의 수렁에서 헤매는 중이었다. 헤어 나올 수 없는 깊이의 수렁에 지훈까지 끌어들일 수는 없었다. 마리는 말없이 지훈을 바라보기만 했다. 하지만 이내 주먹을 쥘 듯한 힘은 어디론가 빠져나가고 있었다.

* * *

북 카페 세미나실에서 낭독이 이어지고 있었다. 잔잔한 피아노 연주곡이 배경음악처럼 깔려 있었다. 길쭉한 원목 테이블에는 예닐곱 명의 사람이 앉아 있었고, 한 사람이 프로젝터 앞에 앉아 낭독 중이었다.

남부의 겨울은 온화하게 다가와 슬며시 눌러앉는다. 담요처럼 포근한 햇살이 카야의 어깨를 감싸고 점점 더 깊은 습지로 유혹했다. 가끔 알 수 없는 밤의 소리가 들려오고 코앞에서 내리꽂힌 번개에 소스라쳐 놀랄 때도 있지만, 카야가 비틀거리면 언제나 습지의 땅이 붙잡아 주었다. 콕 집어 말할 수 없는 때가 오자 심장의 아픔이 모래에 스며드는 바닷물처럼 스르르 스며들었다. 아예 사라진 건 아니지만 더 깊은 데로 파고들었다. 카야는 숨을 쉬는 촉촉한 흙에 가만히 손을 대었다. 그러자 습지가 카야의 어머니가 되었다.

책의 문장은 소리가 되어 공간에 퍼져나갔다. 종이에 인쇄된 글자가 누군가의 음성을 통해 갓 태어난 아기 동물처럼 현실 세계로 걸어 들어왔다. 어느새 작은 세미나실은 카야의 늪지가 되었다. 바깥에서 매미 소리가 풀잎이 바람에 스치는 소리처럼 아득하게 깃들었고 유리창 바깥으로 반딧불이 몇 마리가 길을 잃은 별똥별처럼 떠다니고 있었다.

북 클럽을 이끄는 유진이 입을 열었다.

"《가재가 노래하는 곳》의 카야에게서 누구나 자신과 닮은 구석을 발견할 수 있을 거예요. 카야가 다섯 살 때 엄마가 집을 떠났고, 다시는 돌아오지 않았어요. 아버지의 폭력에 맞설 힘이 없었던 형제자매도 하나둘씩 집을 벗어났고, 결국 술주정뱅이 아버지마저 떠났죠. 그리고 습지와 늪만 가득한 자연에 아이는 버려졌던 겁니다."

마리는 마음을 들킨 기분이었다. 그동안 꽁꽁 싸매고 또 싸맸던 비밀이 한낮에 내리쬐는 햇빛을 받아 녹아내리는 느낌이었다. 자신의 얼굴에 피부처럼 붙어 있던 가면이 슬며시 자취를 감추고 있었다. 마리는 어느새 카야의 물빛 눈동자를 상상하고 있었다.

유진이 말을 이었다.

"세상이 카야에 대한 온갖 루머를 만들어내는 동안, 카야는 외로움을 친구 삼으며 습지와 늪이 품어주는 위로의 힘으로 성장해가요. 신비로운 카야의 미모에 매료되는 체이스와 카야의 어린 시절 유일한 친구였던 테이트가 인생에 등장한 뒤로, 카야의 인생은 변화의 급류를 타게 되지요. 작가가 카야의 외로운 투쟁과 테이트의 지고지순한 사랑을 통해 인생에 외로움이 무엇인지, 사랑의 의미가 무엇인지를 되묻고 있는 작품이라는 생각이 듭니다."

지훈은 2년 전 《가재가 노래하는 곳》을 처음 읽었을 때, 마리를 떠올렸다. 그때만 해도 마리가 지훈의 삶에 재등장하지 않았던 때였다. 지훈은 어느 하늘 아래 있을 마리를 상상하며, 이 책이 마리를 찾아가길 소망했다.

지훈은 알았다. 마리가 이야기 속의 광활한 늪지대에서 비로소 편안해질 거라는 걸. 카페나 와인 바에서 몇 시간 상대방과 떠드는 것과는 차원이 다른 위로를 받게 될 거라는 걸. 카야가 마리 곁에서 말없이 노을이 지는 것을 함께 바라보며 앉아 있어 줄 거라는 걸. 늪지에 해가 내려앉고, 온통 붉은빛으로 물드는 쓸쓸하고 외로운 시간을 함께할 거라는 걸. 책을 만나면 마리는 마음을 털어놓을 친구가 생길 거라는 걸. 카야에게는 뭐든 말해도 된다는 걸…….

첫 번째 세션이 끝났고, 북 클럽 멤버들은 조용히 이야기를 나누며 티타임을 준비했다. 지훈은 잠시 화장실을 다녀오겠다며 나갔다. 마리는 테이블 위에 놓여 있던 《가재가 노래하는 곳》의 첫 페이지를 읽기 시작했다. 도입부부터 흡인력이 남다른 책이었다.

그때 지훈의 목소리가 뒤에서 들려왔다.

"준비됐어?"

마리가 흠칫 놀라 뒤돌며 대꾸했다.

"뭐가……?"

지훈은 손에 쥔 모기 퇴치용 스프레이를 들어 올리며 대꾸했다.

"한여름 밤의 산책."

"지금 당장 말이야? 나 하이힐 신고 있는 거 안 보여?"

어이없어하는 마리를 보며 지훈은 씩 웃었다. 마리의 눈빛에 아이처럼 들뜬 설렘이 느껴져서였다.

지훈은 소양리 북스 키친 뒤쪽 정원과 연결된 작은 오솔길로 들어섰다. 습하고 축축하면서 뜨뜻한 한여름 밤의 공기가 아직 하늘로 오르지 못한 열기구처럼 주변을 둥둥 떠다녔다. 가로등은 없었지만, 주변은 달빛으로 휘영청 밝았고, 숲속 오솔길에는 사람들이 꽤 있었다. 가끔 자그마하게 함성 비슷한 소리가 들리고 아이들의 웃음소리가 메아리쳤다. 그곳에는 반딧불이가 있었다. 여름밤, 일곱, 여덟 살쯤 되어 보이는 아이들이 폴짝거리며 뛰어다니고 괴성을 질러가며 반딧불이를 잡고 있었다. 후덥지근하지만 한결 시원해진 숲속 바람이 반딧불이를 둥둥 띄우는 것처럼 부드럽게 살랑댔다.

"이럴 줄 알았으면 운동화로 갈아 신고 오는 건데."

마리가 하이힐이 불편해서 투덜대자 지훈이 씩 웃으며 백팩을 내려놓더니 운동화를 꺼냈다.

"그런 생각이 들 줄 알았지."

"어, 언제 이거……. 뭐야?"

"생일 선물이야. 너 발 사이즈가 EU 36.5 맞지?"

"……어."

지훈은 무심한 듯 말하며 마리 발 아래 운동화를 내려놓았다. 마리가 잠시 머뭇거리다 신발을 신으며 지훈에게 말했다.

"……그거 알아? 한국에선 신발을 선물하면 상대방이 도망간다는 얘기가 있대."

지훈은 한순간 마리를 정면으로 바라봤다. 마리는 지훈의 표정이 무슨 말을 하는지 알 것 같아서 순간 가슴이 욱신거렸다.

"잠수 타는 건 네 전문이잖아."

지훈은 농담을 하는 것처럼 씩 웃고 넘어갔지만, 속에 단단한 응어리가 있었다. 마리는 순간 할 말을 잃고 가만히 있었다. 지훈이 마리가 일어나도록 도와주면서 아래를 손으로 가리켰다.

"저기 아래쪽이야. 한 5분 걸어가면 평지로 된 습지로 연결된대."

둘은 오솔길에서 살짝 벗어난 길로 접어들었다. 그곳에는 작은 늪지대가 형성되어 있었고 몇몇 연인들이 손을 잡고 구경하고 있었다. 주변은 풀벌레와 개구리 울음소리로 가득했고, 매미 소리까지 가세해서 귀가 아플 지경이었다. 늪지대에서 불어오는 바람은 서늘하다 못해 냉랭한 기운을 뿜었다. 산모기가 앵앵거리며 귀를 거슬리게 했고 맨발에 운동화를 신고 온 탓에 발바닥이 질척거리기 시작했지만, 마리는 그냥 좋았다. 한여름의 한국, 반딧불이가 가득한 숲속에 지훈과 있다는 게 놀랍고도 신비로웠다. 이어서 마리는 지훈이 처음 와보는 이곳의 지리를 훤히 알고 있는 것이 이상하다는 생각도 스쳤다.

"여기야. 다 왔네."

"우와…… 이게 다 뭐야?"

"그러게, 이게 다 뭐냐."

지훈이 부드럽게 웃었다. 그곳에는 빨간색 체크무늬 돗자리가 깔려 있었고 피크닉 바구니에는 디저트와 샴페인이 담겨 있었다. 바구니 앞에는 반딧불이 숲속을 그린 일러스트가 담긴 엽서가 놓여 있었고 손 글씨로 "지훈과 마리에게"라고 쓰여 있었다.

"아까 인사했던 세린 누나가 반딧불이 명당을 알려줬거든. 가면 뭐가 있을 거라더니. 하하!"

자그마한 웅덩이 같은 물을 가로질러 반딧불이 수십 마리가 떼를 지어 이리저리 날아다녔다. 그건 마치 암호로 전달되는 메시지처럼 보이기도 했다. 마리는 샴페인을 마시면서도 반딧불이들에게서 눈을 떼지 못했다.

"여기 진짜 근사하다. 지구가 아닌 행성에 온 기분이야."

"원래는 여기 반딧불이가 살던 곳이 아니래. 그런데 소양리 북스 키친에서 반딧불이를 무주에서 가져왔다더라고."

"아, 그래? 정성이 담긴 공간이네."

마리는 새삼스레 주변을 둘러보며 말했고 지훈은 특유의 부드러운 미소를 지으며 고개를 끄덕였다.

"우리가 걸어 내려온 오솔길을 쭉 따라 올라가면 호수로 연결된대. 예전에는 마을 사람들이 많이 다니던 길이었는데, 아랫마을에 널찍한 국도가 생기면서 오솔길은 필요가 없어졌대. 그래서 소양리 북스 키친에서 반딧불이 프로그램을 만들어서 여기가 얼마나 아름다운 곳인지 알려주려고 했다나 봐."

지훈의 말에 마리는 희미하게 웃음 지으며 고개를 끄덕였다.

"그렇구나. 필요가 없어진 길이라⋯⋯."

지훈은 디저트가 담긴 바구니에서 에그 타르트를 꺼내어 한 입 베어 물었다. 그리고 반딧불이를 바라보며 말을 이었다.

"⋯⋯반딧불이는 1년 중에 불빛을 내며 살아 있는 시간이 고작해야 2주래. 열네 번의 밤 동안 빛을 발하다가 우주에서 사라지고 말지. 인생에서 진짜 이야기를 나눌 기회는 그렇게 자주 있지 않다는 얘기처럼 느껴지더라⋯⋯. 우리가 진실을 이야기하는 밤이 인생에서 열네 번은 될까?"

마리의 얼굴에 웃음이 사그라들었다. 지훈은 고개를 돌려 마리의 얼굴을 바라봤지만, 마리는 눈을 피한 채 샴페인을 한 모금 마셨고 말이 없었다. 마리의 뺨이 살짝 굳어지는 게 보였다. 지훈은 에그 타르트를 내려놓고 허리를 곧추세웠다.

"네가 지난 3월에 학생 식당 앞 벤치에 앉아 있는 모습을 봤을 때 말이야⋯⋯. 나는 당연히 너를 닮은 사람일 뿐이라고 생각하며 스쳐 지나갔어. 그런데 몸이 먼저 반응하더라고. 머리 뒤쪽이 저릿한 느낌이 들더니, 나도 모르는 새 발걸음을 멈추고 있었거든. 내가 돌아봤을 때 너는 날 물끄러미 바라보고 있었어. 10년 만에 불쑥 내 앞에 등장하다니……. 그것도 심리학과 연구실 동료로. 뭐랄까, 너답더라."

지훈은 그날을 떠올렸다. 10년 만에 다시 마리를 만난 1년 전 그날. 시간이 다시 요동치기 시작하던 여름날 오후. 지훈은 한참을 말없이 마리를 쳐다봤다. 그러면 지나간 시간의 흔적을 파헤칠 수 있을 것처럼. 하지만 지훈은 마리에게 아무것도 물을 수가 없었다. 마리의 눈에서는 아무것도 감지할 수 없었다. 마리의 담장은 더 높고 뾰족해져 있었다.

마리는 침묵을 깨고 마치 쭉 연락을 하고 지냈던 사이처럼 지훈에게 말을 건넸다. 미국에서 사회심리학 석사 과정을 밟다가 교환학생으로 1년간 한국에 들어왔다고 했다. 얼마간의 시간이 지나면 마리는 또다시 사라질 것이었다. 처음부터 없었던 사람처럼. 마치 한여름 밤의 꿈처럼.

반딧불이가 총총거리듯 날아다니고 있었다. 숲속에서 불어오는 부드러운 바람이 머리칼을 쓰다듬는 느낌이었다. 지훈은 한숨을 쉬듯 이야기를 이었다.

"나 사실 오늘 북 클럽에서 《가재가 노래하는 곳》을 이야기한다는 거, 알고 있었어. 네가 이 책을 만났으면 했거든. 내가 처음 이 책을 읽었을 때, 제일 먼저 떠오른 사람이 너였으니까."

마리는 침을 꿀꺽 삼켰다. 뭐라도 얘길 하고 싶은데 말이 안 나왔다. 지훈이 뭔가 결심을 했다는 게 느껴져서였다. 지훈은 따스한 토스트 빵 같은 남자지만, 한번 마음을 먹으면 누구보다 단단하고 강한 검투사가 되곤 했다. 지훈의 목소리가 이어졌다.

"그때가 너랑 다시 만나기 전이었어. 그냥, 어느 하늘 아래 네가 살고 있겠지 생각하면서 이 책이 너를 찾아간다면 얼마나 좋을까 생각했어."

차가운 샴페인이 연한 노란빛으로 반짝였고 기포가 하나둘씩 위로 올라왔다. 지훈은 샴페인을 한 모금 마시고 늪지대 너머의 산등성이를 바라봤다. 산등성이 위로 펼쳐진 밤하늘은 보랏빛을 닮아 있었다.

"……네가 광활한 늪지대에서 비로소 편안해질 거라는 걸 알았어. 카페나 와인 바에서 몇 시간 상대방과 떠드는 것과는 차원이 다른 위로를 받게 될 거라는 것도. 늪지에 해가 내려앉고, 온통 붉은빛으로 물드는 쓸쓸하고 외로운 시간에 카야도 함께할 거라는 것도. 그러니까 나는…… 난 네가……."

지훈이 말을 끝내지 못하고 망설이자 마리는 다리를 끌어안고 앉은 채 말했다.

"나는…… 이야기 속에서 너를 만났던 것 같은데."

지훈이 고개를 돌려 마리를 바라봤다. 마리는 '목소리가 왜 이렇게 떨리는 걸까.' 하고 속으로 생각했다. 태어나서 이렇게 긴장했던 순간이 또 있었을까 싶었다. 마리는 쿵쾅거리는 가슴을 간신히 진정시키며 천천히 말을 이었다.

"《앵무새 죽이기》,《빨강 머리 앤》,《어린 왕자》. 우리 같이 읽었던 책들 기억나?"

마리 머릿속에 책의 문장들이 떠올랐다. 도서관에서 빌려서 닳아 있던 책 페이지를 넘기던 손가락의 감촉이 떠올랐다. 지훈은 고개를 끄덕였다.

"기억나지. 네가《어린 왕자》 책에 오렌지 주스 흘렸던 것도."

"하하. 그래, 바오밥 나무로 가득한 어린 왕자 행성이 있는 부분이었나?"

"음, 장미꽃이랑 대화하는 부분이었던 것 같은데. 그리고《빨강 머리 앤》독후감 숙제할 때 기억나나. 너랑 나랑 반반 나눠서 읽고 줄거리를 서로 알려주는 걸로 했잖아."

"빨강 머리 앤이 원체 말이 많잖아. 내용이 좀 길어야 말이지."

"그러게, 말을 한번 하면 기본이 한 문단은 훌쩍 넘어가니까."

마리는 웃음 짓는 지훈을 바라보며 마음속으로 가만히 한마디를 더 했다.

'너한테도 다 말하고 싶었는데. 너한테도 하고 싶은 말이 참 많았는데⋯⋯.'

마리는 샴페인을 한 잔 더 따르며 말을 이었다.

"《앵무새 죽이기》를 읽으면 너네 집에서 밥 먹었던 게 기억나. 크리스마스 시즌 방학 전까지 제출해야 하는 과제였던가."

마리는 10년 전의 자신을 떠올리며 약간 뭉클했다.

"지훈아, 나는…… 그러니까 어쩌면 너를 계속 만나고 살아왔던 건지도 몰라. 비록 얼굴을 보고 말을 하지는 못했지만……. 그래도 너랑 함께 읽은 이야기를 다시 읽다 보면, 항상 네가 있었어. 같이 읽던 날의 날씨도, 기분도, 그날 먹었던 음료수도 전부 기억났고."

마리는 지훈이 선물해 준 운동화를 물끄러미 바라보다 말을 이었다.

"……네가 지난 10년 동안에도 내 친구였다고 얘기하고 싶어. 그러니까 우리가 못 보고 지낸 그 시간에도 말이야."

지훈은 마리의 말을 되감기 해서 들어보듯 다시 되뇌어 봤다. 계속해서 그들이 친구였다는 그 말을……. 지훈은 이해가 되지 않는 표정으로 마리를 바라봤다.

"그래도 얼굴 보며 살 수도 있었잖아. 내가…… 뭐 잘못한 거라도 있었어?"

"그럴 리가……. 아니야, 그건 네가 더 잘 알잖아."

마리는 다급한 사람처럼 곧바로 말했다. 그리고 한숨을 쉬며 말을 이었다.

"그냥, 나는…… 네 앞에서만큼은 괜찮은 척할 수가 없다는 걸 알았을 뿐이야. 너에게는 내 상상 속의 귀여운 엄마와 다정한 아빠를 들먹일 수 없었으니까. 결혼과 가족과 아이에 대한 로망을 가진 순진한 여자로 포장하는 게 불가능했으니까. 그러니까 내가 원하는 내 모습인 것처럼 스스로 믿고 거짓말을 늘어놓을 수가 없어서…….”

지훈은 마리가 《어린 왕자》에 나오는 장미꽃을 닮았다고 생각했다. 항상 도도하고 완벽하게 보이기를 원했던, 세상에 단 하나뿐인 의미로 받아들여지길 간절히 바랐던 그 장미꽃을……. 그러면서 동시에 누구보다 평범하고 소박하게 살기를 원하기도 했던, 어린 왕자의 손길을 간절히 바랐던 그 장미꽃을…….

지훈은 마리의 어깨에 가만히 손을 올렸다.

“마리야, 우린 누구나 거짓말을 하고 살아. 누군가로부터 나를 보호하려고, 때로는 나에게서 누군가를 보호하려고. 가끔은 그냥 현실 세계를 떠나고 싶어서.”

마리는 천천히 지훈을 바라봤다. 자신이 떨고 있다는 사실을 이내 알았다. 입술이 달싹거리듯 떨리고 있었고, 머릿속이 우유를 부은 것처럼 새하얘졌다.

“지훈아…….”

마리는 뭔가 말을 해야 한다고 생각했지만 입이 떨어지지 않았다. 반딧불이가 내뿜는 초록빛 불빛이 쉴 새 없이 깜빡였다.

지훈은 마리의 얼굴에서 눈을 떼지 않으면서 말을 이었다.

“사실은 나, 너에 관한 이야기를 여기저기서 들었어. 하지만 너는 나한테 한마디도 말을 안 하잖아. 그러면 네가 나한테 아직은 말하고 싶지 않은 것이겠거니, 생각했어. 그래서 우선 그런 소문은 무시하기로 했어. 네가 말하고 싶을 때까지 기다리기로 했지. 네가 말하고 싶은 때에, 말하고 싶은 방식으로 말해주길 바랐으니까. 그런데 넌 끝까지 한마디도 할 생각이 없는 것 같더라."

지훈은 마음이 먹먹해졌던 한여름 라이프치히에서의 밤을 떠올렸다.

***

"아, 맞다. 나 마리 봤어. 보스턴 대학교 카페테리아에서 마주쳤었지. 한 석 달 됐나?"

그날 저녁, 지훈은 순간 가슴이 얼어붙는 느낌이었다. 마리 소식을 듣지 못하고 지낸 지 5년째였던 여름이었다. 국제학교 동창들과 저녁을 먹던 날이었다. 맥주를 마시며 친구들 근황을 얘기하고 있었는데, 최근에 미국으로 교환학생을 다녀온 제이슨이 우연히 마리 이야기를 꺼냈다.

"정말? 마리는 어떻게 지낸대?"

"걔 결혼했던데. 아, 말한 건 아니고. 번쩍거리는 결혼반지가 보이더라고. 다이아몬드가 와, 그렇게 큰 건 처음 봤어. 그런데 급히 갈 곳이 있다면서 인사만 하고 가서 근황 얘긴 거의 못 했어."

제이슨은 이어서 마리에 대해 이러쿵저러쿵 이야기를 이어갔다.

'결혼이라……'

지훈은 대낮에 길거리를 걸어가다가 갑자기 어퍼컷을 당한 기분이었다. 마리가 결혼했을 거라고는 상상도 못 했다. 지훈은 시끌 벅적한 소리를 뒤로하고 잠깐 맥줏집 바깥 테라스로 나갔다.

한여름, 라이프치히의 밤은 한낮의 열기를 감당하던 돌바닥으로 인해 뜨끈한 기운이 여전했다. 하지만 지훈은 지금 어떤 소리도 어떤 열기도 느껴지지 않았다. 마리의 얼굴이 스쳐 지나갔다. 여덟 살 때 자연사박물관에서 봤던 꼬마 여자아이, 열한 살 때 전학 갔던 날 빤히 자신을 쳐다보던 친구, 크리스마스 식사를 함께하며 웃던 겨울밤들의 마리.

그날 밤 이후, 지훈은 라이프치히에서 석사를 이어가려다 그만뒀다. 그리고 그대로 한국에 들어와 군에 입대했다. 제대하고 나서도 지훈은 독일로 돌아가지 않았다. 한국에서 마리를 다시 마주칠 수 있으리라는 기대는 조금도 하지 않았다. 지훈은 단지, 완전히 새로운 생활 환경이 필요했을 뿐이었다. 마리의 흔적을 전혀 찾을 수 없는 그런 곳이…….

* * *

마리는 웅크린 작은 동물처럼 무릎을 끌어안고 앉아 있었다. 지훈은 말을 이었다.

"오늘은 너에게 진실해지고 싶었어. 생각해 보니까 나도 너한테 솔직하지 않은 면이 있었더라고. 앞으로 너를 볼 수 있는 시간이 인생에서 2주밖에 안 될지도 모르니까. 복잡하지 않게, 그냥 있는 그대로의 내 마음을 전하고 싶었어."

덤덤한 척 말하고 있지만, 지훈이 떨고 있다는 걸 마리는 누구보다 잘 알고 있었다.

"마리야, 너를 많이 아껴. 비밀이 많은 너의 모든 걸 지켜주고 싶었어. 이 말을 꼭 네게 하고 싶었다. 네가 다시 내 눈앞에서 사라져 버리기 전에."

오랫동안 바닷속에 가라앉아 있었던 궤짝 상자가 해수면 위로 올라오고 있었다. 예인선이 상자를 옮겨 컨테이너로 싣는 작업이 시작되고 있었다. 그렇게, 어떤 마음이 들썩대고 있었다.

지훈은 백팩에서 작은 상자를 꺼냈다. 반지가 들어갈 만한 크기였다. 마리는 돌처럼 굳어 아무런 말도 할 수 없었다. 지훈이 상자를 열었고, 거기에는 노란 나비 한 마리가 박제된 채 유리 케이스에 담겨 있었다.

"여덟 살, 베를린 자연사박물관, 1층 로비. 기억나? 그때 너 처음 봤는데. 네가 우리 부모님이랑 나를 얼마나 빤히 바라보던지 돌아보지 않을 수가 없더라. 너의 눈빛을 뒤로하고 나비가 박제된 방으로 들어갔는데, 나는 온통 너의 눈동자밖에 떠오르지 않았어. 너의 공허하고 외로운 눈빛이, 박제되어 전시된 화려한 나비를 닮았더라고. 가끔 박제된 동물을 볼 때면, 네 생각을 했어. 거대하고 단단한 탑에 갇힌 아이 같다고 생각했어. 뭔가가 널 그렇게 가둔 건지 모르지만, 뭐가 너를 그렇게 스스로 혐오하게 만든 건지 모르겠지만, 이제 그냥 놓아줄 때가 아닐까."

"지훈아, 나, 나는……."

가득 차오른 눈물이 툭 떨어졌다. 마리는 박제된 나비를 가만히 바라보다 두 손으로 얼굴을 감싸고 흐느끼기 시작했다. 마리의 기억에, 누군가의 앞에서 소리 내어 우는 건 처음이었다.

지훈은 마리에게 천천히 다가가 안아주었다. 삶에 지친 친구에게 어깨를 내어주는 것처럼. 땅에 지진이 난 듯 흔들거리는 시간을 통과하는 사람을 붙잡아 주는 것처럼. 마리는 밤새도록 망망대해를 날아가다 새벽 구름에 날개가 젖은 작은 새처럼 자그마했다. 지훈은 아기를 토닥이는 엄마처럼 마리의 등을 토닥였다. 토닥거리는 손길에는 지훈의 마음이 담겨 있었다.

'마리야, 괜찮아. 괜찮아. 괜찮아…….'

풀벌레와 매미가 떼창을 하는 오솔길을 걷기 시작한 건 한참이 지나서였다. 후덥지근한 밤바람 사이로 상쾌한 숲 내음이 스며들었다. 반딧불이는 소리도 없이 떼를 지어 날아다녔다. 어두운 숲속에서 나비가 춤을 추는 것 같았다. 꿈속 같기도 했고, 예전에 와본 것 같은 느낌도 들었다. 지훈과 마리는 말없이 걸어가다, 동시에 발걸음을 멈췄다. 오솔길 끝에 따스한 빛이 보였다.

마리가 입을 열었다. 눈물에 젖은 속눈썹이 파르르 떨리고 있었다.

"지훈아…… 우선 무엇보다, 미안하다고 말하고 싶었어. 10년이 걸렸네. 너도 알고 있겠지만, 나는…… 경계심이 많아. 복잡한 거짓말을 성공적으로 해냈을 때의 뿌듯함을 원동력 삼아 살아온 애야. 진짜 내 모습이 뭔지 이제는 나도 모르겠어……. 나는 세상 사람들이 보기에 그럴듯한 조건을 나한테 붙여가면서 그렇게 반쯤은 진실이고 반쯤은 거짓인 모습으로 살았어."

지훈이 뭐라고 대꾸를 하려고 하다가 말았다. 마리가 말을 이었다.

"그런데 너한테만큼은 거짓말이 안 나오더라. 아니, 거짓말을 하기 싫었어. 네 앞에 서면 연기를 하는 내 모습에 지독한 혐오가 올라왔어. 10년 동안, 너에게 연락을 할 수 있는 상황이 여러 번 있었지만 끝내 못 했어. 나의 진실을 네가 알면 너마저 나를 버릴까 봐. 어쩌면 너를 내 인생에 끌어들이고 싶지 않았는지도 몰라. 모든 게 엉망진창이라서……. 너한테는 핑계처럼 들리겠지만……."

마리의 속눈썹이 떨리고 있었다. 눈물을 참고 있는 게 분명했다.

"리플리 증후군…… 알지?"

마리는 지훈의 대답을 기다리고 있지 않았다. 마리의 말은 점점 빨라졌다.

"맞아. 나…… 허구의 세상에 나를 마음껏 상상하고 그게 진실이라고 믿고 살았어. 거짓말을 한다는 느낌은 안 들었어. 내가 원하는 내 모습이 나라고 말하는 게 뭐가 잘못된 건가 싶었지. 아니 그게 진짜 나라고 믿었어. 그런데 2년 전에 복잡한 사건이 있었고…… 결국 나는 리플리 증후군 진단을 받았어. 처음에는 당연히 인정하지 않았어. 난 내가 만든 세상이 진짜로 존재한다고 믿고 살았거든. 내가 거짓말을 하고 있는 거라고 인정하기까지 시간이 많이 걸렸어. 사실 아직도 상담받으면서 치료하는 중인데…… 그게…… 받는 중인데…….”

지훈은 마리에게 고개를 천천히 끄덕였다. 괜찮다고 느릿하게 말하는 것처럼. 지훈은 더 이상 뭘 묻지 않았다. 그저 덜덜 떨고 있는 마리의 손을 꼭 잡아줬을 뿐이었다. 지훈은 마리의 마음이 어떤 건지 알 수 있을까 해서 심리학을 전공했다. 지훈은 마리도 자신의 마음이 왜 이런 건지 궁금해서 심리학을 배우게 된 게 아닐까 하는 생각이 들었다.

지훈과 마리는 손을 꼭 잡은 채 오솔길의 끝자락에 접어들었다. 소양리 북스 키친이 환하게 불을 켠 채 서 있었다.

*＊＊

“어떻게 됐어?”

시우가 피로연 테이블의 쓰레기를 넣은 봉투를 갖고 들어오면서 세린에게 물었다. 세린은 북 카페에 앉아서 지훈과 마리가 천천히 걸어오는 모습을 보고 있었다. 둘은 끊임없이 뭔가를 이야기를 하고 있었다. 통유리 창을 죄다 열어둬서인지, 산바람이 시원하게 북 카페를 감쌌다.

세린이 둘에게서 눈길을 떼지 않은 채로 대꾸했다.

"아직 몰라. 두 사람, 이제 들어오고 있거든."

세린은 둘의 표정을 살피고 싶었지만, 거리가 있어서인지 가늠하기가 어려웠다. 다만 걸음걸이로 보건대 둘 다 들떠 있지도 않았고, 차갑게 굳어 있는 것도 아니었다.

시우가 한숨을 쉬듯 말을 이었다.

"지훈이라고 했나? 저 친구도 참 대단해, 그렇지?"

"그러게 말이야……."

세린은 남우에게도 지훈을 닮은 면이 있었을까, 생각했다.

"반딧불이 구해온다고 강원도도 가고 전라도 무주도 가고……. 엄청 고생했던 것 같더라고."

시우는 쓰레기봉투 끝을 묶으면서 꽤 가까이 다가온 두 사람을 물끄러미 바라보며 말했다.

"그런데 저 여자분도 알아? 지훈이 자신에게 반딧불이 보여주고 싶어서 한 달 넘게 전국을 돌아다니면서 반딧불이 수소문하고 부탁해서 구해왔다는 거?"

"모르긴 몰라도, 그런 걸 티 낼 애가 아닌 것 같아. 북 클럽도 그렇잖아. 그 책을 꼭 친구가 봤으면 한다고, 심야 책방 북 클럽 모임을 미루지 말고 오늘 꼭 진행했으면 좋겠다고 부탁했었으니까. 오늘 밤에 꼭 들려주고 싶은 이야기가 있다면서."

"……언젠가는 저 여자분도 알게 될까? 자신이 어떤 사랑을 받은 존재인지."

그들이 만드는 이야기의 그림자가 해피 엔딩과 새드 엔딩 어느 쪽으로 기울게 될지는 아무도 모른다. 힘차게 돌아가는 팽이가 점점 균형을 잃어가면서 끝내 어떤 방향을 향할지 가늠하기 어려운 것처럼, 마리와 지훈 사이에 어떤 결론이 날지 지금으로써는 알 길이 없었다.

어느새 열기가 누그러진 여름 밤하늘에는 달이 여전히 휘영청 밝았고 통유리 창 밖으로는 반딧불이가 부지런히 날아다니고 있었다. 마치 어떤 멜로디에 맞추어 춤을 추는 것 같기도 했다.

5

10월 둘째 주

금요일 오전 6시

스무 살 민수혁. 그때까지만 해도 그의 삶은 항상 그의 편이었다. 아니, 그렇게 생각했다. 그는 연희동 저택에서 유치원 시절까지를 보냈다. 금이야 옥이야 손자를 아꼈던 외할아버지는 자신의 검은색 외제 세단으로 손자의 유치원 등·하원을 지켰다. 수혁은 유명한 사립 유치원에서 다양한 교육 과정을 두루 거쳤다.

  수혁은 친구들보다 항상 키가 얼굴 하나만큼 컸다. 덩치도 좋고, 먹성도 좋고, 크게 가리는 것도 없었던 그는 어딜 가든 대장의 자리를 꿰찼다. 조선 시대에 태어났으면 무사로 한 자리 제대로 차지했을 인물이었다. 성격이 급하고 다혈질이라 독선적으로 보일 때도 있지만, 기본적으로 사람을 좋아하고 시끌벅적하게 어울리기를 좋아하는 것뿐이었다. 초등학생 때부터는 동부이촌동에서 쭉 컸다. 초등학교, 중학교, 고등학교 동창들과 여느 학생들과 다름없이 떡볶이에 김말이 튀김을 찍어 먹고 라면을 후루룩거렸다.

평범하고 일상적으로 느껴진 학창 생활이었지만 크고 보니 친구들의 부모님이나 집안은 역시 남달랐다. 정계, 재계, 금융계에서 탁월한 성공을 거둔 사람들이 대부분이었다. 이곳 부모들은 사교육을 그렇게 맹신하지 않았다. 학업적 성취보다 개인 삶의 행복과 적성을 중시하는 분위기였다. 종일 학원 셔틀버스를 타는 일은 없었다.

수혁은 이런 삶이라면 살 만하다고 생각하며 해맑게 컸다. 우울하고 낙담해 있는 소심한 친구를 보면, 굳이 뭘 저렇게 얼굴을 찡그리고 살까, 쉽게 이해가 되지 않았다. 삶과 죽음에 대한 철학적 고민을 하는 친구를 만나면, 혹시나 자살을 생각하고 있는 게 아닌가 덜컥 겁이 나서 다그치기에 바빴다. 연애도 쉬웠다. 매끈한 피부와 빛나는 운동신경을 가진 그에게 고백하는 여자도 꽤 있었다. 호기심과 설렘이 반쯤 섞인 감정으로 연애를 했다. 삶은 빛나는 것들로 가득한 화려한 쇼핑몰 같았고, 손을 뻗으면 원하는 것은 대개 쉽게 잡혔다.

그럭저럭 성적이 나와서 서울에 있는 대학교에 입학했지만, 수혁은 아버지가 자신을 성에 차지 않아 한다는 걸 잘 알고 있었다.

수혁이 인생에서 유일하게 두려워하는 존재는 아버지였다. 아버지는 어머니와 연애 결혼을 했는데, 어머니 집안이 당시 재계 순위 안에 드는 그룹이었다. 드라마처럼 정략결혼을 강요하던 집안은 아니어서 아버지와의 결혼을 승낙하긴 했지만, 아버지가 기업 경영을 맡는다는 조건부였다. 아버지는 성악과 출신으로, 테너 성악가가 되는 꿈을 꿨다. 하지만 80년대 한국에서 성악으로 생계를 이어가기란 쉽지 않았다. 아버지도 장인어른의 뜻이 이해가 안 되는 바가 아니었기에 자연스레 경영자의 길로 들어섰다.

아버지는 생각보다 기업인 체질이었다. 사기꾼의 제안과 사업성이 있는 계획을 구분할 줄 알았다. 재벌 2세 경영자 조찬 모임이나 한국 경제 발전 방안 세미나처럼 그럴듯해 보이는 모임과 세미나는 되도록 피했고, 재무 지표는 일주일 단위로 꼼꼼하게 살폈다. 숫자는 거짓말하지 않았다. 이익이 나는 이유와 손해가 나는 원인이 또박또박 드러났다. 단호하게 인사 정책을 강행했고, 조직을 이끄는 수장으로서 필요한 조치가 있으면 오랜 인연이나 정에 우왕좌왕하는 법 없이 칼처럼 끊어냈다.

이게 수혁이 아버지를 두려워했던 이유다. 아버지는 사랑이나 우정으로 관계를 지속하는 방식을 코웃음 치며 힐난했다. 정 때문에 말도 안 되는 상황을 용인해 주는 법은 없었다. 30년 넘게 경영자의 자리를 지키면서, 아버지의 경영 스타일은 자녀 교육에도 자연스레 스며들었다. 수혁에게 있어 아버지는 단단하고 두꺼운 강판 같은 존재였다. 펀치를 날려도 흠집 하나 남지 않는 강한 사람이었다. 아버지는 해맑게 자란 첫째 아들이, 거칠고 모진 인생의 풍랑을 견딜 수 있을까 고민하고는 했다. 스무 살까지 레드 카펫 위를 걸어왔는데, 갑자기 잡초가 무성한 광야 길을 가야 한다면 아들이 어떤 선택을 할지 걱정이 되었던 것이다.

그렇다고 아버지가 그에게 딱히 뭔가를 요구하거나 혼낸 건 아니었다. 그저, 견고한 성을 닮은 아버지의 인생이 장남에게 은연중에 던지는 메시지가 있었다.

'너는 너무 물러터졌어. 세상은 거대한 폭풍우인데 잘 익은 복숭아처럼 흐물거려서야 살아남겠냐. 정신차려라.'

아버지를 만나는 시간은 짧고 형식적인 경우가 대부분이었지만, 수혁은 그 시간의 압력을 견디기 어려웠다. 아버지는 항상 자신에게 화가 나 있는 듯했고 자신은 아버지의 기대를 충족시킬 수 없는 존재라는 카테고리에 분류된 느낌이었다.

반면, 어머니는 그런 그에게 평화로운 바다 같은 존재였다. 어머니와 함께 있으면, 잔잔한 햇살이 반짝이는 바닷가를 거니는 기분이었다. 어머니에게는 뭐든 얘기할 수 있었다. 대학교 1학년 때, 자퇴하고 뮤지컬 연출을 공부하러 뉴욕에 유학 가고 싶다고 했을 때, 어머니는 적극적으로 유학원을 알아봐 주고 뉴욕에 집을 구하러 같이 가주었다. 뉴욕 유학을 못마땅하게 생각했던 아버지를 설득했고 생활비도 항상 넉넉하게 챙겨주었다. 아버지 젊은 날의 꿈이 성악가였다면서, 아들이 뮤지컬 연출가가 되는 것도 근사하지 않겠냐며 환하게 웃던 어머니였다. 수혁이 유학을 마치고 귀국하자, 아버지는 회사에 들어와서 일을 배우라고 했다. 뮤지컬 연출을 하루아침에 시작할 수 있는 건 아닐 테니, 우선 회사 일을 좀 도우라는 것이었다. 그때 어머니가 나서서 안 된다고 강하게 주장하지 않았다면 수혁도 얼떨결에 회사 일을 맡게 되었을지도 모른다.

빛나는 황금과 달콤한 복숭아 향기로 가득했던 수혁의 삶이 조각나기 시작한 것은, 자신이 뮤지컬 연출가로서의 자질이 부족하다는 사실을 깨달으면서부터였다. 뉴욕에서 대학을 졸업한 이후 1년 넘게 시나리오를 썼지만 단 한 번도 작품을 올리지 못했다. 공모전에서 떨어지는 이유를 들을 수는 없었지만, 수혁 자신도 느끼고 있었다. 그의 시나리오는 삶의 고통이나 슬픔, 좌절에 대한 표현이 서툴렀다. 관객의 공감을 끌어낼 만한 이야기가 자연스레 흘러나오질 못했다.

초조한 시간을 보내고 있는 수혁에게, 한 친구가 뮤지컬 투자 제안서를 갖고 찾아왔다. 해외에서 유명한 뮤지컬을 한국에 라이선스를 들여오는 데 투자하고, 수혁이 직접 연출해 보면 어떻겠냐는 것이었다. 아버지에게 실적을 보여줄 기회라는 생각에 수혁은 외할아버지가 물려준 주식을 일부 처분해서 프로젝트에 투자했다. 하지만 투자금을 넣고 난 다음 날부터, 친구의 전화번호는 없는 번호가 되었다.

그렇게 수혁은 반강제로 아버지의 회사에서 근무하게 되었다. 여동생은 아버지 회사에서 근무한 지 이미 5년이 넘어가고 있었고, 내년부터는 팀장을 맡게 될 예정이었다. 회사 일은 지루했다. 딱히 할 게 많거나 어려운 건 아니었지만(모두가 그의 일을 도맡아 해주려고 안달이었으니까.) 시간은 모래알처럼 하염없이 빠져나가는데 좁은 공간에 갇혀 살아가는 기분이었다. 깊이 잠들기가 어려웠다. 가슴이 이유 없이 두근대고 얼굴이 화끈대기 시작하더니 점차 증상이 심해졌다. 그래도 정신의학과나 심리 상담사를 찾아가기는 싫었다. 왠지 자존심이 상해서였다. 그래서 주말이면 인적이 드문 호숫가나 바닷가를 찾아가 몇 시간이고 멍하니 앉아 있다가 집에 오곤 했다.

그렇게 하루하루를 버티듯 살아가던 수혁에게 결정타가 찾아왔다. 어머니의 죽음이었다. 어머니는 후두암으로 투병 생활을 했는데, 건강검진으로 암이 비교적 빠른 시기에 발견되어서 완치되었다. 그런데 추적검사를 위해 CT 검사를 했다가 우연히 폐암을 발견했는데, 이미 3기를 넘어선 상태였다. 겉보기에는 평소와 다른 점이 전혀 없어 보였지만, 어머니는 폐암 선고를 받은 지 3개월 만에 세상을 떠났다. 8년 동안 치매를 겪다 세상을 떠난 외할머니와 대조적이었다. 마음의 준비를 하고 작별 인사를 천천히 할 여유를 전혀 가질 수 없었다.

수혁은 정신을 차릴 수가 없었다. 뭐가 어떻게 된 건지 이해하기 힘들었다. 인생이 왜 자신을 이런 막다른 골목길로 집어 던진 건지, 예전의 평온과 행복은 왜 자신을 배신하고 떠난 건지 알 수 없었다. 어디서부터 꼬인 건지 생각할 체력이나 의지가 남아 있지도 않았다.

* * *

수혁은 언젠가부터 조용히 죽음에 대해 생각하기 시작했다. 술 마시고 새벽에 친구에게 전화를 걸어 '야, 나 오늘 죽고 싶어!' 소리 지르는 그런 종류가 아니었다. 욕조에 물이 조금씩 차오르는 것처럼, 수혁은 죽음에 대해 조금씩 진지하게 생각했다. 계속해서 살아갈 의미를 찾기 어려웠다. 인생의 무게가 점점 더 무거워지고, 더는 견디기 어려울 때 세상을 떠나는 것 같기도 했다. 마치 욕조의 물이 넘치는 순간 같은 때에 말이다.

10월의 두 번째 주 금요일, 수혁은 회사에 결근했다. 아무도 자신을 이해할 수 없을 것 같았고, 자신도 스스로가 이해되지 않았다. 거울 속 차가운 얼굴이 낯설었다. 수혁은 아침 6시에 차를 몰고 나왔다. 차의 엔진 소리와 넉넉한 공간감은 항상 수혁에게 위안이 되었다. 꼬마였을 때 탔던 외할아버지의 검은 세단의 웅웅 울리는 엔진 소리가 포근한 기억으로 남아 있어서인지도 모른다.

해가 뜨기 전이라 세상은 푸르스름한 빛을 띠며 조용히 잠들어 있었다. 목적지는 딱히 정하지 않았다. 지난주에는 바다를 보러 갔으니, 오늘은 어딘가 산이 좋겠다고 막연히 생각했을 뿐이다. 운전하다가 숨을 쉴 수 있을 것 같아지면 그냥 회사로 출근해도 될 거라고 생각했다.

그러다가 며칠 전에, 친구 놈 인스타그램에서 봤던 그림이 문득 떠올랐다. 뉴욕을 테마로 한 미술 작품과 소품을 전시한 미술관이라는 코멘트도 기억났다. 순간적으로 20대 시절의 뉴욕이 떠올랐다. 수혁은 인스타를 검색했고, 서울에서 147km 떨어진 거리에 있는 수화진 미술관을 내비게이션에 도착지로 설정했다.

미술관으로 가는 내내 한여름의 뉴욕 거리의 열기가 떠올랐다. 핫팬츠에 민트초코 맛 콘 아이스크림을 들고 환하게 웃으며 첼시 거리를 걷던 실비아와 늘 뭔가 불만인 듯 부루퉁했던 형국과 함께 소호의 갤러리 앞에서 시시껄렁한 철학을 논하던 때가 영화의 한 장면처럼 기억났다. 수혁은 자기도 모르게 씩 웃었다. 그리고 6개월 전 어머니가 돌아가신 이후, 진심으로 웃은 게 처음이라는 사실을 깨달았다.

미술관 오픈은 12시였다. 수혁이 도착한 건 오전 8시가 막 넘은 시간이었다. 수혁은 미술관에 주차하고 일단 내렸다. 미술관 뒤편을 에워싼 대나무가 바람에 흩날리는 소리가 마치 파도 소리 같았다. 얼룩무늬 산 고양이 2마리가 소리도 없이 나타나 느긋하게 어슬렁거리다 시야에서 사라졌다. 시간은 정지하기 직전의 상태처럼 느릿하게 까딱거리고 있었다. 부드러운 바람이 머리칼을 스치고 지나갔고, 정적이 반갑다는 듯이 그의 몸에 찰싹 달라붙었다.

사람 하나 없는 대나무 숲에서 시간은 태평한 얼굴로 뭉그적거리고 있었다. 가을 아침의 냉랭한 기운과 따사로운 햇살이 묘한 감각을 만들었다. 시간은 잠시 쉬기로 했다는 듯이 걸음을 멈췄다. 주변의 모든 게 정지한 느낌이었다. 수혁은 기쁨과 슬픔을 한꺼번에 느꼈다. 세상이 이토록 아름답고 찰랑거리는 햇살로 가득 차 있었던가. 슬픔은 애틋한 종류의 어떤 것이었다. 앞으로 추억으로만 기억해야 하는 어머니와의 가을이 과거의 시간 속에 끝도 없이 늘어서 있었다.

갑자기 눈물이 쏟아질 것 같았다. 머리 뒤쪽이 찡하게 울려왔다. 서울에서 꽤 멀리 떨어진 이곳, 사람의 흔적이라고는 느껴지지 않는 대나무 숲에서, 잠시 눈물을 흘려도 괜찮을 것 같았다. 가슴 아래쪽을 무겁게 끌어당기는 딱딱한 슬픔이 말랑해질 때까지.

수혁은 다시 차에 타서 선글라스를 끼고 뉴욕에서 자주 듣던 노래를 틀었다. 눈물이 펑펑 나올지도 모른다고 생각했는데, 차 운전석에 앉아 엔진 소리를 들으니 오히려 마음이 차분해졌다. 갑자기 따뜻한 아메리카노 한 잔이 절실했다.

* * *

시우는 형준에게 아침 식사 준비 마무리를 부탁하고 길고양이들 밥을 챙겨주려고 미술관 뒤편에 가는 길이었다. 이른 아침이라 당연히 아무도 없을 줄 알았는데, 미술관 주차장에서 한 남자가 차에서 내리더니 주변을 살펴보며 걷기 시작하는 게 보였다.

시우의 눈에 제일 먼저 들어온 건 시계였다. 그의 시계는 아무렇게나 걸친 듯한 캐주얼한 셔츠와 면바지와 동떨어진 듯 혼자 번쩍이고 있었다. 동그라미 2개가 톱니바퀴처럼 돌아가고, 시계 가장자리를 자그마한 보석이 담을 쌓듯 에워싼 형태였다. 적당히 태닝한 얼굴과 매끈하고 부드러운 피부가 그의 나이를 짐작하기 어렵게 만들었다. 키는 적어도 180cm는 넘어 보였고 운동을 꾸준히 하는 듯 어깨가 떡 벌어지고 등이 곧았다.

시우와 눈이 마주친 순간, 그는 당혹감을 느낀 듯했다. 짙은 감색 선글라스가 눈가를 충분히 가려주고 있었지만, 학기 초에 반을 잘못 찾아온 덩치 큰 중학생처럼 어색해하고 있었다. 이른 아침에 커다란 선글라스를 낀 남자가 시계를 번쩍이며 대나무 숲 앞 미술관에 서 있었다. 해가 뜬 지 1시간 정도밖에 안 된 시간인데.

"……저기, 혹시 근처에 식사할 만한 곳이 있을까요?"

남자가 선글라스를 벗으며 시우와의 거리를 적당히 유지한 채로 머뭇거리듯 말했다.

"지금 문을 연 가게는 근처에 없을걸요? 다들 11시는 넘어야 문을 열어서요."

시우는 대답했다. '저 남자는 미술 작품 콜렉터일까.' 하고 속으로 생각했다. 어느새 황금색 얼룩무늬 고양이 한 마리가 나타나 시우에게 밥을 내놓으라는 듯 갸릉갸릉 하며 애교를 부렸다. 사료 냄새를 참기 어려웠나 보다. 회색 고양이는 멀찍이 떨어져 묵묵한 눈빛을 내뿜고 있었다.

"······그렇군요. 네, 감사합니다."

남자는 바로 등을 돌렸다. 하지만 시우의 목소리가 그를 천천히 돌려세웠다.

"집밥도 상관없으시면, 저희 펜션에서 같이 드실래요? 제가 거기 스태프거든요. 숟가락 하나 더 놓는 건 어렵지 않아서요."

수혁이 돌아보니 서글서글한 눈매를 한 남자가 해맑게 웃고 있었다. 수혁은 믿을 건 나 자신뿐이라는 모토로 살아왔지만, 고양이 사료를 가져온 이 남자가 토막 살인을 하거나 사기를 칠 것처럼 보이진 않았다. 무엇보다, 집밥이라는 단어가 마음속 어딘가를 부드럽게 녹이는 것 같았다. 어렸을 때 문을 열면 풍겨오던 갓 만든 쌀밥과 소고기 장조림, 계란말이, 된장찌개 냄새가 살랑바람처럼 지나갔다. 그 속에는 항상 뭔가 분주하던 엄마의 옆모습이 사진처럼 머릿속에 남아 있었다. 수혁은 갑자기 참을 수 없을 만큼 배가 고팠다.

* * *

소양리 북스 키친의 스태프 동은 북 카페 2층에 있었다. 밥상은 수혁이 예상했던 것보다 훌륭했다. 바지락과 홍합이 들어간 된장 찌개는 매운 고추가 약간 들어갔는지 매콤하면서도 구수했고, 아삭거리는 알 배추와 갓은 재료를 섞은 쌈장은 시골에서만 구할 수 있는 된장을 써서 만든 것 같았다. 삼치구이는 노릇노릇하게 구워져서 지글거리고 있고, 다진 당근과 브로콜리가 들어간 계란말이 옆으로는 깍두기와 열무김치가 놓여 있었다.

소양리 북스 키친 주인 유진도, 스태프 시우도 수혁에게 뭘 묻거나 궁금해하지 않았다. 심지어 처음에는 이름도 묻지 않았다. 수혁은 멋쩍은 듯 웃으며 간단히 인사를 했고, 그렇게 어색해하지 않는 두 사람을 마주 보고 앉았다.

두 사람 뒤로 보이는 통유리 창에는 굽이굽이 산자락으로 둘러싸인 풍경이 한눈에 보였다. 맑은 햇살이 넘실대는 가을 풍경이 그대로 그림이었다. 날씨가 좋아 바람이 불면, 나뭇잎이 슬로 모션처럼 스르륵 날리며 몇 개씩 떨어지는 것이 그대로 보였다. 불그스레 물든 산자락의 풍경은 이곳의 화이트 우드 톤의 가구와 단정하게 어울렸다.

수혁은 평소보다 2배쯤 많이 먹은 것 같았다. 밥은 두 공기를 먹었고 남은 반찬과 찌개를 싹싹 비웠다.

유진은 그날 들어오는 책 목록을 확인하고 오후에 진행되는 프로그램을 준비할 게 있다며 아래층의 북 카페로 내려갔다. 시우는 특유의 싱글벙글한 미소를 지으며 북 카페에서 커피도 한잔하고 가라고 살갑게 덧붙이며 유진을 따라나섰다.

"저기…… 설거지는 제가 할게요."

"아니에요. 어차피 나중에 한꺼번에 하면 되는데요."

"아니, 그래도……. 설거지라도 해야 마음이 편할 것 같습니다."

"그럼, 네……. 그러세요."

수혁은 영화 《비긴 어게인》의 〈로스트 스타즈Lost Stars〉를 틀어놓고 설거지를 시작했다. 익숙한 멜로디를 흥얼거리며, 그릇을 깨끗하게 씻어 차곡차곡 쌓아 올렸다. 설거지는 수혁의 취미 중 하나였다. 김치 국물이 묻은 접시와 밥풀이 대롱대는 밥그릇, 찌꺼기만 남은 국그릇 따위를 뜨거운 물에 넣고 깨끗하게 씻어 상온에서 말리는 과정 자체가 좋았다. 마음속 얼룩과 혼돈이 하나씩 정돈되는 느낌이었다. 오랜 산책을 끝내고 머릿속이 한결 가벼워지는 듯한 기분이기도 했다. 설거지할 땐 아무 생각을 할 필요가 없다는 사실도 좋았다.

설거지를 마치고, 스트리밍 앱이 자동 추천해 주는 팝송을 연이어 들으며 수혁은 창가 앞에 놓인 패브릭 소파에 앉아 멍하니 바깥 풍경을 바라보았다. 아무런 생각도 들지 않았다. 짙푸른 색종이를 그대로 갖다 붙인 듯한 가을 하늘에 비행기가 하얀색 꼬리를 남기며 천천히 사라졌다.

열어둔 창문 사이로 바람이 꽤 힘차게 불었다. 나뭇가지가 바람에 흩날리면 춤을 추듯 낙엽이 공중을 날아다녔다. 언젠가 가을 운동회 연습이 끝나고 집에 돌아갈 때, 땀에 젖은 얼굴을 매만져 주듯 불었던 바람과 같았다. 후덥지근하지 않고, 건조하면서도 겨울 기운도 묻어나는, 가을이 왔음을 알려주는 바람이었다. 계절이 다시 한번 바뀌고 있었다. 인생의 절벽에 서 있어도 시간은 어김없이 가고 있었다. 아무한테도 들키고 싶지 않은 감정의 늪에서 허우적거려도, 어머니를 더는 볼 수 없는 잔인한 세상에서도 가을은 눈부시게 흐르고 있었다.

북 카페에 들어서자 높은 천장이 한눈에 들어왔고, 진한 커피 향이 책 냄새와 뒤섞여 났다. 시우가 정리 중인 박스 뒤로 책으로 가득한 박스 몇 개가 더 보였다. 다른 스태프들도 새로 들어온 신간과 재고를 정리하고 노트와 에코 백 같은 상품의 상태를 확인하느라 바빠 보였다. 그 옆의 가로가 길고 세로가 짧은 창은 눈높이보다 낮게 나 있었는데, 바깥 풍경을 담은 창은 그대로 액자가 되었다.

"저기, 아침 식사 정말, 굉장히 감사했습니다. 이렇게 잘 먹은 게 얼마 만인지 모르겠네요."

마음이 한결 가벼워진 수혁을 눈치챘는지, 유진도 덩달아 기분 좋은 웃음을 지어 보였다.

"스태프 중에 조식 담당이 있는데, 정말 셰프급이에요. 덕분에 다이어트 생각을 할 새가 없어요. 하하. 시골 아침 밥상이 입맛에 맞았다니 다행이네요. 커피 한 잔 내어드릴게요. 책 좀 둘러보고 계세요."

유진의 속사포 같은 대답에 수혁은 얼굴을 붉히며 답했다.

"아, 감사합니다."

책장에는 책이 빼곡히 들어차 있진 않았다. 대신 정말 좋아하는 책들만 뽑아서 주제별로 정성스레 진열한 게 느껴졌다. 눈에 제일 띄는 중앙 책장에는 '10월의 힐링 이야기'를 주제로 한 소설 몇 권이 나란히 진열되어 있었다. 왼쪽으로는 에세이와 시집이, 오른쪽으로는 따스한 색감의 동화책들이 자리 잡고 있었다. 중앙 책장 앞에는 자그마한 초록색 칠판이 세워져 있었는데, 책《빨강 머리 앤》의 문장이 적혀 있었다.

"아, 아주머니. 세상에 10월이 있다는 것만으로도 정말 기뻐요. 9월에서 11월로 바로 넘어가 버리면 정말 끔찍하겠죠? 이 단풍나무 가지들 좀 보세요. 막 가슴이 설레지 않으세요? 이 나뭇가지들로 제 방을 꾸밀 거예요."

수혁은 《빨강 머리 앤》의 광팬인 여동생이 생각났다. 두 살 터울의 여동생은 낙천적이고 감정 표현에 솔직한 편이었다. 애니메이션 《빨강 머리 앤》 DVD를 보물처럼 방에 일렬로 전시한 뒤, 혹여나 먼지라도 앉을까 봐 매일같이 부산을 떨었다. 초등학생 때는 아침에 방영하는《빨강 머리 앤》애니메이션을 보고 싶어 해서 학교에 매번 지각할 뻔한 탓에 어머니와 실랑이를 벌이곤 했다.

애니메이션 주제곡도 떠올랐다. 멜로디가 기억의 방 열쇠라도 되었는지, 어떤 주말 오후가 생생한 꿈처럼 기억났다. 동생이 경건한 자세로《빨강 머리 앤》DVD를 보고 있었다. 어머니는 여동생과 같이 소파에 앉아 머그잔에 커피를 가득 담아 홀짝이면서 DVD에 집중한 모습이었다. 두 사람은 곧잘 두 눈이 동그랗게 되었다가 깔깔거리기를 반복하곤 했었다.

며칠 전 회사에서 잠시 마주쳤던 여동생이 떠올랐다. 여동생은 겉보기엔 예전과 크게 달라 보이진 않았지만, 예전에 비해 살이 빠졌고 반짝이던 눈빛은 빛을 잃었다는 사실을 수혁은 눈치챌 수 있었다. 여동생과 와인이라도 한잔하면서 얘기를 하면 좋았을까, 싶었지만 수혁은 어머니가 돌아가신 이후로 여동생에게 따로 연락을 한 적이 없었다.

수혁은《빨강 머리 앤》책 표지를 물끄러미 바라봤다. 요즘 여동생도 얼마나 마음이 쓸쓸하고 외롭고 슬플까, 하는 생각이 처음으로 들었다. 만약 앤이라면 여동생에게 무슨 이야기를 해줄까, 궁금했다.

양장 제본된《빨강 머리 앤》책을 들어서 책장을 넘겼는데 앤의 말이 눈에 들어왔다.

"퀸스를 졸업할 때 제 미래는 곧은길처럼 눈앞에 뻗어 있는 듯했어요. 그 길을 따라가면 수많은 이정표를 만나게 될 거라고 생각했죠. 이제 전 길모퉁이에 이르렀어요. 그 모퉁이에 뭐가 있는지는 모르지만 가장 좋은 것이 있다고 믿을 거예요. 길모퉁이는 그 나름대로 매력이 있어요. 아주머니, 모퉁이를 돌면 무엇이 나올까 궁금하거든요. 어떤 초록빛 영광과 다채로운 빛과 어둠이 펼쳐질지, 어떤 새로운 풍경이 있을지, 어떤 낯선 아름다움과 맞닥뜨릴지, 저 멀리 어떤 굽이 길과 언덕과 계곡이 펼쳐질지 말이에요."

수혁은 책을 그대로 집어 든 채, 다른 책도 둘러보기 시작했다. 책방은 오래간만이었다. 《빨강 머리 앤》 옆에는 함께 읽을 만한 책을 추천하고 있었다. 손 글씨가 쓰인 노트 옆으로 책이 몇 권 쪼르르 놓여 있었다.

[가볍고 유쾌한 문장 산책, 어때요?]
#생각보다웃김 #그냥기분이좋아 #상쾌유쾌통쾌 #힐링에세이
#한국작가 #머리비우기딱좋은
- 김혼비, 《다정소감》
- 김하나, 《힘 빼기의 기술》
- 윤가은, 《호호호》
- 최민석, 《꽈배기의 맛》
- 최민석, 《꽈배기의 멋》

세 권 이상 구매하면 선물 포장은 무료라고 적혀 있었다. 수혁은 몇 권을 뒤적여 보다가, 윤가은의 《호호호》를 먼저 골랐다. 표지에 만화책을 읽으며 뒹굴뒹굴하는 여자 일러스트가 여동생을 닮아 있었고, "나를 웃게 했던 것들에 대하여"라는 부제도 마음에 들었다. 이어서 수혁은 최민석의 《꽈배기의 맛》을 골랐다. 목차를 읽는 것만으로 키득거리게 만들어서였다. 《빨강 머리 앤》까지 세 권을 들고서 수혁은 카운터의 유진에게 돌아왔다.

"책방이 근사하네요. 이거 포장될까요?"

"아, 그럼요. 선물하시게요?"

"여동생한테 줄까 해서요. 여동생이 《빨강 머리 앤》을 엄청 좋아했거든요."

"《빨강 머리 앤》은 몰랐으면 몰랐지, 알고 나면 좋아하지 않을 수가 없는 캐릭터긴 하죠. 하하."

유진은 수혁에게서 책을 건네받고 재빠른 손놀림으로 포장을 시작했다. 수혁은 유진의 손가락을 바라보며 말했다.

"그리고 식사비는……."

유진은 웃으면서 자연스럽게 수혁의 말을 잘랐다.

"아니에요, 아침에 북 스테이 숙박 손님들에게 차려드리고 저희도 먹고 하는 거라 숟가락 하나 더 놓은 건데요. 설거지까지 해주셨으니 저희가 고맙죠. 헤헤."

유진은 잠깐 잊고 있었다는 듯 아메리카노가 든 검은색 머그잔을 수혁 앞에 내놓았다. 고소하고 진한 커피 향이 둘 사이에 퍼져나갔다.

"저 포장하는 동안에 커피나 한잔하세요. 방금 커피를 내려놓고 드린다는 걸 깜빡했네요. 요새 제가 이래요."

수혁은 유진을 향해 마주 웃으면서 따뜻한 머그잔을 두 손으로 쥐었다

"안 그래도 커피가 정말 마시고 싶었던 참이었는데. 감사합니다."

유진은 포장을 마무리하고 옆에서 엽서를 하나 꺼내 들어 함께 수혁에게 건넸다.

"그래도 여동생한테 책만 주면 좀 썰렁하잖아요. 몇 마디라도 쓰는 게 좋지 않을까요?"

엽서에는 "Would you like to go on a picnic with me?" 라고 쓰인 티셔츠를 입은 남자 일러스트가 있었다. 수혁은 엽서를 보면서 웃음을 터뜨렸다.

"음, 여동생한테 소풍 가자고 하면 절 외계인 취급할걸요."

유진은 깔깔거리고 웃으면서 수혁의 손에 엽서까지 꼭 쥐여주었다.

"아침 일찍부터 그림 보러 서울에서 여기까지 오셨다면서요. 이제 미술관 가시려고요? 그럼 저 부탁 하나만 해도 될까요?"

수혁은 뭐든 상관없다는 듯, 양팔을 아래로 쫙 폈고 싱긋 웃었다. 웃는 모습에서 사랑 많이 받고 자란 사람에게서 자연스레 드러나는 구김 없는 분위기가 느껴졌다. 아침 식사를 하러 올 때 보였던, 무언가에 쫓기는 듯한 표정은 사라져 있었다. 유진은 옆에서 책이 예닐곱 권 담긴 종이 박스 하나를 들었다.

"이거, 수화진 미술관의 김우진 큐레이터에게 좀 전해주시겠어요? 오늘 오전에 책이랑 팸플릿이 도착해서 가져다드리려고 했는데, 손님께서 마침 미술관 가는 길이라서서."

"문제없죠."

수혁은 가볍게 웃으며 박스를 건네받았다. 또박또박한 글씨체로 "김우진 님"이라고 박스에 쓰여 있었다. 소양리 북스 키친처럼, 반듯하게 정리된 깔끔한 글씨체였다. 수혁은 박스를 든 채로 잠시 망설이는 듯하더니 결심한 듯 입을 열었다.

"사실…… 아까 제가 인스타그램 계정을 확인하다 봤거든요. 오늘 소양리 북스 키친에서 감이랑 밤 따기 프로그램을 한다고요. 혹시 진행 스태프가 필요하시면 제가 도와드릴까요? 식사비를 안 받겠다고 하셔서. 뭔가 도움을 드리면 좋을 것 같아서요."

유진은 약간 의외라는 듯 멈칫하더니, 이내 장난기가 도는 눈빛으로 수혁을 요리조리 살폈다. 그러더니 씩 웃었다.

"근데 감이랑 밤 따기, 해본 적 있으세요? 지금 입은 그 옷, 다 버릴 수도 있는데……."

수혁은 그제야 자신이 입은 옷을 바라봤다. 평소에 회사 갈 때 입고 다니는 캐주얼한 스타일의 셔츠와 베이지색 면바지였다. 편하게 입는 셔츠긴 해도 얼룩 하나 묻어 있지 않았고, 바지는 습관대로 스팀다리미로 주름 하나 없이 다려서 깔끔했다. 누가 봐도 산에서 밤송이를 흔들어댈 만한 복장은 아니었다. 둘은 약간의 시간 차이를 두고 웃음을 터뜨렸다.

* * *

수화진 미술관은 생각보다 자그마했고 예상보다 참신했다. 미술관의 건축 구조 자체도 독특했는데 정형화된 네모반듯한 공간은 찾아보기 어려웠다. 거대한 사이즈의 공간은 아니었지만, 미로처럼 돌아다니고 헤매도록 구성되어 있어서 지루할 틈이 없었다.

이번 전시의 주제는 '뉴욕'이었다. 수집가의 마음속에 뉴욕이 어떤 모습이었는지가 실감 나게 보였다. 그곳은 자유롭지만 지독히 외롭다. 길거리 거지들도 꿈을 꾸지만 현실은 지독히 냉정하다. 누구나 들어올 수 있어도 대부분 좌절하며 나가거나 그저 견디는 공간. 수집가 이야기하는 뉴욕은 그런 공간이었다. 수증기가 피어나는 1950년대 뉴욕의 길거리 흑백사진, 딱딱해 보이는 소재의 원색의 육각형 의자들, 메트로폴리탄 3층 옥상에서 바라본 뉴욕을 그린 그림, 아이 러브 뉴욕 티셔츠를 입은 소녀의 사진과 더불어 뉴욕 현대 미술관MoMA에서 대여한 작품이 줄줄이 전시되어 있었다.

수혁은 김우진 큐레이터를 찾았다. 헐렁한 티셔츠에 색이 빠진 청바지를 입은 큐레이터는 수혁을 보자마자 알아보고 빙긋 웃었다. 독특하면서 세련된 미술관과 잘 어울리는 미소였다.

"시우 씨한테 전화 받았어요. 아침 9시가 되기도 전에 미술관에 오셨다고요?"

"아, 제가 뭐…… 어떻게 하다 보니, 네. 여기 책 갖고 왔습니다."

수혁은 큐레이터에게 책을 건넸다. 박스에는 일곱 권 정도의 책이 담겨 있었고 브로슈어로 보이는 종이도 담겨 있었다. 큐레이터는 조심스레 한 장의 브로슈어를 꺼내서 인쇄 상태를 확인하고, 디자인의 느낌을 살피는 동시에 오타가 없는지도 확인하는 듯했다.

"감사합니다. 제가 오늘 가지러 가기로 했는데."

호텔 직원처럼 깔끔한 인상의 큐레이터가 여유가 묻어나는 말투로 말했다. 수혁도 반듯하게 고개를 살짝 숙인 뒤, 등을 돌렸다.

금요일 오후 1시. 수혁은 오후 업무가 시작될 시간에 지금 대나무 숲 소리가 파도 소리처럼 몰아치는 산속 미술관에 와 있다는 사실이 꿈 같았다. 계절이나 날짜나 요일 따위의 개념이 죄다 소멸한 세계로 들어온 것 같았다. 어떻게 생각해 보면 평소에도 마음만 먹으면 휴가 하루 내고 이렇게 산이나 바다로 갈 수도 있는 것이었다. 하지만 수혁은 지난 1년간 한 번도 그럴 생각을 하지 못

했다. 하루하루 버티는 데에만 온 힘을 다 써서 다른 생각을 할 틈이 없었던 걸까.

소양리 북스 키친으로 돌아가려던 수혁은 잠시 멈칫했다. 그리고 수혁이 가지고 온 책을 한 권씩 확인하고 있는 큐레이터에게 돌아가 물었다.

"저, 혹시 이 근처에 디저트 살 만한 가게가 있나요?"

* * *

와플이 든 작은 박스 30개가 소양리 북스 키친을 달콤한 향기로 채우고 있었다. 두툼한 스테이크 사이즈의 와플은 메이플 시럽으로 코팅되어 매끄러웠고, 생크림 위로 살짝 뿌린 시나몬 가루가 바삭한 질감과 어우러졌다. 대여섯 살 난 남자아이가 엄마와 북카페에 들어오자마자 탄성을 지르며 와플 상자로 달려갔다. 유진은 상자를 바라보며 웃음을 터뜨렸다.

"와, 이거 다 뭐예요?"

"아침 밥값이요."

수혁은 웃음기 담아 말했지만, 사실 자신에게 놀라는 중이었다. 지난 몇 달간의 자신과 너무 다른 행동을 하고 있었다. 표정 없이, 감정을 숨기고, 필요한 말만 하고 살았는데 여기서는 무채색의 시간에 다시 색이 입혀진 것 같았다. 뉴욕에서 자유롭고 막막하고 이유 없이 두근거렸던 20대 초반의 자신이 기억나서였을까.

금세 다시 현실로 돌아가야겠지만, 이 순간만큼은 여행이니까 그냥 다른 사람처럼 굴어도 크게 상관없겠다 싶었다.

"오늘 밤 따기랑 감 따기 프로그램에 참여하는 분들한테 하나씩 드려도 좋을 것 같고, 저도 좀 먹고요. 오후에 노동하려면 당을 충전해 둬야죠."

"제가 진짜 좋아하는 와플인데. 바닐라 맛도 있어요?"

유진이 박스 하나를 열기 시작했는데, 시우가 기다렸다는 듯 등장했다.

"오, 와플 냄새!"

시우는 감탄사를 연발하더니, 잽싸게 와플 박스 3개를 카운터 아래에 내려뒀다. 그러고선 수혁에게 쭈글쭈글한 검은색 티셔츠 하나와 몸빼 바지 비슷한 소재의 총천연색 바지를 불쑥 내밀었다.

"형님, 작업복 입으셔야죠."

수혁은 피식 웃으며 옷을 받아 들었다. 무대에 서기 위해 옷을 갈아입는 연극배우가 된 기분이었다. 몸빼 바지라…… . 그것보다 회사 사람들이 이 쭈글쭈글한 티셔츠를 보면 더욱 경악할지도 모르겠다는 생각이 스쳤다. 무엇보다 '형님'이라는 호칭으로 불린 게 언제였는지 기억도 가물가물했다. 후련한 기분이 가을바람처럼 마음을 훑고 지나갔다.

밤 따기 스태프 역할은 만만치 않았다. 밤나무를 흔드는 건 단지 시작일 뿐이었다. 뾰족한 가시를 품은 밤송이를 밟고 벌레가 먹지 않은 단단한 알밤을 꺼내면서 당연한 듯 가시에 찔렸다. 초등학생 아이들이 신나게 뛰면서 밤송이를 밟아대다 넘어져 다치진 않는지, 가시가 옷을 뚫고 들어가 박히진 않는지 살피는 것도 스태프의 몫이었다. 밤나무가 심어진 뒷산은 꽤 가파른 곳인 데다가 뱀이 출몰할 수 있다고 해서 긴장을 늦출 수 없었다.

솔직히 낭만적이고 여유로운 구석은 탈탈 털어봐도 없었다. 수혁은 오후 2시부터 노을 지는 오후 6시까지 꼬박 4시간을 쉬는 시간 없이 서 있었다. 밤 따기 프로그램을 마치고 빠진 손님이 없나 확인한 후, 수혁은 제일 마지막으로 산에서 내려왔다. 그제야 수혁은 깨달았다. 지난 4시간 동안 핸드폰을 한 번도 보지 않았다는 사실을. 핸드폰이 울리지도 않았지만, 사실은 볼 생각도 없었다.

노을이 물드는 산은 장관이었다. 구름 한 점 없는 하늘에 고요하게 안녕을 고하듯, 하루가 서서히 어스름에 잠겨가고 있었다. 매화나무 가지가 바람에 휘는 모습이 손을 흔드는 모습처럼 보였다. 북 스테이 지붕 아래로는 오늘 딴 감이 주렁주렁 달렸다.

시우는 북 카페의 테이블에 태평하게 앉아 있었다. 그새 북 스테이 손님으로 온 가족의 아이들과 친해졌는지, 유튜브를 보며 자동차 종이접기 삼매경에 빠져 있었다. 책을 고르는 사람들이 그림 전시를 구경하듯 꼼꼼하게 책을 살피는 중이었다. 정원에서 바라본 소양리 북스 키친은 판타지 세계의 평화로운 마을 같았다.

"몸빼 바지가 꽤 잘 어울리시네요. 여기 몇 년 살던 분 같아요."

유진이 불쑥 나타나 수혁 옆으로 나란히 섰다. 북 카페 바깥에서 멍하니 사람들을 구경하던 수혁은 으쓱하면서 멋쩍게 웃었고, 유진도 따라 웃었다. 유진은 수혁과 같이 말없이 북 카페를 바라봤다.

"오늘 고마웠어요. 사실 스태프가 모자란 데 대책이 없어서 어떻게든 되겠지, 하고 있던 참이었거든요."

유진이 말을 꺼냈다. 수혁이 뭐라고 답할 것 같아 잠시 기다렸지만 수혁은 아무 말이 없었다. 유진이 말을 이었다.

"단감이랑 알밤을 좀 쌌어요. 서울 가서 좀 드시……."

"……저, 주말까지 여기 머물까 하는데 객실이 있을까요?"

수혁은 유진의 말을 자르며 불쑥 말을 꺼냈다. 수혁은 계획에 없던 말을 내뱉으며, 자신에게 다시 한번 놀라는 중이었다. 결벽증이 약간 있는 수혁은 평소에 쓰는 쉐이빙 폼이나 클렌저, 스킨, 로션을 챙겨가지 않으면 절대 여행에 나서는 법이 없었다. 화장품은 고사하고 속옷도 안 챙겨왔는데, 외박이라니. 이성적인 생각들이 아우성치듯 소리 질렀지만, 봇물 터지듯 다음 말도 입 밖으로 나와버렸다.

"객실 예약이 다 찼으면, 숙소 동의 거실 등 어디에서 자도 상관없어요."

수혁은 말을 뱉고서 쓴 약을 삼킨 사람처럼 입술을 깨물었다. 시선은 여전히 그림 같은 북 카페의 저녁 풍경을 바라보는 채였다. 붉은 노을빛이 남은 산자락은 시리도록 아름답고 애잔했다.

"아……."

유진은 수혁의 옆모습을 물끄러미 바라봤다. 유진은 그가 지금 자신에게 부탁하는 게 아니란 걸 알 수 있었다. 간절해 보이는 눈빛이 그러했다. 수혁은 인생이 위태롭게 흔들거리는 시간을 지나는 중이었고, 밤새도록 날았는데도 쉴 곳을 찾지 못한 새처럼 지쳐 보였다.

유진은 주변의 모든 사람의 시선에서 잠시나마 숨을 수 있는 동굴이 필요한 때가 있을 것이라고 생각했다. 그녀는 최대한 별거 아니라는 덤덤한 말투로 들리길 바라며 말했다.

"객실은 다 예약되어 있어요. 숙소 동 거실 소파가 푹신한 건 언제 눈치챘대요. 거기도 괜찮으면 뭐……. 근데 2층에 커튼 없는 거 아시죠? 아침에 햇살이 모닝콜 해줄 거예요."

수혁은 고맙다는 말 대신 옅은 웃음을 띠며 기나긴 숨을 내쉬었다. 하늘엔 먹구름이 군데군데 끼었지만, 공기가 투명하고 맑아서인지 우울해 보이진 않았다. 노을빛이 희미해진 장엄한 산등성이 위로 느릿느릿 어둠이 깔리고 있었다. 이내 차가운 가을 기운이 땅을 적시기 시작했다.

"형님, 2층 소파라니요. 제 방에서 주무셔요!"

시우는 흔쾌히 수혁을 이틀간의 룸메이트 형님으로 받아들였다.

셋이 둘러앉은 저녁 식사 시간, 유진과 시우는 어릴 적 소소한 추억담을 풀어놓으며 실실거렸다. 기저귀를 찬 꼬마 시우가 비를 맞아가며 노래하고 춤췄던 골목길, 유진이 초등학교 5학년 때 짝사랑하던 남자애한테 차이고 썼던 민망한 시, 해운대 바닷가에서 파도 놀이를 하면서 친구들에게 소금물을 먹였던 한여름, 인생 끝장난 것처럼 불행했던 수능 점수 발표일. 서툴고 모자라고 엉망진창이었지만, 다시 돌아보니 애틋하고 그리운 시간. 빈 곳이 숭숭 뚫린 것 같은 삶의 순간들. 수혁은 좀처럼 자신의 이야기를 하진 않았지만, 유진과 시우는 상관없었다. 예상했던 일이기도 했고, 그건 중요하지 않았기 때문이다.

셋은 배 속에 아무것도 더 들어가지 않을 정도로 저녁을 먹고 나서 2층 테라스로 나갔다. 한쪽에 마련해 둔 파라솔과 의자가 빛을 발했다. 동그란 원목 테이블에 휴대용 1인용 인덕션을 올려놓고, 아래층에서 씻어온 밤을 삶기 시작했다. 휴대용 인덕션이 이렇게 유용할지 몰랐다. 급할 건 하나도 없었다. 와인을 차례로 땄고 유진은 커피와 와인을 섞어 마셨다. 맥주파인 시우는 혼자서 벌써 2캔째였다.

하늘엔 초승달이 선명하게 걸려 있었다. 반짝이던 금요일 낮이 무대에서 내려가고, 일렁이는 마음을 담은 밤이 등장했다. 바람은 한가로이 산책하는 고양이처럼 불었다.

"……혹시 운전하다가 그런 생각 한 적 없어요?"

수혁은 혼잣말을 하듯이 입을 열었다. 온기가 남은 알밤 몇 개를 손에서 만지작거리고 있던 유진이 고개를 들었다. 시우는 어느새 꾸벅꾸벅 졸고 있었다.

"에메랄드빛 바다가 보이는 해안가 도로를 달리는 거예요. 날씨는 화창하고 하늘엔 구름 한 점 없죠. 콜드플레이의 〈비바 라 비다Viva la Vida〉 같은 노래가 흘러나오면 딱 맞을 거예요. 가슴이 두근거리는 비트가 있다면 뭐든 상관없어요. 그리고 비트에 맞춰 부드럽게 도로를 달려 내려가는 거예요. 새하얀 기러기가 멀리서 높게 날고 있겠죠. 그렇게 달리다가 커브 길을 돌면 커다란 화물 트럭이 전속력으로 달려오는 거예요. 그리고, 짠! 암전되는 거죠."

인덕션 위에 올려둔 냄비가 갸릉갸릉 하듯 주기적으로 소리를 냈다. 어둠이 내려앉은 테라스에 냉랭한 공기가 수영하듯 꿀렁거리며 지나갔다. 수혁은 유진의 대답을 기다리고 있지 않았다. 유진도 수혁이 아직 할 말이 남았음을 알고 있었다.

"친구 놈이 입원한 병원에 갔다가 오던 밤, 저는 그 친구가 해안가 도로를 달리는 모습을 상상했어요. 그 친구가 새벽에 고속도로를 운전하다 공황장애가 와서 가드레일을 처박고 멈췄다더라고요. 생명에는 지장이 없고 팔과 갈비뼈에 골절만 좀 있었다는데……. 그 녀석은 면회 온 사람을 아무도 만나지 않았어요. 왜인지 모르겠지만, 그 녀석을 생각하면 해안가를 달리는 장면이 떠올라요."

유진은 그 친구 놈 이야기가 수혁의 이야기라는 사실을 알았다. 의심을 한 건 아니었다. 그냥, 눈빛을 보면 알 수 있었다. 수혁의 눈동자에는 해안가를 달리는 자신의 모습이 꿈속의 장면처럼 담겨 있었다.

유진은 남은 스파클링 와인을 쭉 들이켰다. 가을 풀벌레가 심장 박동처럼 일정하게 치치칫 하는 소리를 냈다.

"그럴 때는 더글라스 케네디 소설이 최고죠."

적막이 감도는 밤이었다. 풀벌레도 이제 기운이 빠졌는지, 먼 기차 소리처럼 작은 소리를 냈다. 수혁은 시커먼 산등성이 너머 어딘가를 보는 듯하다, 유진의 말에 천천히 고개를 돌렸다.

"더글라스 케네디가 누군데요?"

"당연히 소설가죠. 소설이라고 했잖아요."

수혁이 피식 웃었다. 고요한 호수 같던 시간에 작은 물결이 일렁이다 사라졌다. 시우는 푹신한 1인용 소파에 앉은 채로 잠이 들어 있었다. 맥주 5캔을 혼자 다 마시면서 자기는 아무렇지 않다고 호언장담한 지 1시간이 채 안 된 시간이었다. 유진은 시우의 어깨까지 담요를 올려서 덮어준 뒤 다시 자리에 앉았다.

"더글라스 케네디 소설은 이야기의 흐름이 똑같아요. 우선 주인공은 사회적으로는 성공했지만, 내면적으로는 허무함을 느끼고 있는 인물이에요. 그러다가 어떤 작은 계기로 모든 걸 버리고 무작정 떠나요. 자그마한 시골 마을로 가서 이름도 바꾸고 외모도 바꾸고 직업도 바꾸고 완전히 다른 사람이 되어 살아가요."

유진은 숨을 잠깐 삼키면서 수혁이 자신의 말을 듣고 있는지 점검했다. 수혁은 미동도 없이 앉아 있었지만, 유진은 그가 이어지는 이야기에 귀 기울이고 있다는 사실을 느낄 수 있었다.

"나를 아무도 모르는 곳으로 떠나 나를 감추고 완벽하게 살아가는 제2의 삶이 굉장히 매력적으로 느껴지더라고요."

유진은 옅은 웃음을 띠며 말했지만, 수혁은 아무런 대꾸도 하지 않았다. 바람이 불어왔다. 가늘고 긴 한숨을 닮은 바람이었다.

"그 이후부터는 우울하거나 화가 나면 정신없이 빠져 읽을 수 있는 책을 집어 들었어요. 탐정 추리 소설이나 판타지 이야기 같은 거로요. 소설 속 세계에 빠진 순간만큼은 진통제를 삼킨 것처럼 현실의 고통을 잊을 수 있어요. 그것뿐만이 아니에요. 책의 세계에 빠져 있다 보면 등장인물이 문득 나한테 이렇게 말하는 것 같거든요. '인생에 참 어이없는 일이 많이 생기지? 진짜 이 정도일 줄 몰랐지?' 하고요."

유진의 이야기를 듣는 수혁의 눈빛은 새벽에 홀로 꽃을 피우다 고요히 사라지고 마는 연못의 꽃송이처럼 외로워 보였다. 묵묵히 듣고 있던 수혁이 이윽고 입을 열었다.

"책이 진통제라는 얘기는 난생처음 들어보네요."

그리고 빙긋 웃었다. 무채색 같던 수혁의 얼굴에 웃음이 번지자 장난기 많은 다혈질 꼬마의 모습이 겹쳐 보였다. 예전에는 따스하고 밝은 사람이었다는 게 수면 위로 드러나는 웃음이기도 했다.

"⋯⋯음, 저는 우울하거나 화가 나면 듣는 노래가 있어요."

수혁이 중얼거리듯 말했다. 머릿속에 멜로디가 떠올랐는지 눈빛이 잠깐 반짝였다.

"〈왈츠 포 데비 Waltz for Debby〉. 어머니가 좋아하셨던 재즈곡이죠. 예전에 어머니가 애플파이를 구울 때면 빌 에반스 버전을 LP로 계속 틀어놓으셨어요. 반죽하고 오븐에 넣고 파이가 나오길 기다리는 내내 연주곡이 들렸죠."

수혁이 멜로디를 떠올리자 애플파이 냄새를 머금은 바람이 불어왔다. 오븐 앞에서 어머니가 멜로디를 흥얼거리고 있고 창밖으로 달빛이 환히 빛나던 밤이 밀려왔다. 수혁은 뭔가 더 말하고 싶지만 표현하기 어려운 듯 말을 멈췄다. 하지만 유진은 왠지 안심되었다. 수혁이 어둡고 질척거리는 길을 헤매다 비로소 밤하늘 어딘가를 바라보기 시작했다는 걸 어렴풋이 알아챘기 때문이다.

"오, 그런 곡이 있어요? 한번 들어볼래요."

유진은 음악 앱에서 곡을 검색해서 틀었다. 핸드폰에서 나오는 왈츠 재즈 연주곡은 멀리서 부엉부엉 하듯 우는 새소리와 묘하게 어울렸다. 하늘에는 먹구름 속에 보름달이 희미하게 잠겨 있었고, 간간이 먹구름을 빠져나온 별빛이 반짝이다 사라졌다.

＊＊＊

고요하게 비치는 햇살에 눈을 떴다. 수혁은 아직도 꿈속인지, 아니면 현실인지 잠시 헷갈렸다. 원래 잠들고 깨던 익숙한 공간이 아니기도 하고, 사방이 소음 방지 장치를 단것처럼 고요한 것도 낯설었다. 수혁은 핸드폰을 들어 습관처럼 시간을 확인했다. 오전 11시 12분. 이렇게 늦게까지 잠을 잔 것도 오랜만이었다.

수혁은 햇살이 들어오는 시우의 방을 멍하니 둘러봤다. 가수 다이앤 포스터가 한눈에 들어왔고, 벽면에 폴라로이드 사진이 빨랫줄에 걸리듯 주르륵 걸려 있었다. 대개 소양리 북스 키친 풍경 사진들이었다. 바닥에는 트레이닝복과 양말 몇 개가 뒹굴고 있고 큼직한 종이 박스가 두어 개 쌓여 있었다. 시우는 당연히 보이지 않았다. 손님들 조식을 준비하려면 아침 6시에는 일어나야 한다고 했던 얘기가 생각났다. 잠든 자세 그대로 수혁은 눈만 깜빡이며 생각했다.

'이렇게 사는 것도 나쁘지 않겠는데.'

머릿속이 새벽 공기로 가득 찬 공원처럼 상쾌했다.

북 카페는 글 쓰는 작업실 오전 타임이 마감되고 있었다. 면도를 깜빡한 수혁이 거뭇거뭇한 수염을 드러내며 북 카페에 도착했다. 유진이 글 쓰는 작업실에서 노트북으로 뭔가를 정리하고 있다가 수혁을 발견하고는, 유진은 팔을 살짝 들어 인사를 하더니, 바끝쪽 카운터에 있는 시우에게 가보라는 듯 손가락으로 가리켰다.

"형님! 잘 주무셨습니까. 조식 손님용 뷔페 메뉴를 좀 남겨놨어요. 뒷마당 테이블에 가져다드릴 테니까 드세요."

북 카페에서 책 진열을 마친 시우가 다가오면서 말을 건넸다. 신기하게 얼굴을 본 지 48시간도 안 된 사람들인데, 회사에서 1년 넘게 같이 일한 사람들보다 친근감이 들었다. 시우는 야외 테이블 위에 사과와 크루아상, 견과류와 딸기가 토핑으로 올라간 요거트를 올렸다. 강렬한 가을 햇볕이 내리쬐고 있었지만, 테이블 위로는 매화나무 가지가 적당히 그림자를 만들어줘서 시원했다. 바람은 작은 카페의 커피 향도 실어 나르고 있었다. 수혁은 어제 밤 따기를 했었던 산을 무의식적으로 바라봤다. 같이 밤을 땄던 꼬마는 이미 퇴실했는지 보이지 않았다. 그때 유진이 드립 커피 포트를 들고 나타났다.

"밤나무 아저씨, 잠이 엄청 많으시네요. 늦어도 10시에는 깰 줄 알았는데."

이젠 서로 약간 갈구는 것도 자연스럽다. 수혁은 능청맞게 맞받아쳤다.

"아침 겸 점심 먹고 식비라도 좀 아낄까 하고요."

유진은 깔깔거리며 머그잔에 커피를 따랐다. 고소한 아메리카노 향기는 풀 냄새와 어울렸다. 늦은 밤까지 하늘에 몰려 있던 먹구름은 몽땅 소멸해 버린 것 같았다. 높은 하늘에는 구름 한 점 없었다. 수혁은 커피 한 모금을 마시며 유진에게 물었다.

"여기 어디 좋은 드라이브 코스 없어요?"

유진은 잠시 생각하더니 망설임 없는 어투로 대답했다.

"여기 아래 메타세쿼이아 길이 있어요. 1km 아래 삼거리에서 오른쪽으로 꺾으면 돼요. 최근 들어 갑자기 핫 플레이스로 떠오르는 중이래요. 원래는 거기가 꼬불꼬불하게 연결된 국도로 동네 사람들이 늘 다니던 길이었대요. 그런데 7년 전 바로 옆 동네에 직선도로가 시원하게 뚫리면서 잊힌 거리가 되었어요. 그러다가 한적한 메타세쿼이아 길이 작년부터 자동차 광고 로케이션으로도 쓰이고 인기 드라마 엔딩 장소로 알려지면서 유명세를 탄다고 하더라고요. 천천히 돌아가는 길도 꽤 운치 있어요. 좀 어지럽긴 해도."

유진은 '시속 200km로 질주할 수 있는 해안가 고속도로 같은 곳은 아니에요.'라고 마음속으로 조그맣게 덧붙였다. 유진은 핸드폰을 들여다보는 수혁의 옆얼굴을 훔쳐보듯 바라봤다.

'화물차 따위는 등장하지 않을 거예요. 그런 걸 기대하지 않는다면 꽤 근사한 드라이브 길이죠.'

수혁은 유진의 마음속 소리를 듣기라도 한 듯, 핸드폰에서 눈을 떼고 고개를 들더니 편안한 웃음을 지었다.

고속도로에서 전속력으로 달리지 않아도, 국도로 빠져 여유롭게 운전하는 기분도 꽤 괜찮았다. 작은 언덕이 여러 개 이어지는 길이라 어린이 버전의 바이킹을 타는 기분이었다. 부드럽게 언덕길을 오르면 웅장한 높이의 메타세쿼이아 나무가 묵묵히 서서 단풍잎을 날렸다. 언덕길을 내려갈 때는 긴장이 스르륵 풀리는 기분이었다.

그때 연희동 외할아버지 집에 가서 토요일 점심을 먹고, 어머니와 근처 슈퍼마켓에 가면서 뛰던 기억이 떠올랐다. 연희동 골목길이 대개 그러하듯, 언덕길은 파도처럼 연속적으로 굽이져 있었고, 외할아버지 집에서 슈퍼마켓까지는 내리막이었다. 그날도 가을이었다. 눈을 따갑게 하는 가을 햇살에 눈이 부셨고, 구름 한 점 없는 하늘이 단조로워 보였다. 부드러운 내리막길로 달리면 원래 달리는 속도보다 다리가 훨씬 빠르게 움직였다. 바람이 뒤에서 밀어주는 듯했다. 수혁은 환호성을 지르며 릴레이 경주 선수처럼 달려나가기 시작했다.

어머니도 덩달아 같이 뛰었다. 조심하라는 잔소리를 덧붙였지만, 어머니도 내리막길이 다리를 잡아당기고 바람이 뒤에서 미는 듯한 감각을 느꼈을 게 틀림없었다. 그건 가을 햇살 아래에서 아이스크림을 먹을 때와 같은 설렘이었다. 내달릴 때 불어오는 바람에 어머니 냄새가 담겨 있었다.

수혁은 차를 길가에 잠시 주차해 두고, 언덕길을 따라 내달리는 엄마, 아빠, 아이의 뒷모습을 언제까지고 바라보았다.

수혁은 2시간 정도 드라이브를 다녀왔다. 소양리 북스 키친으로 들어서는 얼굴이 한층 편안해 보였다. 익숙한 듯 자연스레 자신을 맞이하는 유진과 시우를 보면서, 수혁은 자신에게 친구가 생겼다는 사실을 알아챘다.

수혁은 언젠가부터 타인을 습관적으로 경계하며 살았다. 누구도 믿을 수 없었다. 특히나 최근 5년의 삶은 '멍청하게 속지 않기'를 겨루는 경기장 같았다. 친절한 미소를 짓는 눈동자 뒤로 정확한 숫자로 계산된 의도가 자리 잡고 있었다.

하지만 소양리 북스 키친에서는 긴장을 풀어도 괜찮았다. 이곳은 따뜻한 집밥을 선뜻 내어준 곳이었다. 자신이 어떤 사람인지 설명할 필요 없이 스스럼없이 이야기를 나누며 깔깔댈 수 있는 곳이었다. 어머니가 좋아했던 재즈곡에 대한 이야기를 나눈 곳이었다.

수혁은 북 카페 한편에 앉아서 조금 전에 유진이 선물이라며 건넨 책을 펼쳤다. 무라카미 하루키의 《저녁 무렵에 면도하기》라는 에세이 책이었다. 포스트잇에는 "그렇다고 면도하라는 얘기는 아니고요! ㅋㅋ"라고 쓰여 있었다.

수혁은 무슨 얘기인가 싶어 고개를 갸웃했다. 아무 생각 없이 턱을 쓸어보다가, 그제야 아침에 면도를 깜빡했다는 사실을 깨닫고 혼자 웃음을 터뜨렸다. 수혁이 느긋하게 에세이를 읽는 사이에 창밖으로 토요일 노을이 지고 있었다.

＊ ＊ ＊

일요일 새벽. 유진과 수혁, 시우 셋은 해가 떠오르고 안개가 슬며시 자취를 감출 때까지 청진호 호숫가 벤치에 앉아 있었다. 셋은 아무 말이 없었다. 수혁은 자신의 방식대로 소양리 북스 키친과 유진과 시우에게 작별 인사를 나누는 중이었다. 그리고 유진과 시우는 그걸 이해한다는 듯 가끔 끄덕이며 호수를 바라보기만 했다. 소양리 북스 키친과 작별하는 아침이었다. 적당한 거리에서, 적당히 굿바이.

일상으로 돌아갈 시간이었다. 소양리 북스 키친의 시간은 분명 따뜻하고 편안했다. 모처럼 찾아온 반짝이는 햇살 같았고, 부드러운 호흡 같았다. 하지만 수혁의 인생이 극적으로 바뀐 건 아니었다. 쭈글쭈글한 티셔츠를 입고 면도를 건너뛰던 시간이 마감을 알리고 있었다.

서울로 올라가는 고속도로에서 수혁은 호수에 피어오르던 물안개를 떠올렸다. 아침 햇살이 호수를 비추기 시작하며 반짝거리던 모습이 머릿속을 떠다녔다. 동시에 고속도로를 달리는 차의 엔진 소리가 위잉 울렸다. 깜빡이를 켠 뒤 차선을 바꾸며 추월하는 대형 SUV가 보였다. 차의 속도계는 시속 110km를 넘어서고 있었고, 내비게이션에서는 52분 뒤에 집에 도착한다는 안내가 떠 있었다. 간간이 과속 단속기가 몇백 미터 뒤에 등장하는지를 알리면서, 내비게이션은 화면을 빨갛게 만들며 번쩍댔다.

쭉 뻗은 고속도로는 위로와 휴식의 순간에서 일상의 리듬으로 전환하는 경계선처럼 느껴졌다. 수혁은 텅 빈 집에 들어가 혼자 점심을 먹을 자신을 떠올려 봤다. 차가운 정적이 모든 게 반듯하게 정리된 공간을 빈틈없이 채우고 있을 것이었다. 하지만 이전과는 다를 것이라는 확신이 들어 슬며시 미소가 지어졌다.

6

첫눈, 그리움
그리고 이야기

유진은 노트북에서 '소양리 북스 키친_사진' 폴
더를 열었다. 내일 스태프 회의가 있는데, 소양리 북스 키친 탁상
용 달력에 들어갈 만한 사진을 미리 골라두기 위해서였다.

　손자국 하나 없이 깨끗한 북 스테이 숙소 거실 통유리 창으로
봄 햇살이 가득 들어와 있었다. 마치 다른 우주에 온 듯한 밤하늘
사진도 여러 장 눈에 띄었다. 진빨강과 연분홍이 섞인 5월의 장미
꽃이 진초록빛 덩굴 잎새 사이로 당당히 고개를 들고 있었다. 작
업실에 참가한 사람들의 진지한 시간이 담겼고, 도서를 추천하는
문구를 정성스레 써 내려가는 스태프의 모습도 눈에 들어왔다. 늦
가을 산등성이를 배경으로 웅장하게 내려앉은 붉은 노을, 손을 꼭
잡고 책을 구경하는 연인의 뒷모습, 소고기 뭇국과 불고기, 계란말

이로 차려진 조식 테이블 사진이 차례로 이어졌다.

사진에는 그날의 온도, 습도, 냄새, 들었던 노래, 기분, 생각들이 일시 정지된 채 머물러 있었다. 그래서인지 사진들은 쓸쓸해 보였다. 사진은 영원히 나이 들지 않는 존재처럼, 모든 상황이 변해버린 이후에도 오롯이 남아 있을 것이기 때문이었다. 그렇다고 스산하고 어두운 쓸쓸함은 아니었다. 무슨 이야기든 끝이 있다는 걸 알고 있기에 애틋한 마음으로 계속해서 뒤돌아보게 되는 종류의 쓸쓸함이었다.

사진 중간중간에 동영상 파일도 섞여 있었다. 반딧불이 수십 마리가 떼를 지어 정원을 떠다니면서 작은 불빛을 비추던 여름밤이 보였다. 그건 마치 타임랩스로 우주의 모습을 요약해서 발표해 주는 영상 같았다. 새벽의 골짜기에는 희뿌연 안개가 스며들다 사라지기를 반복하고 있었다. 북 클럽 모임에서 손님들이 책 속 문장을 낭독하는 목소리가 담겼고, 단골 꽃 가게 민 사장님이 앞치마를 두른 채 형준이와 이야기를 나누며 중정에 화분을 배치하는 모습도 보였다.

빙긋 웃으며 동영상을 보던 유진의 눈길이 갑자기 멈췄다. 수혁이었다. 밤 따기 체험 프로그램에 참여한 꼬마 아이 둘이 단단한 고무장화를 신은 채 밤송이를 밟으며 환하게 웃는 장면에서 꼬마 옆에 수혁의 모습이 담겨 있었다. 시우의 몸빼 바지를 입은 수혁이 아이와 눈을 맞추며 웃다가, 아이가 넘어질 뻔하자 얼른 잡아

주었다. 유진은 수혁이 말했던 왈츠 재즈곡 이야기가 떠올랐다.

수혁은 그날 서울로 돌아간 뒤, 한 번도 연락하지 않았다. 핸드폰 번호를 교환한 건 아니었지만 마음만 먹으면 소양리 북스 키친 SNS 계정을 통해 얼마든지 연락할 수 있었을 텐데. 유진은 수혁에게 서운한 마음이 들기보다는 수혁이 괜찮을지 걱정되는 마음이었다. 왠지 모르게 위태해 보이던 수혁의 눈빛을 떠올리며 유진은 동영상을 몇 번이고 돌려 보았다.

사방이 너무 고요해진 것 같아서, 유진은 문득 고개를 들었다. 온 세상이 숨죽인 듯 침묵을 지키고 있었다. 그리고 창밖으로는 여린 꽃잎 같은 눈이 날리고 있었다. 올해 첫눈이었다. 눈송이는 바람이 슬쩍 불기만 해도 하늘 위로 다시 올라가며 춤추듯 날아다니다가 내려앉았다. 살짝만 밟아도 검은색 발자국이 선명하게 남을 정도의 얇은 두께로 쌓이는 중이었다. 시끄럽게 지저귀는 새소리도, 풀벌레 소리도 자취를 감춘 자리에 고요한 정적만이 내려앉아 있었다.

유진은 창문을 활짝 열었다. 첫눈이 내린 세상은 보드라운 외투를 얇게 껴입은 듯 추위가 누그러져 있었다. 부드러운 빗자루로 바닥을 쓸 때와 비슷한 바스락거리는 소리가 났다. 눈 내리는 소리가 이렇게 사각거렸구나 싶었다.

북 카페에서 에디 히긴스 트리오의 크리스마스 연주곡이 흘러

나오고 있었다. 장맛비가 쏟아지던 여름밤, 소희와 형준과 함께 북카페에서 들었던 바로 그 곡이었다.

'다들 잘 지내고 있을까……'

유진은 소양리 북스 키친을 다녀간 사람들의 얼굴을 떠올렸다. 어떤 얼굴은 정밀화로 그려낸 듯 또렷하게 기억났고, 어떤 이는 재잘대며 이야기하던 입매의 모양이나 청바지 위로 올라온 스웨터의 보풀, 다갈색 머리칼이 휘날리던 모습이나 웃음소리 따위로 머릿속에 저장되어 있었다.

때로는 그리움으로 버틸 수 있는 시간이 있는 거라고 유진은 생각했다. 때로는 그리움이 풍기는 은은한 감정에 기댈 때가 있다. 때로는 그리운 마음이 눈송이처럼 그 사람에게도 내려서, 그도 문득 유진을 떠올릴지 모른다고 생각했다. 현실에서는 각자 다른 공간에서 각자의 일을 하지만, 그리운 마음속에서 언제나 만날 것이다. 그런 그리운 마음들이 쌓이고 쌓여 이야기의 물줄기를 이루는 것인지도 모른다……

창밖을 바라보며 생각에 잠겨 있던 유진이 벌떡 일어났다. 세상 어색한 표정을 한 얼굴이 소양리 북스 키친에 들어서고 있었다. 뺨이 살짝 굳어 있는 채로 새하얀 눈길에 검은색 구두 발자국을 내면서.

***

"진짜 책방을 열 줄은 몰랐어."

가벼운 분위기를 내려고 말을 했겠지만, 선배의 시도는 실패였다. 유진은 편안한 척하면서 웃어보려고 했지만 입술 모양이 비틀리듯 어그러졌다. 건너편 테이블에는 동창회 모임으로 온 듯한 40대 중반의 여자 5명이 까르르대며 수다에 열중하고 있었는데, 시끌시끌한 소리가 유진이 앉은 테이블의 정적과 대비를 이루며 정적을 더욱 낯설고 불편하게 만들었다.

"······그래요?"

유진의 어색한 말투에 선배는 헛기침을 하며 밀크티를 한 모금 마셨다. 그리고 북 카페를 관찰하듯 둘러봤다. 눈매가 가늘고 긴 그의 인상이 더욱 차갑게 보였다.

"내 연락 안 받더라?"

"아니, 뭐······ 그때는 딱히 할 얘기가 없어서요."

그는 넓은 어깨를 나무 의자에 기대며 한숨을 쉬었다. 의자가 삐거덕거리는 소리가 작게 들렸다.

"······회사 정리하고 한번 보자고 했잖아. 상혁이 통해서 얘기 전했는데, 그 이후로도 전화도 안 받고······."

또다시 침묵이 이어졌다. 숨 막히는 듯한 침묵. 유진은 텅 빈 회의실 구석에서 불을 끈 채 홀로 눈물을 삼켰던 그날 밤을 떠올렸다. 어둠에는 '이걸로 끝'이라고 꼬리표가 붙어 있었고 모든 걸 바닥으로 내리누르는 듯한 침묵만이 가득했다.

그날은 회사를 인수하고 싶다는 한 기업의 제안을 두고 선배와 대판 싸웠던 날이었다. 3년 동안 고생해서 간신히 서비스가 궤도에 오르던 때였다. 벤처 캐피털로부터 투자 유치도 성공해서 1년 동안은 돈 걱정 없이 회사를 꾸려갈 수 있겠다고 신이 나 있었다. 유진은 이제야 제대로 된 시도를 마음껏 펼칠 때라고 믿었기에 회사를 판다는 건 앞뒤가 안 맞는 소리라고 여겼다. 하지만 선배는 현실적인 사람이었다. 3년 이상을 버티는 스타트업이 손에 꼽힐 정도인데 괜찮은 제안이 왔을 때 받아들이는 게 회사에나 경력으로나 좋을 거라고 판단했다.

"지금으로선 회사를 팔고 다른 스타트업을 다시 구상해 보는 게 좋은 시기라고 봐. 이 정도 조건이면 나쁘지 않아. 원하면 우리가 임원으로 그 회사에 들어가는 것도 가능하고, 인수 조건으로 그 회사 주식도 꽤 많이 챙겨준다잖아."

"아니, 이제 투자 유치도 성공했는데 이걸 다른 회사에 팔고 제로 베이스에서 다시 시작하는 게 무슨 의미가 있어요?"

"냉정하게 살펴보자고. 지금 회사 가치를 이만큼 쳐주는 기업이 또 있을 것 같아? 3년간 버텨온 것만 해도 기적이야. 회사가 제대로 돈을 버는 건 10년 뒤쯤일지도 모르고, 회사는 3년 안에 폐업하게 될지도 모른다고. 그러니까……."

"그러니까 돈 되는 타이밍에 제대로 값이나 받고 끝내자고요?"

날카로운 유리가 번쩍하듯 선배의 눈동자가 냉정해졌다. 유진
은 선배의 눈을 피하지 않고 바라봤다.

"선배나 나가요. 벤처 캐피털이든 그 회사든 가서 전직 스타트
업 대표라는 직함이나 으스대면서 살아요. 난 여기 있을 거니까."

"유진아……."

"선배, 진짜 너무해요. 날 이 회사에 데려온 것도 컨설턴트 출신
이 있는 회사라는 점을 어필하기 위해서였어요? 그럴듯한 포장지
로 쓰려고 날 이용한 거냐고요!"

유진은 목에 핏대를 세우며 소리 질렀다.

"말 좀 끝까지 들어봐."

"끝까지 들어서 결론이 뭔데요? 선배 시나리오대로 결론이 나
서 행복해요? 선배 혼자 가요. 정교하게 쌓아 올린 그 잘난 계획표
대로 잘 살아봐요. 대신 나한테까지 그런 식의 인간이 되라고 강
요하진 마요."

대화는 뫼비우스의 띠처럼 끝도 없이 반복됐다. 점점 강도가 세
지고 더 큰 상처를 주고받는 식으로. 결국 지쳐서 포기하고 먼저
나간 건 선배였다. 그때 회사를 팔진 않았지만, 돌아보면 선배의
판단은 옳았다. 냉정하리만치 정확한 판단이었다. 선배는 벤처 캐
피털로 이직해 승승장구했고, 유진의 스타트업은 끝도 없이 표류

했다.

결국 유일한 자산이었던 특허를 다른 기업에 그럭저럭 괜찮은 조건으로 넘기고 합병된 회사의 주식을 받고서야 회사를 청산할 수 있었다. 선배가 친한 다른 선배나 동기를 통해 유진에게 연락을 해왔지만, 유진은 답하지 않았다. 회사 정리 수순을 밟은 이후 유진은 두 달간 방에서 거의 나오지 않았다. 숨어 살고 싶은 시간이었다. 알래스카나 남미 같은 곳으로 떠나 핸드폰을 꺼놓고 살면 어떨까, 진지하게 고민했었다.

* * *

눈치 빠른 시우가 슬쩍 오더니 초콜릿 쿠키 몇 개를 테이블에 올려놓고 가볍게 인사한 뒤 카운터 쪽으로 사라졌다. 옆 테이블은 여전히 흥겨운 수다 파티였다. 유진이 입을 열었다.

"⋯⋯그래도 선배가 어른이네요. 먼저 이렇게 찾아와 주고."

유진은 선배를 바라봤다. 마지막으로 본 3년 전과 비교하면 선배는 갑자기 나이가 든 것 같았다. 30대 중반인데도 새치가 여기저기 보였고, 퀭한 눈가에는 잔주름이 잡혀 있었다. 체크무늬가 들어간 진한 회색 정장을 입고 구두를 신은 모습이 자연스러워 보였다.

"사실 나⋯⋯ 여길 오면서 너무 늦은 게 아닐까 했어. 네가 책방 열었단 소식 들었을 때 너답다고 생각했지. 우리 처음에 스타트업 사업 아이템 얘기할 때 기억나? 너는 항상 콘텐츠 큐레이션 서비스에 관심 많았잖아. 메타버스에서 음악이랑 책이랑 영화 서비스를 취향에 맞게 추천해 주는 가게를 만들어보자고도 했었고. 네가 늘 이야기에 관심이 많았던 거 기억해."

한여름 밤에 노천카페에서 맥주를 마시면서 사업 아이템을 논의하던 때가 떠올랐다. 스타트업에 합류하기 전이라 컨설턴트 일을 마치고 밤늦게 집 앞 노천카페에서 만나곤 했는데, 새벽이 되도록 이야기를 끝내지 못했다. 그때 선배와 유진은 새로 시작될 모험에 설레했고, 다가올 어떠한 도전도 너끈히 받아넘길 용기가 샘솟았다. 남들은 99% 실패하는 스타트업이라지만 선배와 함께라면 성공하는 1%에 들 수 있으리라는 확신이 넘쳐났던 때였다.

"선배도 아이디어 많았잖아요. 근데 우리가 얘기했던 그 무수한 아이디어보다 오피스텔 아래에 있던 노천카페에서 마셨던 병맥주랑 안주 세트가 더 기억에 남긴 하네요."

선배의 딱딱한 뺨에 부드러운 미소가 떠올랐다.

"오지 치즈가 올라간 감자튀김을 밤 12시에 꾸준히 먹은 덕분에 역류성 식도염이 생긴 거 아닌가 싶더라."

"기여도로 따지면 단연 맥주 아니에요? 병뚜껑 따개를 젠가처럼 쌓아 올렸던 거 기억나죠?"

둘은 마주 보고 웃었다. 경영 대학교 선후배로 만난 지 어느새 14년이 다 되어가고 있었다. 어떻게 보면 스무 살이 넘고 나서는 부모님보다 자신을 더 잘 아는 사람인지도 몰랐다. 20대의 서로를 누구보다 잘 아는 사이.

선배는 집요하다고 느껴질 정도로 뭔가에 잘 빠지는 사람이었다. 스노보드에 한번 꽂히면 온몸에 멍이 들 때까지 탔고, 회계사 시험을 준비할 때는 핸드폰을 종일 꺼뒀다가 하루에 10분 정도만 켜서 필요한 걸 처리했고, 계약서를 쓸 때는 변호사가 귀찮아할 정도로 계약 조건을 까다롭게 살폈다.

그런 선배가 이제는 바닷가에 홀로 오도카니 앉아, 좋았던 젊은 시절을 회상하는 노인의 표정을 짓고 있었다. 얼굴을 못 보고 지낸 3년의 시간 동안, 각자의 30대의 시간 사이에 거대한 강물이 흐르고 있었다. 단절된 시간의 틈으로 공허한 울림이 메아리치고 있었다.

"……기억나냐? 우리 원래 회사 이름 '첫눈'으로 지으려고 했잖아. 이미 이름을 쓰고 있는 회사가 있어서 포기했지만. 여기 오는 길에 눈이 내리는 걸 보니까 갑자기 그때 이름 정하던 날 생각이 나더라."

선배가 화이트 초콜릿이 들어간 쿠키를 입에 넣으며 창밖으로 시선을 돌렸다. 나풀거리던 첫눈은 어느새 함박눈이 되어 장대비처럼 힘차게 쏟아지는 중이었다. 유진은 선배의 익숙한 옆모습을 쳐다보며, 함께 보냈던 수많은 일상을 떠올렸다. 과방에서 같이 짜장면을 시켜 먹던 선배, 컨설턴트 생활에 지친 유진의 이야기를 들어주던 선배, 스타트업 사무실에서 새벽까지 회의하다 소파에서 잠들던 선배…….

누구에게나 첫눈 같은 순간이 있는 거라고 유진은 생각했다. 소란스럽던 일상이 일순간 고요해지고 나풀거리듯 변화가 시작되는 때가 있다. 실패와 균열로 엉망진창이 되어버린 지난날이 첫눈으로 하얗게 덮이고 나서야 드러나는 인생의 윤곽이 있다. 뾰족하게 솟은 전나무 끝부분도 눈으로 뒤덮이면 둥그렇고 하얀 눈꽃 나무로 변한다. 그제야 이해되지 않던 고통스러운 시간은 의미를 가진 풍경이 된다. 그런 시간이 지나야 새하얀 언덕에서 스노보드를 탈 용기가 생기는 게 아닐까, 하고 유진은 생각했다.

시우와 세린이 테이블을 돌아다니면서 양초에 불을 켰다. 오후 5시밖에 안 되었는데도 이미 옅은 어둠이 내려앉았고 테이블의 작은 불빛이 창밖의 하얀 눈과 함께 소양리 북스 키친을 감싸고 있었다.

"사실은 선배한테 하고 싶은 이야기가 있었어요."

유진은 선배와 눈을 맞추지 못한 채 말을 꺼냈다. 선배는 눈썹을 약간 꿈틀거리며 유진을 바라봤다. 선배의 뺨이 약간 굳었다. 유진은 선배가 당황할 때마다 귀가 빨개지던 모습이 기억났다.

"……여기 있으면서 스타트업 시절을 종종 떠올려 보곤 했어요. 생각해 보니 스타트업을 하는 내내 저는 번아웃 상태였더라고요.

당시에는 번아웃인지조차 모르고 살았지만요."

유진은 선배가 어떤 표정을 짓나 싶어서 잠시 말을 멈췄지만, 선배는 그저 담담하게 유진을 바라볼 뿐이었다. 유진은 작은 촛불의 일렁임을 보면서 말을 이었다.

"스타트업을 하면서 일주일에 80시간씩 일하던 시절, 경쟁에서 밀리고 싶지 않았고, 프로젝트를 운행하는 능력 있는 선장으로 인정받고 싶은 마음에 힘든 줄 모르고 달렸어요. 감정은 최대한 숨기고, 모든 프로젝트를 있는 힘을 다해 밀어붙이듯 일했죠. 그게 프로다운 거라고 생각했거든요."

그 시절, 유진은 기꺼이 일의 바다에 다이빙했다. 거대한 비전을 품고 우주를 누비는 용감한 탐험가가 되고 싶었다. 유진의 감정 상태는 폐허가 된 전쟁터처럼 진작에 녹슬어 있었지만 감정을 돌보는 일은 언제나 후순위였다. 일단 성공하는 게 최우선이었으니까. 감정 따위는 내려놓고 목표에만 집중해서 전력 질주를 하라고 스스로를 채찍질했다.

"선배와 끝없이 싸우던 시점을 돌이켜 보면, 사실 저는 정상이 아니었던 것 같아요. 툭하면 욱하는 감정이 올라오고, 그렇게까지 화를 낼 일인지도 모르는 채로 소리 질렀어요. 투자 유치에 성공했던 날, 집에 들어가서 텅 빈 거실에 앉았는데 너무 허무하더라고요. 그토록 매달렸던 일이 이뤄졌는데도 아무런 감정이 일어나지 않았어요. 마음이 텅 빈 상자 같았죠."

유진은 깜깜한 거실 소파에 한참이나 앉아 있었던 그날 밤을 떠올렸다. 목소리가 약간 떨렸다.

"유진아……."

"그래서 미안하다고 얘기하고 싶었어요. 모든 게 선배 잘못이고 선배가 이기적인 데다 속물이라는 식으로 말했던 거요. 그때는 내가 감정적으로 지쳐 있고 정신적으로 소모되어 있어서 제대로 된 의사소통을 할 수가 없었어요."

유진은 한숨을 쉬듯 재빨리 말을 마쳤다. 촛불에서 나오는 아로마 향이 종이책 내음과 어우러지고 있었다.

"……그건 나도 마찬가지였지."

선배는 담담한 어조로 말했다. 유진은 눈을 들어 선배를 바라봤다. 선배는 싱긋 웃었다.

"우린 정말 일에 미쳐 있었으니까. 일 얘기밖에 안 하고, 취미가 일이라면서 으스대던 시간이었잖아. 번아웃인 줄도 모르고 똑똑한 척은 다 했었지. 내가 미안했다. 선배랍시고 챙겨주지는 못하고 똑같이 허우적대고 있었으니."

선배는 유진을 깊숙이 바라보듯 쳐다봤다. 유진은 선배의 모습에서 스타트업을 함께 하기 전, 그러니까 대학 시절 선배의 모습이 겹쳐 보였다. 대학 시절 벤처 동아리에서 만난 선배는 재밌는 사람이었다. 많은 사람을 웃기는 인물은 아니었지만 적어도 자신과는 코드가 잘 맞았다. 유진은 선배와 얘기를 나누면서 선배가 얼마나 많이 자신을 웃게 만들었었는지를 새삼 깨달았다.

"사실은 너한테 할 얘기가 있어서 여기 왔어."

유진이 긴장한 눈빛을 하고 허리를 곧추세우자, 선배가 서글서글한 눈매로 웃었다.

"이번에 들어간 회사에서 사내 도서관을 만드는데, 북 큐레이션을 할 사람을 찾고 있어. IT 회사니까 도전적이고 창의적인 이야기를 다룬 책도 좋고, 일에 치이는 것도 많으니 격려가 되고 위로가 되는 책도 좋을 것 같아. 아무리 생각해도 이건 딱 널 위한 프로젝트 아니겠어? 당장 여부를 알려달라는 건 아니고 한번 생각해 보고 알려줘."

선배는 명함을 꺼내 테이블 위에 올려놓았다. 직함에 전략 기획실장이라고 되어 있었다. 유진은 명함을 집어 들고 씩 웃었다.

"오, 실장님이시네요. 선배, 생각하고 말고 할 게 뭐가 있어요. 선배 부탁인데. 아, 근데 얼마나 주는데요? 한 번만 하고 끝나는 거예요, 아니면 정기적으로 주제를 변경하면서 책을 바꾸는 거예요? 첫 번째 주제는 정해졌네요. 창의력과 번아웃."

둘은 소리 내서 웃었다.

"추진력하면 역시 정유진이지. 그럼 너 하는 걸로 한다? 다음 달에 서울 사무실에서 한번 보자. 실무자와 미팅도 할 겸. 아, 맞다. 그리고 사내 도서관 이름도 같이 정해줬으면 해."

유진은 고개를 끄덕이며 휴대폰 메모장에 몇 가지를 적어 넣었다. 선배가 유진을 잠시 바라보다 말했다.

"그런데 소양리 북스 키친은 무슨 뜻으로 지었어? 소양리는 여기 이름이니까 그렇다고 치고. 북스 키친은 뭐냐? 난 처음에 무슨 레스토랑인 줄 알았잖아."

"그렇게 문의하는 손님도 꽤 있었어요. 아니면 쿠킹 클래스 같은 거 하는 곳이냐고. 키친을 치킨이라고 대충 외우고, 치킨 주문 전화도 하더라고요."

선배가 무릎을 치면서 껄껄대며 웃었다.

"북스 치킨. 입에 딱 붙는데?"

"아, 선배, 진짜!"

유진도 마주 웃으면서 주변을 쓱 둘러봤다. 가로가 기다란 창으로 보이는 눈 내린 소양리 산자락은 수묵화 그림 같았다.

"북스 키친은 말 그대로 책들의 부엌이에요. 음식처럼 마음의 허전한 구석을 채워주는 공간이 되길 바라면서 지었어요. 지난날의 저처럼 번아웃이 온 줄도 모르고 마음을 돌아보지 않은 채 살아가는 사람들이 의외로 많더라고요. 맛있는 이야기가 솔솔 퍼져나가서 사람들이 마음의 허기를 느끼고 마음을 채워주는 이야기를 만나게 됐으면 했어요. 그리고 누군가는 마음을 들여다보는 글쓰기를 할 수 있으면 더 좋겠다고 생각했고요."

"그렇구나. 북스 키친, 책들의 부엌……. 그래서 북 카페랑 북

스테이구나."

선배는 노래를 듣는 것처럼 고개를 까딱거렸다. 저쪽 테이블에서 달그락거리는 식기 소리가 배경음악처럼 깔렸다. 바깥에는 진한 커피를 닮은 어둠이 내려앉았고 촛불은 전보다 또렷하고 밝게 빛나고 있었다. 촛불이 아니더라도 눈이 내린 저녁은 꽤 밝았다.

"……유진아, 좋아 보인다."

긴장이 풀린 선배의 얼굴에는 안도감이 깃들어 있었다.

"진심이야. 뭔가…… 단단해진 것 같아. 편안해 보이기도 하고. 가장 너다운 모습이 된 것 같아."

유진은 선배를 배웅하고 다시 들어왔다. 유진이 창밖을 내다보자 하얀 눈길에 발자국이 보였다. 이제는 눈이 제법 쌓여서인지 까만 자국 대신에 하얀 신발 자국만 남았다. 선배의 커다란 구두 옆으로 유진의 운동화 발자국이 또렷이 남아 있었다.

유진은 창가에 선 채로 선배의 명함을 다시 꺼내 봤다. 자그마하고 빳빳한 직사각형 종이가 3년간의 공백을 덮고 있었다. 언젠가 스타트업 회사 로고가 찍힌 명함을 들고 부산스럽게 돌아다녔던 그때가 까마득한 옛날 같기도 하고 며칠 전 같기도 했다.

눈이 꽤 내려서인지 북 카페는 한산했다. 그때 문을 벌컥 여는 소리가 들렸고 찬바람과 함께 눈송이가 몇 개 들어왔다.

"누나, 다이앤이 오늘 정규 앨범 낸 거 알아?"

시우가 호들갑을 부리며 유진에게 다가왔다.

"당연하지. 네가 일주일 전부터 하루에 3번씩 알려줬잖아."

"그러면 7시부터 인터넷 라디오 생방송에 다이앤이 나오는 것
도 기억했어야지. 아 뇨, 지금 7시 11분이야. 알람도 맞춰놨었는
데 깜빡했어. 이럴 수가!"

시우는 속사포처럼 말을 늘어놓으며 유진 옆에 털썩 앉았다. 핸
드폰으로 인터넷 라디오 앱을 켜자 다이앤과 라디오 MC의 얼굴
이 나왔다. 여자 MC의 높은 목소리가 재잘대듯 내려앉았다.

[오늘은 12월의 첫날이죠. 올해의 첫눈만큼 설레는 음악 선물
이 찾아왔습니다. 바로 4년 만에 정규 앨범으로 찾아온 음원의 여
왕, 다이앤입니다!]

[안녕하세요, 여러분. 다이앤입니다. 오랜만에 음악으로 인사드
리게 되었네요. 반갑습니다!]

[와, 지금 라디오 스튜디오 분위기가 아주 후끈합니다. 스태프
분들과 PD님이 모두 웃음을 그치질 않으세요. 첫 곡으로 앨범 타
이틀 곡인 〈겨울에 우리가 사랑하는 것들〉을 듣고 오셨습니다. 역
시 다이앤이라는 말이 절로 나올 만큼 경쾌하고 사랑스러운 곡이
었어요. 먼저 곡 소개부터 해주시겠어요?]

[네, 이번 타이틀 곡에는 제가 싱어송라이터로 살아왔던 지난
시간을 담았어요. 차갑고 혹독했던 시절 속에서 발견한 반짝이는
따스한 추억들, 힘이 되어준 든든한 등대 같았던 사람들을 기억하

며 만들었습니다.]

[지금 방송이 7시부터 시작되었는데, 6시에 앨범이 발매였죠? 조금 전에 확인해 보니, 타이틀 곡이 발매와 동시에 각종 음원 차트에서 1위를 차지하고 있어요. 역시 다이앤이네요. 축하드립니다!]

[오늘 첫눈도 내려서 많은 분들이 더 기분 좋게 들어주신 것 같아요. 관심 가져주신 모든 분들께 감사드리고 특별히 이번 앨범 작업하면서 같이 고생한 스태프분들과 프로듀서님께도 정말 고맙다고 얘기하고 싶어요.]

[저는 다이앤이 이번 앨범에서 제일 아끼는 곡이 뭘지 궁금하거든요. 혹시 있다면 얘기해 줄 수 있나요?]

[가장 애틋한 마음이 드는 곡은 있어요. 마지막 트랙에 있는 〈할머니와 밤하늘〉이라는 연주곡이에요. 제게 할머니는 정말 각별한 분인데, 2년 전쯤 돌아가셨거든요. 할머니에게 편지를 보내는 마음으로 만든 곡이에요.]

[연주곡으로만 이뤄진 자작곡은 처음 아닌가요? 너무 궁금합니다. 긴말하지 않고 먼저 듣고 올게요.]

연주곡은 작은 바람이 부는 듯한 피아노 솔로로 시작됐다. 오솔길을 걸으며 가볍게 산책하는 느낌이었다. 그러다 이내 바닷가에 파도가 밀려오는 것처럼 피아노 소리가 약간 빨라지고 강해졌다. 이내 파도 소리에 화답하듯이 첼로 소리가 은은하고 묵직하게 피아노 연주와 섞였다. 마치 밤하늘에 별이 하나둘 뜨는 것 같았다. 이어서 바이올린까지 가세해서 후렴구 에너지를 끌어올렸다. 그러고서 처음 시작했던 멜로디를 첼로가 홀로 연주하면서 끝이 났다. 가을바람이 머무는 소양리의 느낌이라고 유진은 생각했다.

곡에는 화려한 기교나 격한 멜로디는 없었다. 감정에 취해서 과하게 포장한 연주도 아니었다. 할머니와 바라보던 밤하늘, 별이 반짝이던 순간의 설렘이 그대로 담겼다. 맑으면서도 소박한 곡이었다. 마치 정성껏 눌러쓴 한 장의 손편지처럼.

유진은 그날 밤, 다인이 했던 말을 곱씹었다.

'가끔 꿈에 할머니 집이 나오곤 했어요. 항상 정다운 햇살이 내리쬐고, 할머니는 곱게 한복을 입으신 채로 아무 말 없이 빙긋 웃고 계셨죠. 그러면 꼬마 시절에 갔던 밤나무 숲 냄새가 나고, 어스름한 보랏빛과 붉은빛이 뒤섞여 물들던 세상에 제가 있는 거예요.'

소양리 북스 키친의 매화나무가 잔잔한 피아노 소리에 가만히 귀 기울이듯 서 있었다. 가느다란 나뭇가지에 눈이 소복소복 쌓였다. 밤이 천천히 깊어져 갔고 쌓인 눈은 팥빙수 얼음처럼 얇게 얼었다.

첫눈이 내린 겨울밤이었지만 차가운 분위기는 어디에도 없었다. 그동안 이곳을 다녀간 사람들의 온기가 남아서였을까. 누군가가 눈이 내리는 산길을 헤치고 찾아올 용기를 내서였을까. 어둠 속에 퍼진 피아노 연주곡이 토닥거림을 닮았기 때문이었을까. 유

진은 매화나무 가지에 내려앉은 눈을 바라보며 다인과 바라봤던
별빛이 잠깐 이곳에 내려온 것 같다고 생각했다.

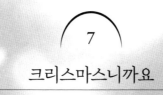

7

크리스마스니까요

세린은 지훈이 1시간 전부터 거기 있었다는 사실을 알고 있었다. 지훈이 카페에 들어온 건 오후 3시쯤이었다. 크리스마스이브라 종일 손님이 북적대는 와중에 지훈은 말없이 들어와 따뜻한 아메리카노 한 잔을 주문했다. 세린은 반갑게 지훈을 대했지만, 지훈의 눈빛은 어딘가 텅 비어 있었다.

　커피를 받아 든 지훈은 바깥으로 나가 뒤쪽 정원의 벤치 테이블로 가더니, 꼼짝 안 하고 앉아 있었다. 어두운 터널 속에 웅크리고 앉은 작은 동물처럼 갈 길을 잃은 표정이었다. 매서운 겨울바람이 옷깃을 파고들었지만, 따뜻한 아메리카노는 입에도 대지 않았다. 어느새 지훈의 주변으로 눈발이 조금씩 날리기 시작했다.

　"세린아, 저 손님이…… 반딧불이 그 사람이지? 로맨티스트 끝판왕."

어느새 시우가 곁에 다가와 세린에게 말을 걸었다. 세린이 지훈의 뒷모습을 멍하니 바라보는 중이었다. 세린은 시우의 말에 한숨을 쉬듯 고개를 끄덕이며 대꾸했다.

"야외 결혼식 있었던 그날 북 카페에 들어와서 한참을 둘이 있다가 조용히 인사하고 갔어. 결론이 뭐였는지 물을 수도 없고, 너무 궁금했는데……."

"저 손님 아는 사람이라며. 그냥 툭 터놓고 좀 물어보지."

"야, 그건 너 같은 스타일이나 가능하지. 나는 그렇게 직구로 물어보는 거 못 한단 말이야."

시우가 쿠키에 넣을 초콜릿과 레몬 케이크 재료들을 정리하면서 세린을 따라하듯 고개를 까딱거렸다.

지훈은 꼼짝하지 않고 있었다. 말을 잊은 사람처럼, 기억을 잊고 싶은 사람처럼. 하나둘씩 흩날리던 눈발은 이내 질척거리는 비와 섞여 진눈깨비처럼 변하고 있었다. 어스름해지면 진눈깨비는 점점 단단한 얼음으로 변하다 함박눈이 될지도 모를 기세였다.

지훈은 반딧불이가 창밖에 떼를 지어 날아다니던 그날 밤, 마리가 했던 말을 떠올렸다.

'지훈아, 너랑 있을 때 제일 좋았던 게 뭔지 알아? 거짓말을 애써 하지 않아도 된다는 거였어. 너랑 있으면, 시험 성적 얘기도 중요하지 않고, 엄마랑 있었던 추억이 있냐고 묻는 법이 없고, 새로 산 가방이나 신발 얘기도 필요 없었어. 그냥 너는…… 나를 나다운 사람이 되게 하는 사람이었어. 너와 함께 있던 시절, 나는 비밀이 많은 아이였지만 나쁜 아이는 아니었어. 하지만 너랑 헤어지고 난 다음, 나는 나 자신을 서서히 파괴했던 것 같아…….'

지훈은 그때 마리가 무슨 얘기를 하려는지 알았다. 그리고 왜 얘기를 꺼내려는지도 알 것 같았다. 마리의 얼굴은 한결 편안해졌지만, 지훈은 망부석처럼 온몸이 굳어갔다.

'처음에는 사소한 거짓말이었어. 그러다가 정신을 차려보니 학력도, 경력도, 가족도, 전부 내가 꾸며내고 있더라고. 아니, 꾸며낸다기보다 그냥 내가 진짜 그런 것처럼 믿어졌어. 그래서 조건이 좋은 남자가 청혼했을 때, 나는 두말없이 예스라고 했어. 남편 집안 배경을 힘입어 내가 한 단계 올라갈 기회라고 생각했던 것 같아. 지금은 남편이 나를 고소해서 소송 중이야. 벌써 1년이 다 되어가는데도, 지루한 싸움은 끝날 기미가 안 보여. 그런데, 한국에 오니까 숨을 쉴 수 있겠더라. 그래도 태어난 곳이 여기라서 그런가…….'

마리는 지훈을 보러 한국에 왔다는 얘기는 하지 않았다. 죽기 전에 딱 한 번 지훈을 보고, 그리고 죽어도 되지 않을까 하는 마음으로 비행기를 탔다고도 얘기하지 않았다. 이제 할머니가 될 때까지 살아갈 용기가 생겼다는 얘기도 굳이 꺼내지 않았다.

'지훈아, 이 나비 박제 선물은 받을게. 그리고…… 나를 그냥 가끔 열어보는 옛날 일기장처럼 기억해 줘.'

'마리야, 나는…….'

마리는 단호한 말투로 말을 이었다.

'나는 네 인생에서 과거의 추억이면 충분해. 현재나 미래가 될 수 없는 사람이야.'

때마침 지훈이 앉아 있는 테이블 뒤로 드리운 매화나무에도 눈이 내려앉기 시작했다. 지훈은 누가 숲에서 나오기라고 할 것처럼 뒷마당 너머를 하염없이 바라보고 있었다. 세린도 지훈의 시선이 머문 어딘가를 봤다. 오솔길이었다. 지훈의 뒷모습이 슬픈 영화의 마지막 장면을 닮아 있었다. 북 카페에는 달달한 설렘이 담긴 크리스마스 캐럴이 연이어 흘러나오고 있었지만, 세린은 전혀 흥겹지가 않았다.

세린은 망설였다. 식어 빠진 커피를 앞에 두고 우두커니 앉아 있는 지훈에게 말을 걸어도 괜찮을지, 참견을 해도 될지 고민했다. 세린은 여름의 끝자락에 북스 키친을 다시 찾아왔던 마리를 떠올렸다. 시선은 이내 자연스럽게 카운터 아래 서랍 깊숙한 곳을 향했다.

*＊＊

　마리는 반딧불이 프로그램이 끝나고 열흘쯤 뒤에 홀로 북스 키친을 찾았다. 북 카페가 문을 닫는 6시에 가까워졌지만, 무더위는 여전했다. 산자락에 낮게 드리운 회색 구름 아래로 갑자기 소나기가 쏟아져도 전혀 이상하지 않을 저녁이었다.

　세린은 문을 조심스럽게 열고 들어서는 마리를 한 번에 알아봤다. 시우가 있었다면 넉살 좋게 다가가서 안부라도 물었을 텐데, 세린은 놀란 표정을 숨기는 정도가 최선이었다. 마리는 저번에 봤을 때보다 야윈 모습이었다. 세린은 문서 편집 프로그램으로 편집 중이었던 책 소개 브로슈어 파일을 저장하고 자리에서 일어섰다. 그리고 환하게 웃으며 인사를 건넸다.

　"어머, 반가워요. 지훈이 친구분, 맞으시죠?"

　"아, 절 기억해 주시네요. 안녕하셨어요."

　마리는 수줍어하며 고개를 살짝 숙였다. 흰 티에 청바지만 입었는데도 마리는 청초하고 우아했다. 마리는 용기를 쥐어짜는 듯한 목소리로 말을 꺼냈다.

　"……저어, 혹시 여기 느린 우체통 프로그램 아직도 하나요?"

　마리는 4월에 진행했던 프로그램 얘기를 꺼냈다. 자신에게 쓰는 편지와 함께 책을 고르면, 크리스마스이브에 배송해 주는 프로그램이었는데, 반응이 좋아 종종 문의가 오곤 했다. 세린은 미소

띤 얼굴로 대답했다.

"아, 공식적으로는 안 하고 있어요. 하지만 지훈이 친구분이라
면 비공식적으로 해드릴 수 있죠!"

마리는 세린을 따라서 웃었다. 세린은 마리의 미소가 백화점 안
내 직원이 치아를 드러내며 보이는 웃음을 닮았다고 생각했다. 비
공식적으로 느린 우체국 프로그램을 운영한다는 건 둘러댄 말이
었다. 세린은 마리가 느린 우체통 얘기를 꺼냈을 때부터 마리가
뭘 부탁하려는지 눈치챘다. 마리는 그날 같이 왔었던 지훈에게 뭘
남기려는 게 분명했다. 로맨스 드라마 광팬인 세린은, 등장인물들
의 로맨스에 자신이 조연을 담당하게 되었음을 직감적으로 깨달
았고, 설레는 감정을 진정시키며 마리를 향해 고개를 연이어 끄덕
였다.

"이건데요⋯⋯."

마리는 에코 백에서 책 한 권을 꺼냈다. 반투명한 포장지로 싸
여 있어 책의 표지가 비쳤다. 제목이 가벼운 글씨체로 쓰여 있었
고, 샛노란 나비가 날개를 활짝 펼치고 있었다. 에쿠니 가오리의
《나비》라는 동화책이었다. 포장지의 겉면에는 "나의 소중한 친구
지훈에게"라고 쓰여 있었다.

"혹시 내년 7월 31일에 도착하도록 배송해 주실 수 있을까요?
그날이 지훈이 생일이거든요. 그때⋯⋯ 제가 한국에 없을 것 같아
서⋯⋯. 보내는 사람은 소양리 북스 키친으로 해주시면 되고요."

마리는 지훈의 주소와 연락처를 알려주고 아이스 까페라테 한 잔을 테이크아웃한 뒤 돌아섰다. 끙끙대던 숙제를 하나 해결한 듯, 뒷모습이 한결 편안해 보였다.

* * *

마리의 뒷모습과 지훈의 뒷모습이 겹쳐 보였다. 마리는 분명히 내년 여름에 책을 전해달라고 했으니, 크리스마스이브에 지훈에게 책을 전해서는 안 되었다. 하지만 세린은 지훈에게 자그마한 힌트를 주는 것도 안 될까, 싶었다. 가끔은 인생이 괜찮아질 거라는 희망으로 버티는 시간도 있으니까.

세린은 망설이다가, 핫초코를 만들기 시작했다. 생크림은 원래 올리는 양의 반만 올렸다. 지훈이 그렇게 단 것을 좋아할 것 같진 않았다. 세린은 최대한 따뜻하게 만든 핫초코 위에 시나몬 가루를 톡톡 뿌렸다. 작은 호두 쿠키도 하얀색 타원형의 작은 접시에 담았다. 핫초코의 진한 갈색과 생크림과 접시의 새하얀 빛깔이 어우러져 숲속 눈에 파묻힌 작은 오두막집 느낌이 났다. 세린은 가득 담은 핫초코가 머그잔에서 넘치지 않도록 조심하며 한 걸음 한 걸음 바깥으로 걸음을 옮겼다.

눈발은 점점 세지고 있었고, 바람이 출렁이듯 불었다. 탈수 중인 세탁기가 규칙적으로 쿵쿵거리는 소리를 내다가 잠잠해지고,

또다시 소리를 내는 것과 비슷한 리듬의 바람이었다. 세린은 북카페 문을 나서서 뒤쪽 벤치 테이블이 놓여 있는 정원으로 들어섰다. 매화나무 가지 위에 눈이 소복하게 내려앉은 모습이 먼저 눈에 들어왔다.

지훈은 없었다. 앉아 있던 자리에는 아직 눈이 다 쌓이지 않아서 동그랗게 흔적이 남았다. 세린은 테이블에 접시와 머그잔이 든 쟁반을 내려놓은 채 달콤하고 따뜻한 핫초코가 담긴 머그잔을 두 손으로 꼭 쥐었다. 달콤한 향기가 스쳐 지나갔고, 손가락 사이에는 온기가 전해졌다. 세린은 지훈이 바라보던 오솔길을 바라봤다. 한여름의 반딧불이의 불빛이 자그마하게 깜빡이는 것 같았다.

세린은 내년 여름에 지훈에게 도착할 노란 표지의 책을 생각했다. 마리는 지훈에게 어떤 대답을 남긴 걸까? 지훈은 책을 읽으며 어떤 문장을 제일 좋아할까? 세린은 책에 담긴 문장 하나를 가만히 떠올렸다.

나비는 어디라도 갈 수 있어. 어제를 뛰어넘어 오늘을 헤쳐나가.

* * *

나윤이 오피스텔 문 앞에 놓인 우체국 택배 상자를 발견한 것은 크리스마스이브 오후 1시가 조금 넘어서였다. 크리스마스이브에는 대부분 휴가를 쓰거나 오전 근무만 하고 사무실을 나섰다. 자율 출퇴근제라 딱히 문제가 될 게 없었다. 사무실은 오전부터 썰물 빠지듯 썰렁해지기 시작했다. 나윤은 사무실 근처 커피숍에서 크랜베리 치킨 샌드위치를 테이크아웃했다. 부쩍 여유로워진 메일함을 확인하면서 사무실 자리에 앉아 샌드위치를 먹고 12시 33분에 퇴근했다. 딱히 퇴근하지 않을 이유가 없어서였다.

나윤은 오후 5시쯤 오빠네 집에서 다섯 살 조카와 같이 밥을 먹을 예정이었다. 발음은 아직 어설프지만 귀여움은 최고치에 도달한 공주님은, 나윤 고모가 선물해 줄《겨울 왕국》의 엘사 드레스를 산타 할아버지보다 더 간절히 기다리고 있다고 했다. 가족 채팅방에 조카 채은이의 〈울면 안 돼〉 율동 영상이 올라왔다. 채은이의 보조개는 언제나 고모 나윤의 마음을 무장해제시켰다.

나윤은 집에 도착하자마자 택배 상자를 뜯었다. 상자를 열자 책《츠바키 문구점》이 에어캡에 싸여 있었고, 자신에게 썼던 편지가 촛농 실링이 찍힌 그대로 얌전히 나윤을 기다리고 있었다. 나윤은 폴라로이드 사진을 먼저 집어 들었다. 소양리 북스 키친 건물을 배경으로 벚꽃이 흩날리는 모습이었다. 사진 속에는 따스한 햇살이 비추고 새하얀 벚꽃이 쏟아지듯 내리고 있었다. 그날의 바람이 불어왔다. 말랑말랑하면서도 부드러운 바람이었다, 마치 솜사탕같이.

소양리 북스 키친에 갔던 봄날이 아득한 과거처럼 느껴졌다. 계절이 세 번 바뀌었을 뿐인데, 다른 세계로 쑥 빠져들었다가 회전

문으로 돌아 나온 기분이었다.

나윤은 소양리 북스 키친이 일상의 공간이 된 세린의 모습을 상상해 봤다. 가끔 통화하면 세린의 목소리는 들떠 있었고 늘 부산했다. 핸드폰 너머로 다른 질감의 바람이 부는 것 같았다. 남우의 결혼식에는 당연히 가지 않았다. 세린이 일부러 밝은 척을 하는 건지, 소양리 북스 키친의 에너지로 밝아진 건지, 원체 밝은 아이여서 그런 건지는 알 수 없었다.

나윤은 실링을 뜯고 편지를 펼쳤다. 자신이 썼으니까 당연히 기억하겠지, 생각했는데 오산이었다. 그날, 소양리 북스 키친에서 편지를 쓰던 나윤은 오늘의 나윤과 전혀 다른 사람이었다. 편지를 쓰던 그날, 펜촉의 느낌만이 그대로 남아 있었다.

나윤이에게

메리 크리스마스! 지금 이 편지가 도착하는 날이 크리스마스이브, 맞지? 지금 나는 벚꽃이 바람에 살랑이며 흩날리는 계절에 있어. 날씨가 따뜻해서 낮에는 트렌치코트 없이 자전거를 타야 하는 정도야.

나 자신에게 편지를 써보는 건 처음이네. 그래서 아마 글이 좀 횡설수설할 거야. 하지만 일기 쓴다 생각하고 횡설수설해 볼게. 요즘 마음은 어때? 어제 <벚꽃 엔딩>을 소리 지르듯 부르며 금요일 밤에 찬욱이, 세린이랑 즉흥 여행을 왔을 때, 속이 후련하다가 갑자기 좀 슬퍼졌잖아. 왜 슬펐을까? 나 자신의 감정에 대해서 스스로 묻거나 관찰해 본 적이 별로 없었던 것 같아.

그런데⋯⋯ 벚꽃이 만개하고, 바람에 흩날리는 모습을 보니까 괜히 울컥하더라고. 나의 20대는 이렇게 벚꽃 엔딩처럼 떠나는구나, 뭐 그런 생각이 들었던 것 같아. 그냥 지금 상태대로 쭉 살다 보면 뭔가 이룰 수 있을까? 결혼은 어떤 식으로 하게 되는 걸까? 확실한 게 하나도 없는 스물아홉 살이야. 크리스마스이브쯤이면 내 속에 든 감정들의 정확한 이름표를 알게 되었을까? 아니면 또 아무렇지 않게 잊어버리고 무표정한 얼굴로 회사에 출근하는 중일까?

4월의 나윤이가

우편물에는 작은 반전이 있었다. 뒤이어 등장한 엽서에는 "크리스마스이브 초대장"이라는 글씨가 큼지막하게 쓰여 있었고, "인생 레시피 책 처방"이라고 쓰인 간판 아래, 창문 너머로 크리스마스 트리를 열심히 꾸미고 있는 꼬마들의 모습이 담긴 일러스트가 있었다.

'크리스마스이브, 책들의 부엌으로 초대합니다! 자신의 취향을 가장 잘 드러내는 책이나 따뜻한 위로와 격려를 보내기에 딱 맞는 책을 가지고 와주세요. 소양리 북스 키친에 모인 책 중에서 골라갈 기회를 드립니다. 남는 책은 소양 초등학교 도서관에 기증할 예정이니 여러 권 가져오셔도 두 팔 벌려 환영입니다! 마음만 가지고 와도 괜찮아요. 왜냐하면? 이제 곧 크리스마스니까요.'

그 아래에는 모임에 대한 세부 사항이 손 글씨로 또박또박 새겨져 있었다. 세린의 필체가 분명했다. 나윤은 추신을 읽다 자신도 모르게 미소 지었다.

'P.S 나윤아, 지금 출발 안 하고 뭐 하니?'

어떤 하루는 이 초대장을 닮았다고 나윤은 생각했다. 예상 가능한 일정표대로 움직이던 하루에 변화구가 날아들었다. 예정대로 오빠네 집에 5시까지 도착해서 조카와 저녁을 먹는 반듯한 일정과 소양리 북스 키친의 크리스마스이브 파티에 도착하는 변화구 같은 선택지가 얼른 결정을 내리라고 윽박지르고 있었다.

나윤은 손바닥 2개 크기의 캐러멜색 핸드백에 핸드폰과 작은 노트, 라미 만년필만 챙겼다. 옷장을 열어 제일 두툼한 진회색 패딩을 끄집어 냈다. 그리고 어디론가 전화를 걸기 시작했다. 오후 2시였다. 오피스텔 원룸 바깥으로는 먹구름이 짙게 드리워져 있어 벌써 저녁인 것 같은 착각을 불러일으켰다.

* * *

어둑해진 소양리 북스 키친에는 눈이 폴폴 내리고 있었다. 나윤과 찬욱이 정원으로 들어서자 매화나무가 제일 먼저 눈에 들어왔다. 매화나무는 은은한 알전구가 드리워진 크리스마스트리로 변신해 있었다. 사람들은 삼삼오오 매화나무 앞에 모여서 편지와 쪽지를 넣은 타임캡슐을 다는 중이었다. 매화나무 옆의 작은 카페에 매단 현수막도 눈에 들어왔다.

책들의 부엌에 오신 여러분을 환영합니다!

하나, 인생의 쓴맛, 단맛, 짠맛, 매운맛, 감칠맛에
어울리는 책을 추천해 주세요.
둘, 타임캡슐 편지 쓰기에 참여해 주세요.
내년 크리스마스에 오픈할 예정이에요.
셋, 책 기부 테이블에 있는 책은 마음껏 가져가셔도 됩니다.
단, 한 명당 한 권이에요!

나윤과 찬욱은 창문 너머로 보이는 실내 모습을 보며 눈이 동그래졌다.

"와, 여긴 분위기가 또 완전 다르네!"

"그러게. 바깥은 겨울, 안쪽은 여름 같네. 실내는…… 한여름의 크리스마스인가?"

둘이 문을 열고 들어서자 야자수 나무로 꾸민 트리가 장식으로 반짝이고 있었고 상그리아를 만드는 테이블에선 얼음이 달그락거리는 소리가 났다. 모스카토 샴페인은 차가운 통 안에 담겨 있었다. 레몬도 해맑은 노란빛을 반짝이며 바구니에 담겨 있었고 그 위에는 레몬 케이크 재료라는 메모가 붙어 있었다.

"나윤아아아아!"

"꺅, 세린아아아!"

찬욱과 나윤이 북 카페에 들어서자마자 세린이 강아지처럼 힘껏 달려와서 나윤에게 폭 안겼다. 둘 다 키가 고만고만해서 양팔로 어깨를 감싸 안고 강강술래 하듯 빙빙 돌았다.

"야야, 적당히 해라. 사람들도 많은데. 근데 여기, 맥주는 없냐?"

찬욱은 맥주부터 찾았다. 고개를 든 세린이가 찬욱을 발끝부터 쭉 훑더니 말했다.

"올, 이찬욱. 오늘 신경 좀 썼네?"

"세린아, 오늘 찬욱이 소개팅 있었는데 만나기도 전에 차였대. 하하하."

"소개팅?"

"어, 얘가 이렇게 세련된 옷을 입고 출근할 애로 보이니?"

"아냐, 최나윤. 차인 거 아니고 그분이 26일로 미뤄도 되는지 물어보더라니까?"

"그게 그거 아니야?"

셋이서 깔깔거리는 사이에 나윤은 세린을 슬쩍슬쩍 관찰했다. 세린은 6개월 사이에 어딘가 달라져 있었다. 우선 피부가 전보다 약간 그을렸고, 살이 약간 빠져서인지 턱선이 날렵하게 보였다.

"세린아, 너 살 빠졌어? 뭔가 좀 달라진 것 같다?"

"그래 보여? 여기 체중계가 없어서 잘 모르겠는데. 맨날 책이 가득 든 박스 뜯고 정원 손질하고 식사 준비하러 뛰어다니고 설거지하다 보면 궁둥이 붙이고 앉아 있을 시간이 별로 없어. 강제로 운동이 되는 거지. 헤헤."

굉장히 바빠서 정신없이 지냈다고 말하는데도 왠지 세린에게선 여유로운 기운이 느껴졌다.

"아, 그런데 시우는 어딨어?"

"지금 주방에서 한 발자국도 못 나오고 있어. 요리할 게 좀 많아야지. 하하. 내가 너희 왔다고 전해줄게. 잠깐 얼굴 보여주겠지."

세린은 주방 쪽을 휘휘 돌아보더니, 뷔페 음식이 얼마나 남아 있는지 곁눈질로 확인하면서 대답했다. 찬욱이 그런 세린을 보며 눈썹을 장난스레 꿈틀댔다.

"어이구, 둘이 아주 여기 펜션 주인 부부 같다?"

나윤도 사실 비슷한 생각이 들었던 터라 풋 하고 웃었다. 세린은 반박할 가치도 없다는 듯 고개를 절레절레 저었다.

"로맨스가 생길 거였으면 10년 전에 불꽃이 튀었어야지, 안 그러냐?"

"야야, 로맨스는 원래 때와 장소를 가리지 않아. 갑자기 정신 차리듯 팍팍 불이 붙는 친구라서 말이야."

나윤까지 한마디 거들자 세린은 체념한 듯 하하 웃으며 대꾸했다.

"얘들아? 웨이크 업. 정신 좀 차리시고요. 여기서 먼저 밥 좀 먹고 있어. 알았지? 나 지금 마무리해야 하는 게 있어서. 맞다, 너희 오늘 자고 가는 거야. 콜?"

세린은 찬욱과 나윤이 대답할 틈도 주지 않고 잽싸게 일어나서 뛰어가듯 다른 스태프에게 다가가 이야기를 시작했다. 다들 손님 안내를 하고 음식을 나르고 설거지를 하고 장식 소품 위치를 정렬하느라 부산했다.

나윤과 찬욱은 일어나서 슬렁슬렁 뷔페식으로 차려진 테이블로 다가갔다. 잠시 후 나윤은 갈비찜과 연어 샐러드와 감자튀김을 담았고 커피 한 잔과 함께 자리로 돌아오는 중이었다. 앞에서 찬욱이 꼼짝하지 않고 서서 테이블 너머 오른쪽에 있는 뭔가를 보고 있었다.

"이거…… 뭐지? 낯이 익은데?"

노트와 에코 백 같은 상품이 나란히 진열된 구역이었다. 소양리 북스 키친 정원을 배경으로 하얀색 포메라니안 강아지 3마리가 신나게 뛰노는 장면이 일러스트로 담긴 노트가 놓여 있었다. 각자 생각에 빠진 듯한 커플이 북 카페에 앉아 있는 모습과 노년의 부부가 잔잔한 미소를 지으며 책을 고르는 모습이 일러스트로 담긴 엽서와 에코 백도 나와 있었다.

"어, 이거 세린이가 그린 일러스트야."

순식간에 등장한 시우가 툭 던지듯 말했다. 나윤도 눈이 커졌다.

"정말이야?"

찬욱도 휘파람을 불 듯 말했다. 시우가 고개를 끄덕이며 싱긋 웃었다.

"와, 민세린. 일러스트 작가 다 됐네."

나윤과 찬욱은 세린의 손길이 닿은 상품에 닿을 듯이 얼굴을 갖다 대며 구경했고, 이내 약속이라도 한 듯 세린이 있는 쪽을 바라봤다. 우연인지 세린도 이쪽을 바라보더니 환하게 웃으며 손을 머리 위로 들며 흔들었다. 4월의 봄날 그때처럼.

"원래는 SNS 마케팅을 하려고 소양리 북스 키친 일러스트를 그리기 시작했던 건데, 반응이 좋아서 MD 상품으로도 만들게 됐어. 내년부터는 온라인 쇼핑몰에서도 팔아보기로 했고."

어느새 테이블에 합류한 세린이 코코아를 후후 불면서 별일 아니라는 듯 얘기했다. 나윤은 존경의 눈빛을 뿜으며 세린을 봤다.

"와, 진짜 신기하다. 사인부터 받아놔야겠어. 너 근데 너무 연락도 안 하더라. 여기가 그렇게 좋아?"

"그렇게 좋았으면 매일같이 자랑하러 전화했겠지. 숲속에서 살려니까 할 일이 그렇게 없더라. 외롭다고 투덜거리기도 좀 쑥스럽고. 그래서 그냥 일만 했어."

"야, 민세린. 그렇게 말하면 섭섭하지. 여기 얼마나 프로그램도 많고 재밌는 일이 많았는데. 어?"

시우가 과장해서 발끈하듯 소리쳤다.

"아고, 누가 보면 썸이라도 타고 있는 줄 알겠어?"

나윤이 한마디 거들었다. 세린이가 어이없다는 듯 고개를 저었다.

"썸이고 나발이고, 우린 이제 전우애로 뭉친 사이지."

찬욱의 중저음이 끼어들었다.

"그게…… 진짜 가족 아니야?"

어이없어하는 세린과 시우를 두고 나윤과 찬욱은 깔깔대며 웃었다.

창가에 앉은 넷은 정원을 내다봤다. 탁 트인 정원에는 이슬비를 닮은 눈이 내려앉고 있었고 다섯 살쯤 되어 보이는 꼬맹이가 눈을 처음 보는 강아지처럼 어쩔 줄 몰라 하며 폴짝폴짝 뛰는 중이었다. 체크무늬 코트 안에 자주색 벨벳 드레스를 입은 여자아이였다. 볼이 발그레한 아이는 작은 크리스마스트리 같았다. 아이는 엄마를 돌아보더니 드레스 자랑을 하듯 뱅그르르 한 바퀴 돌고, 활짝 웃어 보였다. 땋은 머리가 가볍게 파도치듯 찰랑댔다. 나윤은 꼬마 아이를 보니 조카 채은이가 떠올랐다. 나윤이 말했다.

"솔직히 나는 있잖아, 아이를 키우는 게 상상이 안 돼."

"그렇지, 소양리 북스 키친 오는 아이들도 너무 사랑스럽긴 한데 떼쓰고 감당하기 어려울 정도로 악을 쓰고 우는 모습을 보면 겁이 나. 엄마 껌딱지인 아이 때문에 화장실도 맘 편히 못 가는 엄마를 보면, 과연 내가 감당할 수 있을까 싶기도 하고."

찬욱은 팔짱을 끼면서 몸을 뒤로 기댔다.

"애가 문제가 아니야. 전에도 말했지만 나는 결혼이나 할 수 있을지 모르겠어. 아직 까마득한 미래 얘기 같기만 하거든."

시우는 상그리아를 쭉 들이켜더니 말했다.

"그건 나도 마찬가지야. 내 인생 시나리오에 결혼이나 아이가 등장하는 건 200년쯤 뒤가 될 것 같단 말이지."

나윤이 쓸쓸한 미소를 지으며 고개를 끄덕였다. 그때 잔잔한 왈츠곡이 흘러나오기 시작했다. 마치 영화 도입부의 배경음악이 깔리는 듯한 리듬이었다. 새로운 이야기의 시작을 여는 전주곡 같았다.

"얘들아, 나 이 재즈곡 진짜 좋아하는데. 우리 사장님이 매일같이 틀거든. 한번 들어봐."

넷은 노래를 들으며 약속이나 한 듯 창밖의 여자아이와 엄마를 물끄러미 바라봤다. 어둠이 내려앉기 시작한 정원에는 알전구로 장식한 매화나무가 서 있었고, 작은 카페 불빛이 아이와 엄마를 무대조명처럼 비췄다. 마치 한 편의 뮤직비디오를 보는 기분이었다.

In the sun she dances To silent music,

songs That are spun of gold Somewhere

in her own little head.

Then one day all too soon She'll grow up

and she'll leave her doll And

her prince and her silly old bear.

When she goes they will cry.

As they whisper 'good-bye'

They will miss her I know

But then so will I.

햇살 아래 소녀가 조용한 음악과 함께 춤을 추네.

자그마한 머릿속 어딘가에서 빙빙 도는 멜로디를 따라서.

금세 어른이 된 소녀는 인형과 멀어지겠지.

소녀의 왕자도, 오래된 곰 인형도.

소녀가 떠날 때 그들은 울겠지. '잘 가'라고 속삭이면서.

다들 소녀를 그리워할 거야. 그건 나 역시 마찬가지야.

나윤은 조카 채은이를 생각했다. 다섯 살 채은이는 곧 이 세계에서 사라질 것이다. 여섯 살, 일곱 살, 여덟 살……. 그리고 스무 살 새로운 채은이가 등장하면, 다섯 살의 채은이는 사진이나 영상 속에서만 존재할 것이었다. 대학생이 된 스무 살의 채은이는 눈송이를 입으로 먹으며 놀았고 혀가 꼬부라진 듯 말이 제대로 안 나왔던 다섯 살의 자신을 기억하지 못할 것이다. 추억은 주변에서 채은이를 지켜봐 준 사람들의 머릿속에만 영원히 존재할 뿐이다. 인화되지 못한 필름 카메라의 사진처럼. 그렇게 생각하자 나윤은 갑자기 목 아래쪽을 누가 꾹 누른 것처럼 뭉클해졌다.

세린이가 입을 열었다.

"나도 저럴 때가 있었겠지? 왜 자신의 어린 시절은 기억이 전혀 안 날까?"

찬욱도 기지개를 켜듯이 팔을 위로 쭉 올리다가 털썩 내리면서 아이에게서 시선을 뗐다.

"그러게 말이야. 신이 있다면 왜 인간을 이렇게 설계한 걸까? 왜 어렸을 때 기억을 잊어버리게 만들었을까. 상실증에 빠트리고 말이지."

나윤이 불쑥 머릿속에 떠오른 생각을 말했다.

"나는 말이야. 신이 타임캡슐 애호가 아닐까, 그런 생각이 들어."

"……타임캡슐?"

셋이 동시에 대꾸하며 나윤을 바라봤다.

"그렇잖아. 어쩌면 우리는 서른 살쯤 타임캡슐 편지를 열어보는 건지도 몰라. 우리가 다섯 살쯤이던 시절, 부모님이 마음속에 묻어둔 편지인 거지. 부모님은 내가 까마득하게 잊어버린 연약하고 무능했던, 그래서 너무나 사랑스러웠던 순간을 빼곡히 기억하고 있었을 거야. 부모님은 새벽 3시에 일어나 기저귀를 갈아주고, 외계어와 다름없는 수많은 의성어들을 차곡차곡 들어주며, 가끔은 풍선이 펑 하고 터지듯 소리를 지르는 나를 달랬을 거야. 그러곤 내가 갖고 놀던 곰 인형을 소중히 눈에 담았을 테지. 그리고 시간이 흘러 내가 부모가 되고 나면, 그제야 부모님의 마음을 이해하게 되는 거지. 잠자고 있던 타임캡슐이 열리는 타이밍이 되는 거야."

세린이 머그잔을 손으로 쥔 채 끄덕였다.

"소양리 북스 키친에 가족 단위 손님이 많이 오거든. 때로는 싸우기도 하고 장난도 치는 가족 모습을 보면서, 사랑의 흔적이 쌓이는 모습이라는 생각을 했어. 어쩌면 우리는 누군가를 사랑하고 사랑받은 흔적에 기대서 살아가는 존재인지도 몰라."

"사랑의 흔적에 기대서 살아간다……. 와, 민세린 시인 다 됐네."

찬욱이 세린의 머리카락을 흩뜨리며 웃었다.

나윤은 눈앞이 환해지는 기분이었다. 마카롱 디저트 가게를 할지, 회사를 계속 열심히 다닐지가 중요한 게 아니었다. 자신이 엄청난 사랑을 받은 불완전한 존재라는 사실을 깨닫고, 다른 사람들 역시 그런 사랑을 받은 불완전한 존재라는 사실을 인정하는 게 중요했다. 깊은 겨울의 시간을 걸어갈 때 언 발을 녹일 수 있는 따스함이, 누군가의 비난을 견뎌낼 수 있는 용기가, 이어지는 실패와 거절의 하루를 꾹 참고 지나 보낼 수 있는 인내가, 평생 누군가에게 사랑받은 흔적으로 가능한 것이었다. 사람은 불완전하고 사랑은 완전하니까.

소양리 북스 키친에는 경쾌한 크리스마스 캐럴이 쿵짝거렸고,

손님들로 테이블은 거의 다 찼다. 조금 전까지 엄마와 장난치던 여자아이는 아빠와 당근으로 눈사람 코를 만드는 중이었다.

* * *

소희는 차를 주차하고 시동을 껐다. 내리기 전에 자신의 모습을 잠시 바라봤다. 검은색 폴라티에 은색 귀걸이가 돋보였다. 심호흡하듯 잠시 숨을 고른 뒤에, 조수석에 놓여 있던 큼직한 종이 가방과 작은 토트백을 들고 차에서 내렸다. 찰칵하고 차 문이 잠기고 지잉 하며 사이드미러가 돌아가는 소리가 왠지 모든 게 잘될 거라고 응원하는 것 같았다.

소희는 조심스럽게 눈이 내리는 소양리 북스 키친의 정원으로 들어섰다. 밤이 되었지만 눈 내리는 소양리 북스 키친의 정원은 두 번째 해가 뜬 것처럼 들뜬 분위기였다. 소복하게 눈이 쌓인 정원 사이로 꼬마 눈사람 2개가 서 있었고 알전구로 장식된 매화나무도 보였다. 이어서 눈 속에서 루비처럼 반짝이는 동백꽃도 눈에 들어왔다. 문득 소희는 자신의 귀걸이가 눈 속에 빛나는 저 동백꽃을 닮았다는 것을 깨달았다. 소희는 자신도 모르게 옅은 미소를 지었다. 이젠 검은색 목 폴라가 갑갑하지만은 않았다. 소희는 다시한번 스스로 용기를 내려는 듯 크게 숨을 들이쉬고 나서 소양리 북스 키친을 향해서 걸었다.

소희가 병원에서 퇴원하던 날은 지금과 반대편 계절인 여름이었다. 여름 꽃이 만개한 8월, 퇴원 절차를 밟고 집으로 돌아가던 도로에는 매미 소리가 가득했다. 차창을 닫았는데도 매미 소리가 치열하게 비집고 들어왔다. 부산하고 정신없는 일상의 세계로 돌아오라고 종용하는 듯했다.

집에 도착해서 한숨 자고 저녁을 먹었는데도 바깥은 대낮처럼 밝았다. 낮의 불볕더위가 여전히 일렁이는 저녁 7시였다. 소희는 회색 얇은 민소매 목 폴라를 입고 산책 길에 나섰다. 목 폴라는 소희에게 하나의 과정이 끝나가고 있음을 알리는 하나의 표지판이었다. 그녀는 갑상선암과 이별하는 중이었다. 소희의 목과 가슴이 만나는 언저리에는 반달 모양의 수술 자국이 남았다. 목 폴라는 수술 자국을 조용히 덮어줬지만, 옷걸이에 걸린 목 폴라를 볼 때면 소희는 입원해 있던 시간이 떠오르곤 했다.

귀걸이는 아주 덥석 샀다. 노을이 희미하게 사라지고 있던 저녁 산책 길의 작은 트럭 노점에서였다. 한여름 노을을 받은 귀걸이는 뜨거운 사막 한가운데서 피어난 한 송이 꽃처럼 보였다. 은색 귀걸이는 꽃잎이 만개한 꽃 모양이었는데, 정중앙에는 동그란 진주가 박혀 있고 꽃잎은 끝부분이 살짝 꼬부라진 듯 생동감 있게 휘어져 있었다.

귀걸이를 한 자신은 이전과 다른 어떤 자신이었다. 숨기는 징표가 아닌, 드러내는 징표. 차가운 죽음 같던 수술실에서 무사히 한

여름의 세상으로 돌아왔음을 알리는 징표. 소희는 그 귀걸이가 새하얀 눈 속에 피어 있는 동백꽃 모양이라는 사실을 떠올렸다. 소양리 북스 키친이 잘 돌아왔다고 토닥이는 기분이 들었다.

"어머, 소희 씨! 웬일이야. 못 오는 줄 알았어요!"

유진이 쭈뼛쭈뼛 들어서는 소희에게 달려들 듯 다가왔다. 이미 상그리아를 한 잔 마신 유진에게서 은은한 레드와인 냄새가 났다.

북 카페 안은 소희가 지난 여름에 왔을 때와는 또 다른 분위기였다. 시끌벅적하게 웃고 얘기하는 소리가 달그락거리는 식기 소리와 함께 몰려왔다. 음식 냄새가 소희의 긴장을 풀어주는 듯 온몸을 감싸고 돌아다녔다. 소희는 이전에 소양리 북스 키친에서 먹었던 음식들을 떠올렸다. 따뜻한 소고기 뭇국, 강된장 비빔밥, 돼지고기가 들어간 묵은지 김치찌개까지. 깊은 새벽에 악몽을 꾸다가 깨서, 수술할 생각에 두려움이 스멀스멀 밀려올 때면, 아침 해가 뜨고 난 다음에 먹을 뜨끈한 아침 식사를 떠올렸다. 그건 소희가 꿈꾸던 이상적인 집밥이었다. 다음 아침은 뭐가 나올까 생각하다 보면, 다시 스르륵 잠이 들곤 했다.

"제가 좀 늦었죠! 잘 지내셨어요?"

소희도 부드럽게 웃음을 지으며 그동안 하고 싶었던 말을 꺼냈다. 눈빛으로는 한마디 더 했다.

'이곳이 참 그리웠어요, 두렵고 무거운 시간을 흘려보냈던 공간인데도.'

유진은 소희의 눈빛을 읽었는지 모르겠지만, 약간 발개진 얼굴로 소희를 앉을 만한 자리로 이끌었다. 그러고는 자신도 주저앉듯 옆자리에 털썩하고 힘차게 앉았다. 우선 앉아서 자세히 바라볼 시간이 필요했다. 유진은 소희에게 이제 다 괜찮은 건지, 갑상선암은 완치된 건지 묻고 싶기도 했지만, 한 번 더 생각해 보니 소희 입장에서는 수술이 성공적으로 끝났다고 해서 모든 과정이 끝난 건 아닐 것 같았다. 마음에도 시간이 필요한 법이니까. 유진은 고개를 힘차게 끄덕이면서, 소희에게 커다란 진회색 도자기 접시를 내밀었다. 꽤 묵직했다.

"자! 일단 저녁부터 먹어요. 운전하느라 피곤했죠."

음악 소리와 다른 사람들 목소리에 지지 않으려는 듯 유진의 목소리는 약간 높았다. 평소보다 들뜬 목소리였다. 소희는 재즈 뮤직 페스티벌에서 환호를 지르고, 모르던 사람과 손뼉을 마주쳤던 여름을 떠올렸다. 싱그러운 풀과 꽃 내음, 빗방울이 우비를 입은 몸으로 투둑투둑 떨어지던 감각, 어둠이 잠겨올 때까지 모두 약속이나 한 듯 공연장을 떠나지 않고 하나가 되던 어떤 뭉클함 그리고 형준과 유진과 밤 늦게까지 북 카페에서 나눴던 이야기가 기다렸다는 듯이 다가왔다.

"진짜 배고파요. 또 우리 셰프님이 얼마나 맛있는 걸 해두셨을까 기대도 되고요."

소희는 환하게 웃으며 유진에게 큼직한 종이 가방을 내밀었다.

"와, 이게 다 책이에요? 도대체 몇 권이야, 우와!"

"기부하는 책이 있으면 받는다고 되어 있길래 좀 골라왔죠. 헤헤."

유진은 특유의 보조개가 쏙 파이는 미소를 지으며 상자 속을 요리조리 살펴봤고, 한순간 눈길이 멈췄다. 그리고 의아하다는 표정을 지으며 고개를 들었다.

"이건 뭐예요?"

유진의 눈길이 머무는 곳에는 조금 특별한 책이 있었다. 정사각형 모양의 책인데, 다른 책보다 커서 눈에 띄었다. A4 용지 세로 길이로 정사각형을 만든 것 같았다. 언뜻 보면 사진첩 같기도 하지만, 종이 재질을 보아 사진을 담은 것처럼 보이진 않았다. 표지는 벨벳으로 꼼꼼하게 싸여 있고, 중간에 동그랗고 기다란 거울 같은 모양이 나 있는 데다, 테두리는 금색 레이스로 둘러져 있어 누가 봐도 수작업을 한 티가 났다.

거울 모양 안에는 한 소녀가 지붕 위에 앉아서 달빛을 바라보고 있었다. 지붕 옆으로는 작은 굴뚝도 보이고, 지붕은 벽돌색과 금색이 조화를 이루어 칠해져 있었다. 금색 가루를 살짝 뿌린 것 같기도 했다. 왼쪽 위에서 달이 소녀를 마주 보고 있었다. 초승달은 아니었다. 약간 어정쩡해 보이는 모양새지만, 보름달에서 약간 깎아낸 듯한 모양이 보름달을 연상시켰다. 소녀의 표정은 세세하게 그려지지 않았지만, 앉은 자세나 얼굴 각도로 미루어 보건대 평온한 상태 같았다. 오른쪽 위 귀퉁이와 왼쪽 아래 귀퉁이는 크리스마스 느낌이 물씬 나는, 초록색과 빨간색이 섞인 줄무늬 포장 끈으로 묶여 있고, 대여섯 살 여자아이 머리에 딱 어울릴 듯한 진분홍색 리본이 오른쪽 위에 붙어 있었다.

"······저의 첫 동화책이에요."

눈이 동그래진 유진을 보면서, 수줍은 표정으로 소희가 재빨리 말을 이었다.

"판매용으로 만든 건 아니에요. 소양리 북스 키친에서의 한 달을 기념하려고 나 자신에게 선물하려고 만든 거예요. 여기서 책을 마음껏 읽고 일기나 매일 쓰자는 마음으로 왔었거든요. 그런데, 장맛비가 쏟아졌던 그날 밤, 기억나죠? 그날 이후에 소양리 북스 키친에 있는 동안 내 마음에 어떤 아이가 계속 말을 걸기 시작하더라고요. 모험을 떠나보지 않겠냐면서요."

소희는 여름 햇볕이 내리쬐던 글 쓰는 작업실을 떠올리며 말을 이었다. 처음 소피아에 대해 이야기를 쓰던 날의 감각이 되살아났다.

"이 아이 이름은 '소피아'예요. 달빛 책방을 운영하는 꼬마 마법사이자 서점지기 지망생이죠. 소피아는 달빛 책방에 오는 마법사들로부터 온갖 신비한 세계에 대한 이야기를 전해 듣고, 시간과 공간을 이동해서 낯선 곳에서 마법 책을 구해오는 일을 해요. 구름 없이 둥근 보름달이 뜨는 밤에는 다른 차원의 세계로 이동할 수 있고 24시간이 지나기 전에 돌아오면 되거든요. 그런데 애는 너무 실수를 많이 해서 아직 정식으로 마법사 서점지기 자격증을 못 딴 상태예요. 그런데 크리스마스가 다가오는 보름달 뜬 밤, 소피아가 서점을 비운 사이에 도둑이 들었지 뭐예요. 크리스마스 선물 배송에 꼭 필요한 마법 책이 모두 사라져 버린 거예요. 뒷부분은 읽어보세요. 하하."

"아, 정말? 정말…… 와……."

유진은 책을 가슴속에 꼭 품었다가, 눈물을 글썽이는 듯 천장을 잠깐 바라보다가 이내 소희를 와락 껴안았다. 어떤 감정은 언어로 도저히 전해지지 않는다. 쿵쿵거리는 심장 소리와 울먹이는 눈동자로 가까스로 표현할 수 있을 뿐이다. 소희는 자신을 와락 껴안는 유진의 마음을 느꼈다. 좀처럼 눈물을 흘리는 법이 없는 소희지만, 목 아래 수술한 자국의 어딘가에서부터 뭉클한 감정이 밀고 올라왔다. 소희는 유진의 등을 가볍게 토닥였다.

"아니, 이야기를 읽어보지도 않고 그렇게 덥석 감동부터 하는 게 어디 있어요! 헤헤."

"아, 그러게요. 오늘 와인이 좀 과했나? 하하하!"

유진은 눈물이 그렁그렁한 상태로 마구 웃었다.

마치 기다렸다는 듯 에디 히긴스 트리오의 〈렛 잇 스노우Let it snow〉 연주곡이 경쾌하게 흘러나오기 시작했고, 저쪽 테이블에서는 또다시 한바탕 웃음이 폭포처럼 쏟아졌다. 소희는 빙긋 웃고서 음식 테이블로 가서 접시에 감자 그라탕과 치즈 김밥을 담았다.

그사이에 유진은 포장 끈을 풀고 리본이 빠지지 않게 조심하면서, 빳빳하고 두꺼운 표지를 넘겼다.

프롤로그

소피아는 다섯 살 되던 해 여름, 달빛 책방 서점에서 있었던 일을 생생하게 기억해요. 샛노란 보름달이 뜬 밤이었어요. 구름 아래로 내려온 마법 서점에 누군가 들어섰답니다. 서점 문을 열면 울리는 딸랑거리는 방울 소리에 소피아는 고개를 들었어요.

바로 그때였어요. 책이 빼곡한 선반에, 책 한 권이 스르륵 나타났어요. 마치 오래전부터 그 자리에 있었던 것처럼 먼지까지 얇게 덮인 상태였지요. 소피아는 눈을 깜빡거렸어요. 방금 등장한 책이 능청맞게 꽂혀 있는 모습을 빤히 바라보다 이내 눈이 더 동그래졌답니다. 마법처럼 등장한 책이 중간에 빛을 잃고 그만 사라지는 듯했기 때문이었어요! 3초 정도 되는 짧은 시간이었지만, 소피아의 키 높이에 있는 선반이었기에 소피아는 눈도 깜빡하지 않고 뚫어져라 바라봤어요. 이내 책은 간신히 제 모양을 갖춰나갔답니다.

그리고 조금 전에 들어온 손님은 서점에서 한참을 서성이다가, 결국 스르륵 등장했던 바로 그 책을 사 갔답니다. 그날 밤, 소피아는 엄마에게 열심히 이야기했지만, 엄마는 소피아가 무슨 얘기를 하는 건지 도대체 알 수 없었지요.

비밀은 25년 뒤에야 풀렸어요.

"그거 내 실수였어."

마법사 지망생인 앨리스 언니가 담담한 척 말했어요. 하지만 눈가에는 좌절의 그림자가 드리워져 있었지요. 손님이 인생 책과 만날 중요한 시간이어서, 마법사 협회에서 인생 책이 나타나게 예약 주문을 걸어두었는데, 앨리스 언니가 주문을 소멸시키는 마법을 중얼거린 거래요. 결국, 스승인 해리엇 마법사가 급하게 책을 다시 제자리에 돌려놓는 마법을 썼다네요. 그때 앨리스 언니는 아홉 살이라서 다들 그냥 넘어가 줬지만, 언니의 화려한 실수 사건들은 그때부터 싹을 틔우고 있었답니다…….

"와, 재밌는데요?"

언제 왔는지 형준도 옆에서 책을 들여다보고 있었다. 소희가 돌아오면서 형준에게 반갑게 인사를 건넸다.

"언제 이렇게 또 책까지 만드시고. 변호사님, 시간이 너무 여유 있는 거 아닙니까?"

소희는 부끄러운 듯 혀를 날름거리며 웃었다.

"취미 생활이에요. 종일 딱딱한 문장만 읽고 쓰다 보면, 말랑하고 달콤한 문장을 써보고 싶어진다고요."

형준이 소희 옆에 앉으면서 뭐라고 대꾸하려는데, 번개같이 나타난 시우가 끼어들었다.

"와, 최소희 고객님! 오랜만입니다."

"절 기억하세요? 대단하세요."

소희는 씩씩한 시우의 태도가 변한 데가 없어서 좋았다. 풀 죽어 있던 한여름의 소희에게 시우의 목소리는 탄산음료처럼 느껴졌었다. 시우는 껄껄 웃으면서 큰 목소리로 말을 이었다.

"한 달간 북 스테이한 고객님을 제가 어떻게 잊겠어요! 그리고 형준의 가사에 등장하는 최단 거리의 그분이시죠?"

"최단…… 네?"

"아니, 형! 그게…….".

소희는 무슨 소리냐는 표정으로 형준을 바라봤고, 형준은 당황한 얼굴로 시우의 말을 막기 위해 안간힘을 쓰고 있었다. 하지만 속사포 랩 같은 시우의 말을 그 누구도 막을 순 없었다.

"아, 형준아, 이번에 OST 앨범에 작사가로 참여하게 된 거 말씀 아직 안 드렸어?"

"형, 아직 참여하는 게 확정된 건 아니라니까…….".

"가이드 샘플까지 나왔는데, 확정이 아니라니! 너 너무 겸손해도 못쓴다, SNS 마케팅 담당자가 말이야. 어, 저기 프로젝터 세팅 상태가 왜 저래?"

시우는 고개를 끄덕이는 건지 모를 턱짓을 한번 하더니 벽에 걸려 있는 프로젝터의 회색 화면을 향해 휘리릭 사라졌다. 소희는 어안이 벙벙한 채 서 있는 형준을 바라보며 웃음을 터뜨렸다. 형준은 약간 억울해하는 표정이 찰떡같이 어울렸다.

"음, 그러니까…… 노래 가사를 썼다고요? 저도 궁금해요. 가이드 샘플 있으면 한번 들어보고 싶어요. 근데 최단 거리가 노래 제목이에요?"

"……최적 경로가 제목이에요. 아, 시우 형, 진짜……!"

형준은 얼굴이 빨개진 채로 바닥을 바라봤고 소희는 비가 쏟아지던 여름의 그날 밤을 기억하며 환하게 웃었다. 유진은 주변에서 뭐라고 떠드는지 신경 쓰지 않은 채 소희의 동화책에 빠져 있었다.

***

"형님! 못 오시는 줄 알았잖아요!"

시우의 요란스러운 목소리가 유진의 등 뒤에서 들렸다. 소희의 동화책을 읽던 유진이 무의식적으로 뒤돌아본 순간, 시우의 얼굴에 장난스러운 미소가 번지며 입꼬리가 올라가는 모습이 보였다. 그러고 나서 시우가 양손을 크게 펼치면서 유진을 향해 뭐라고 말하는 것 같기도 했다. 하지만 그 순간부터 유진에게는 아무런 소리도 안 들렸다. 유진은 입구에 시선을 고정한 채 눈을 몇 번씩이나 깜빡였다.

입구에 그가 서 있었다. 진회색 캐시미어 롱 코트를 입은 민수혁이었다. 그는 처음 봤을 때처럼 뭔가 쑥스러운 표정을 짓고 있었다. 그 표정을 보자 유진은 다시금 어떤 순간에 서 있는 기분이 들었다. 와인과 커피를 섞어 마시던 가을밤의 2층 테라스, 별빛이 드문드문 박힌 하늘을 바라보며 나눴던 이야기들, 따스했던 알밤의 감촉, 호숫가 물안개가 서서히 퍼지듯 흘러가고 햇살이 뿌옇게 비추던 새벽.

유진은 천천히 수혁에게 다가갔다. 수혁은 하얀색 종이 가방을 하나 내려놓은 뒤, 짙은 감색 장갑을 벗으면서 시우와 유진을 향해 말했다.

"아이스 와인 배달왔습니다. 디저트로 딱 어울릴 겁니다."

수혁은 아직도 멍하니 서 있는 유진을 향해 씩 웃었다. 수혁의 중저음은 여전했다. 수혁의 길고 가느다란 손가락도 그대로였다. 하지만 유진은 수혁의 모습이 뭔가 달라졌다는 걸 느꼈다. 뭐라고 꼬집어 설명할 순 없었지만, 수혁은 투명한 방어막을 하나 거둬낸 사람처럼 가벼워 보였다. 시우가 싱글벙글 웃었다.

"어, 형님. 안경 썼네요? 원래 안 쓰지 않았어요?"

"다른 사람 인생처럼 살기 프로젝트를 해볼까 싶어서 도수 없는 안경을 사봤어. 누가 그러던데…… 어떤 소설책의 주인공처럼 완전히 다른 사람이 되어서 제2의 삶을 살아보는 것도 꽤 근사할 것 같다고."

"그게 무슨……."

의아해하는 시우 너머로 수혁이 유진을 바라봤고, 유진도 그제야 웃음이 삐져나왔다. 수혁의 감색 장갑에 달린 작은 금색 고리가 달랑거렸다.

수혁은 유진에게 할 말이 많았다. 하지만 뭐부터 얘기해야 할지

막막했다. 붉어진 눈가, 아이스 와인, 눈 내리던 산소의 이미지가 한꺼번에 머릿속을 스쳤다.

＊ ＊ ＊

어머니가 돌아가시고 산소를 찾은 건 처음이었다. 산소를 찾는 건 어렵지 않았다. 아직도 풀이 무성할 지경으로 자라나지 않기도 했고, 명절마다 차례를 지내던 선산의 묘 위치를 수혁의 몸이 기억하고 있었다. 옅은 먹구름 아래로 흩뿌리듯 눈이 날리기 시작했고, 수혁은 물끄러미 산소를 바라보기만 했다. 여기 오면 마음이 무너지면서 목놓아 울어버릴까 봐 두려워서 한 번도 오지 않았는데, 눈이 흩날리는 산소 앞에 서니 마음이 도리어 차분해졌다. 삶과 죽음이 세트로 포장되어 차분하게 정리되어 있었다. 눈발이 꽤세게 날려서 수혁은 우산을 펼쳐 들고 선산 아래로 난 길을 따라 내려가기 시작했다. 수혁의 맞은편에는 우산을 쓰지 않은 채 선산을 오르는 한 남자가 있었다. 수혁은 생각에 잠긴 채 남자를 스쳐지나가려다가 그 남자가 수혁 앞에서 갑자기 멈춰서는 바람에 덩달아 발걸음을 멈출 수밖에 없었다.

아버지였다. 수혁은 당황해서 약간 뒷걸음쳤다. 수행 비서도 없이, 우산도 없이, 눈을 맞으며 서 있는 아버지는 낯설었다. 수혁은 뭐라고 얘기를 해야 할까 망설였다. 아버지에게 '메리 크리스마스!'라는 말을 건넨 지 20년쯤 지난 것 같았다. 그렇다고 '오셨어요?'라고 가볍게 인사하기도 애매했다. 여긴 죽은 자들의 성지인데. 쭈뼛하며 서 있던 수혁의 눈에, 그제야 아버지가 들고 있는 아이스 와인이 보였다. 얼음이 담긴 샴페인 통에 담겨 있어 코르크 마개 부분과 와인 목 부분만 보였지만, 수혁은 한눈에 알아봤다. 어머니가 사랑했던 아이스 와인이다.

그리고 수혁은 그제야 기억이 났다. 어머니가 재즈곡을 들으며 애플파이와 쿠키를 만들던 날이면, 아버지는 저녁 식사 뒤에 아이스 와인을 꺼냈다. 그리고 늦은 밤까지 두 분은 아이스 와인을 마시고 애플파이를 먹으며 이런저런 이야기를 나누었다. 그럴 때면 아버지의 눈빛은 봄처럼 보드라웠고, 어머니는 깔깔대며 아버지의 팔을 툭툭 치기도 했다. 수혁은 그제야 자신이 어머니를 반쪽만 기억했다는 사실을 깨달았다. 어머니는 자신과 여동생만을 위한 쿠키를 만든 게 아니었다. 사랑하는 남자와 함께 마실 아이스 와인에 곁들일 디저트도 함께 만든 것이었다.

어머니는 쿠키를 만드는 내내 들떠 있었다. 수혁은 그게 달콤한 쿠키 반죽 냄새 때문이라고 생각했지만, 그건 절반의 진실에 불과했다. 부모님의 신혼여행지는 토론토와 그 주변의 와인 농장이었다. 어머니는 그때 아이스 와인에 매료되었는데, 어머니가 우울하거나 화가 나는 일이 생길 때면 아버지는 아이스 와인을 사 오곤 했다. 아이스 와인은 화해의 제스처이자, 두 사람의 불꽃 같았던

사랑의 징표였다

"아버지, 그거…… 아이스 와인이에요?"

말없이 수혁을 바라보던 아버지가 손에 든 샴페인 통과 아이스 와인을 물끄러미 내려다봤다. 샴페인 통에 눈이 내려앉자마자 녹아서 사라지고 있다. 아버지는 고개를 끄덕였다. 그리고 희미하게 미소 지으며 천천히 말을 꺼냈다.

"수혁아, 너는…… 넌…… 정말 네 엄마의 눈을 그대로 닮았구나."

아버지의 목소리에는 희미하게 갈라지는 듯한 고통이 담겨 있었다. 수혁은 고개를 들어 아버지의 눈을 바라봤다. 아버지의 눈가가 붉었다. 마음속에서 피가 철철 흐르는 소리가 들렸다. 새하얀 눈밭에 진한 그리움이 내리고 있었다. 딱딱하고 건조한 기업가의 얼굴이 아니었다. 항상 거대하고 냉정하고 완벽한 신이 아니었다. 그저, 자신의 인생을 송두리째 내어줄 만큼 미친 듯이 한 여인을 사랑한 한 남자의 얼굴이었다.

수혁은 그제야 아버지가 어머니를 얼마나 사랑했는지 알 수 있을 것 같았다. 수혁이 아버지께 허락을 받지 않고 유학을 하러 갔을 때, 아버지가 생각보다 크게 화를 내지 않았던 이유도 알 것 같았다. 섣부른 투자가 사기로 드러났을 때, 아버지의 분노 속에 스며 있던 안타까움이 이제야 보였다. 아버지가 항상 자신을 평가하고 판단한다고 느꼈는데 아버지는 묵직하고 깊은 방식으로 수혁을 사랑하고 있을 뿐이었다. 그리고 크리스마스이브 날에, 아버지는 수혁의 모습에서 어머니의 잔상을 보고 있었다. 사랑하는 여인 그리고 여인의 고운 마음과 눈빛을 그대로 품은 아들을…….

"너는 인마…… 크리스마스이브인데 데이트도 없냐."

아버지가 여전히 눈을 맞는 채로 말을 이었다. 수혁은 퍼뜩 정신을 차린 것처럼 아버지에게 다가서서 우산을 씌워드렸다. 우산 위로 눈이 떨어지는 소리가 들렸다. 뭉툭한 연필 끝으로 툭툭 두드리는 듯했다.

"아, 아버지야말로 눈 오는 크리스마스이브에 우산도 없이 이게 무슨 청승이에요."

아버지의 입가에 웃음이 슬쩍 피어올랐다. 수혁도 아버지와 다른 곳에 시선을 두며 피식 웃었다. 아버지가 한숨을 쉬듯 길게 숨을 내쉬었다. 하얀 연기가 눈발 사이로 사라져갔다.

"……수혁아, 몇 시간이고 이야기할 수 있는 사람을 만나라. 깊은 우물 속 같은 마음을 꺼내며 밤새도록 이야기 나눌 수 있는 사람이면 되는 거야. 아버지가 살아보니까 그렇더라. 화려한 시절도 지나가고, 미칠 듯한 열정과 환희의 순간도 빛이 바래지. 하지만 이야기는 영원히 남아. 이야기는 마음속에 남는 거니까. 어디 닳아서 없어지지도 않고, 깨어져 부서지지도 않더라……."

아버지는 어머니와의 이야기를 떠올리듯 눈을 지그시 감았다. 바람이 부드럽게 감싸듯 불었다.

* * *

　수혁의 감색 장갑에는 군데군데 하얗게 눈이 내려앉았다가 녹은 흔적이 남아 있었다. 소양리 북스 키친 정원에는 여전히 눈발이 날리고 있었다. 수혁은 옆에 내려놓았던 묵직한 종이 가방을 들면서 유진을 바라봤다.

　"아이스 와인 마시기에 좋은 명당자리 하나 아는데, 가실래요?"

　새하얀 눈이 덮인 메타세쿼이아 길은 크리스마스트리 부대가 일렬로 정렬한 듯했다. 양옆으로 늘어선 메타세쿼이아 나무가 서로 손을 뻗듯이 가느다란 나뭇가지를 내밀고 있었고, 나뭇잎 하나 없는 나뭇가지엔 눈이 하얗게 내려앉아 있었다. 눈이 쌓인 도로는 발자국 하나 나지 않은 채 깨끗하게 펼쳐져 있었고, 가로등 불빛이 새하얀 나무를 노랗게 비추고 있었다.

　아이스 와인은 많이 달콤했고 약간 씁쓸했다. 와인 잔이 마땅한 게 없어서 에스프레소 잔을 가져왔는데, 진한 검은빛의 아이스 와인은 커피처럼 보였다. 벤치에 앉은 유진이 에스프레소 잔을 눈높이에 들어 보이며 수혁에게 말했다.

　"옛날에 할아버지가 원두를 직접 갈아서 커피를 만들어주신 적이 있거든요. 제가 대학생 되던 해였는데, 할아버지는 저한테 막걸리보다 커피를 먼저 가르쳐 주셨죠. 할아버지가 그랬어요. 인생이 쓴 물처럼 느껴지는 때가 있겠지만, 쓰디쓴 순간에도 깊은 맛이 있다는 걸 기억하라고요. 커피를 처음 마실 때는 무슨 맛으로 먹는지 도통 이해가 안 가도, 정성스레 끓인 커피 한잔의 맛을 알고 나면 쓴맛 속에 감춰진 비밀 같은 인생의 묘미가 있다는 걸 알게 될 거라고요."

수혁은 에스프레소 잔을 같이 바라보다가 고개를 끄덕였다.

"그러게요……. 저는 인생의 쓴맛을 피해 도망 다니기에 급급했던 것 같아요. 실패와 좌절이라는 골짜기를 만났을 때 인정하고 받아들이는 방법을 모르기도 했고요. 그래서 어머니가 돌아가시고 나서 한 번도 따로 산소에 가지 않았던 건지도 몰라요."

유진은 첫눈 내리던 날, 수혁의 안부를 궁금해했던 순간을 떠올리며 수혁의 옆모습을 물끄러미 바라봤다.

"오늘 어머니 산소에 갔었어요. 며칠 전이 어머니가 돌아가신 지 1년이 되는 날이었거든요. 산에서 내려오는 길에 우연히 아버지를 만났어요. 근데 아버지가 그러시더라고요. 언젠가 함께 이야기를 나눌 수 있는 여자를 만나라고. 이야기는 영원히 마음속에 남는 거라고요……."

수혁은 잠시 말을 멈췄다. 그리고 마음속으로 천천히 말했다. 그때 몇 시간이고 같이 얘기를 나누고 싶은 사람이 이미 있다는 걸 깨달았다고…….

유진과 수혁의 눈동자가 만났고, 유진은 수혁의 말을 끝까지 들어주겠다는 의미로 천천히 고개를 끄덕였다.

눈발은 여전히 총총거리듯 날리고 있었다. 유진은 거대한 스노우 볼 안에 들어와 있는 기분이었다. 이내 수혁은 천천히 자신의 이야기를 꺼냈다. 아이스 와인과 아버지, 연희동 골목길과 어머니, 친구의 배신과 뮤지컬 연출가로서의 꿈, 의미 없는 회사 생활과 어머니의 죽음까지……

유진도 답가를 하듯 이야기를 했다. 경쟁의식이 강했던 어린 시절, 번아웃과 스타트업, 친했던 선배와 멀어졌던 관계, 마이산의 구름바다와 일출, 소양리 북스 키친에서의 시간들까지……

아이스 와인에 눈이 하나씩 잠기고 녹았다. 눈바람이 불었지만, 세상은 토실토실한 양털을 깔아놓은 것처럼 부드러운 느낌이었다. 유진은 아이스 와인을 한 모금 마셨다.

"……누가 알려줬는데, 매화나무는 봄에 가장 먼저 꽃을 피운대요. 겨울을 통과한 징표가 제일 먼저 보이는 나무라고 할 수 있죠. 그래서 소양리 북스 키친에 있는 매화나무를 크리스마스트리로 만들면 어떨까 하는 아이디어를 냈어요. 크리스마스트리에는 인생의 겨울을 지나는 사람에게 건네고 싶은 따스한 마음이 있는 것 같아서요. 쓰디쓴 커피 속에도 괜찮은 인생의 깊은 맛이 있다고, 다시 새로운 한 해를 살아갈 용기를 내라고 다독이는 것 같거든요."

수혁의 입가에 미소가 번졌다. 수혁이 아이스 와인이 든 잔을 유진의 잔에 부딪치자 투명하고 맑은 종소리가 났다. 유진도 수혁의 눈을 바라보며 가만히 웃었다.

"메리 크리스마스."

"메리 크리스마스."

유진과 수혁이 메타세쿼이아 길의 벤치에 앉아 늦게까지 이야기를 나누는 사이에, 소양리 북스 키친에서는 어디선가 나타난 산고양이 몇 마리가 자신의 집인 양 정원을 어슬렁거렸다. 어느새 눈이 그친 하늘에는 먹구름을 뚫고 보름달이 희미하게 빛났다. 매화나무에는 사람들의 소원과 설렘과 아쉬움과 쓰라림이 담긴 이야기가 캡슐에 담겨 주렁주렁 열렸고 알전구가 별빛처럼 반짝이고 있었다. 어디선가 새콤달콤한 레몬 케이크 냄새가 구름처럼 둥둥 떠다니는 밤이었다.

에필로그

별빛과 바람이
머무는 시간

하와이의 낮은 눈부시고 화려하고 완벽했다. 내리쬐는 햇볕은 마치 스포트라이트를 받으며 팬들의 환호성에 둘러싸인 슈퍼스타 같았다. 비현실적으로 푸르른 하늘, 호텔 침구처럼 새하얀 솜털 구름, 카메라 필터가 전혀 필요하지 않은 청정한 공기, 유머러스하게 하늘로 뻗은 야자수와 적당히 세련된 레스토랑들. 다인은 지구의 귀퉁이에 들어선 작은 천국에 빠져든 기분이었다.

하지만 다인은 하와이의 밤이 더 좋았다. 바닷가의 밤은 매혹적인 여인이라기보다는 푸근한 할머니 같았다. 창문 틈으로 은은한 향수처럼 파도 소리가 떠다녔다. 창문을 열면 바다 내음을 머금은 바람이 기다렸다는 듯 훅 들어왔다. 다인은 바람에 날리는 머리카락을 한쪽으로 묶으며 테라스로 걸어 나갔다. 칠흑 같은 밤이었다. 하늘에는 별빛도 보이지 않았다. 먹구름 틈으로 달이 희미하게 위치를 알렸다가 사라지고 마는 밤 11시였다. 다인은 테라스에서 바닷가를 내려다보았다. 해안가에 파도가 부서지며 하얀색 거품이 만들어졌다 사라지기를 끊임없이 반복하고 있었다.

  할머니에게

  다인은 멈칫하고 펜을 잠시 만지작거렸다. 급류를 타고 정신없이 미끄러지는 보트처럼 감정이 밀어닥칠 것 같았다. 아직 시간이 필요하다며 마음이 요동쳤다. 하지만 언제까지나 미룰 수는 없다. 다인은 하와이에 오기 전에 소양리 북스 키친에서 봤던 밤하늘을 떠올렸다. 그리고 하와이의 밤하늘을 바라봤다. 먹구름 너머에 여전히 빛나고 있을 별빛이 와닿을 듯 느껴졌다. 다인은 작은 한숨을 내쉬고, 파도 소리에 귀를 기울이고, 바람을 다시 한번 느끼면서 펜을 부여잡았다. 펜이 할머니와 자신을 연결해 주는 전화선이라도 되는 것처럼.

  할머니, 여기는 하와이야. 지금 밤바다 파도 소리가 들려. 파도 소리가 산등성이에 바람이 부는 소리를 닮았어. 소양리 산자락에 쏴아아아아아 하고 바람이 불어오면, 나무들이 인사하듯이 잎새를 흔들며 소리를 냈잖아. 호수에 햇빛이 반사되어 반짝이듯이, 연둣빛, 진초록빛, 노랑빛, 청록빛 나뭇잎들도 반짝거렸고.

할머니 집에 가면, 파도 소리 같은 바람 소리를 들으며 대청마루에서 잠이 드는 게 좋았어. 잠에서 깨면, 할머니는 내 옆에 앉아서 콩나물을 손질하거나 마늘을 까고 있었어. 때로는 바람이 일렁이는 숲을 바라보기도 했고. 잠에서 깨어난 나를 알아채고 빙긋 웃곤 했잖아.

파도 소리를 들으면 안심이 돼. 칠흑 같은 밤바다라도 파도 소리만 있으면 걱정 없이 잠들 수 있을 것 같아. 파도 소리에 할머니의 마음이 담겨 있는 것 같아서. 파도 소리를 들으면 고운 할머니의 옆얼굴이 떠올라서. 파도가 내 마음을 할머니에게 전해줄지도 몰라서.

나 이번에 할머니 집에 갔었어. 할머니가 요양원 가고 난 다음에 처음 간 거야. 꼬불꼬불 국도를 타고 뱅글뱅글 돌아 할머니가 사랑한 소양리로 갔어. 한옥은 진작에 팔려서 아랫동네 한옥 호텔이 되었대. 내가 숨바꼭질할 때 가장 애용했던 곳간채 창고도 사라지고 없었어. 그리고 할머니의 집터에는 낯선 건물이 들어서 있었어.

하지만 소양리 바람은 변함없었어. 소양리에 바람이 쏴아아아 하고 부니까, 할머니가 보드랍게 웃으며 나를 어루만지는 것 같았어. 감나무도 그대로였어. 할머니가 홍시 만들려고 한옥 처마에 감을 대롱대롱 달아뒀던 장면도 생각나고, 꼬마였던 내가 청설모 따라서 감나무에 오르다가 떨어졌던 그날도 떠오르고.

그날 밤하늘을 보는데, 오래된 시간이 나를 내려다보고 있는 것 같더라. 작은 우주 속에서 수영하는 기분이었어. 그리고 별빛이 고요한 한 줄기 바람이 되어 나에게 속삭이는 것 같았지. 사랑하는 추억으로 남은 순간이 있어 행복했다고. 수천만 번의 해가 뜨고 달이 지는 시간이 흘러도 누군가를 이토록 품고, 사랑하고, 추억할 수 있어 감사했다고. 그건 분명 할머니의 마음이었을 거야.

할머니한테 마지막 인사를 건네기가 두려웠어. 세상에 할머니가 이제는 없다는 사실을 끝내 받아들인다는 항복의 의미 같아서. 할머니가 떠난 자리에 허무함과 공허함만 남아 있을까 봐. 그런데, 이번에 소양리에 가서 알았어. 거기에는 아직 할머니가 가득해. 같이 듣던 파도 소리 같은 바람 소리, 햇살 아래 고이 담긴 추억들이 그대로 있더라고. 시간은 거기서 멈춰 있었고, 언제든 반복해서 재생할 수 있었어.

그리고 그곳엔 새로운 시작도 있었어. 곳간채 창고가 작은 카페로 변신했더라고. 반질반질하게 닳은 주춧돌을 바라보는데 또 다른 버전의 할머니를 보는 것만 같았어. 언젠가 이곳을 찾는 사람들도 소양리 북스 키친의 따스한 손길에 위로받고 힘을 내게 될 것 같아. 소양리 북스 키친에서 밤하늘을 바라보다가, 할머니가 별빛이 되어 앞으로도 쭉 이곳을 비출지도 모른다고 생각했어. 소양리 북스 키친에 놓인 책들은 이야기의 세계로 사람들을 이끌 거고, 거기에서 흐르는 노래들로 인해 사람들은 자유로워질 거야.

오늘 할머니를 위한 연주곡을 만들었어. 내 목소리는 안 들어갔고,

화려한 기교도 없고, 두근거리는 반전도 없지만, 가장 나다운 곡이야. 소양리 산자락에 부는 바람 소리를 닮았어. 할머니와 같이 듣고 싶은 하와이의 파도 소리 같은 곡이야. 밤하늘에 빼곡히 들어찬 별빛을 닮았고. 할머니도 어딘가에서 멜로디를 들을 수 있겠지? 우주의 어딘가에 가서 닿겠지 기도하면서 연주했어.

할머니, 사랑해.

할머니의 손녀딸, 다인.

파도 소리가 다인의 편지에 답장하듯 쏴아아 하고 잔잔하게 밀려왔다. 눈물이 나진 않았다. 슬퍼하기에는 너무 평화롭고 행복하고 따사로운 밤이었다. 다인은 피아노 연주곡 가이드 버전을 다시 한번 들어보다가 잠이 들었다. 할머니 무릎에서 잠든 것처럼, 따스했다.

1년 전
오늘입니다

유리로 된 자동문이 열리자 거대한 로비가 나타났다. 천장 높이가 10m인 1층 로비는 정사각형 회색 상자를 닮아 있었다. 창가에 놓인 나지막한 높이의 테이블과 드높은 천장이 대비되면서 로비의 공간감이 강조되는 모양새였다.

유진은 가방을 든 오른손을 무의식적으로 꽉 쥐었다. 등 뒤로는 자동차 경적 소리와 신호등 대기음, 또각거리는 소리가 들려왔다. 힐끗 뒤돌아보니 화려한 빌딩이 빼곡히 줄지어 있는 강남 테헤란로가 눈에 들어왔다. 유진은 다시 정면을 바라보고 심호흡을 한번 한 뒤 로비로 걸어 들어갔다.

"유진아, 여기야. 그동안 수고 많았다."

선배가 창가 테이블에서 일어나며 유진을 불렀다. 옆에 있던 실무자도 반갑게 인사하며 유진에게 달려오듯 걸어왔다.

"선배도요. 강 과장님도 정말 수고 많으셨어요. 근데 오픈 행사는 진짜 안 하는 거예요?"

"유진아, 요새 누가 촌스럽게 리본 커팅하고 그러냐. 괜히 시간이랑 돈만 들지. 책 읽으라고 만든 공간이니 책 읽을 수 있으면 되는 거 아니겠어?"

선배 회사의 사내 도서관을 오픈하는 날이었다. 1층 로비 한편에 7m 높이의 오픈형 책장을 4개 두어 벽을 만든 다음, 내부에는 인조 잔디를 깔고 각종 식물로 인테리어를 해서 정원처럼 꾸몄다. 작은 오두막 느낌이 나는 1인석을 만들었고, 푹신한 소파에서 널브러져 책을 읽을 수도 있게 했다. 책은 종류를 가리지 않았다. 만화책부터 양자물리학 책까지 다양하게 고르되, 마음이 잠깐 쉬어갈 수 있는 가볍고 편한 소설과 에세이 위주로 큐레이션했다.

오전 10시였지만 직원들이 벌써 삼삼오오 모여서 책을 고르고 커피 한 잔을 손에 든 채 이야기를 나누고 있었다. 선배와 강 과장 그리고 유진은 자신이 만든 음식을 맛보는 손님을 조심스레 관찰하는 요리사의 마음으로 사람들의 표정을 살폈다. 강 과장이 말했다.

"대표님, 직원들 사이에서 사내 도서관 좋다고 소문이 자자해요."

"어머, 정말요?"

"그럼요. 식물로 실내 장식한 것도 도서관 이름과 찰떡으로 어울리기도 하고요."

유진은 빙긋이 웃으며 도서관 입구에 "마음 산책"이라고 쓰인 간판을 바라봤다. 눈웃음 짓는 세린의 얼굴이 아른거렸다.

"소양리 북스 키친 스태프가 낸 아이디어였어요. 서울 한복판에서도 소양리를 산책하는 것처럼 마음이 쉬어갔으면 한다면서요."

그때 유진의 핸드폰에 알람이 울렸다.

'1년 전 오늘의 사진을 확인해 보세요.'

알람을 클릭하자 플래카드를 든 채 머리카락이 바람에 세차게 휘날리는 중인 형준과 시우의 얼굴이 떴다. 시우는 해맑게 웃고 있고, 형준은 무심한 표정으로 일관하고 있었다. 이어서 마감 체크 중이던 북 카페에 새하얀 햇살이 들어오는 모습과 저녁 식사가 차려진 테이블 사진, 별이 쏟아질 듯 빛나는 밤하늘이 보였다. 순간 긴장이 사르르 녹으며 사라졌고, 애틋한 마음이 빈 공간을 채웠다.

유진은 형준과 시우의 얼굴을 빤히 바라봤다. 오늘 소양리 북스 키친으로 돌아가면, 시우와 형준은 없을 것이었으니까. 형준은 작사가로 앨범 작업에 참여하게 되어서 몇 달간 서울에 있는 중이었다. 그리고 시우는 1년 만에 첫 휴가를 받아 친구들과 여행을 떠나 있었다. 시우는 모레 돌아오지만, 형준은 언제까지 서울에 있을지, 작업이 끝나면 소양리로 돌아올 수 있을지 알 수 없었다.

유진은 모든 게 시작이던 순간, 막막하고 무엇 하나 확실하게 아는 게 없었던 소양리 북스 키친을 떠올렸다. 1년 전의 시작점은 낯설고 어색했다. 하지만 막연히 걱정하고 염려했던 일은 다행히 하나도 일어나지 않았다. 사람들 덕분이었던 걸까. 장소 덕분이었던 걸까. 사람들의 허전한 마음을 채워주고자 했던 공간이 오히려 자신의 마음을 채워준 것 같았다.

어느새 유진의 삶은 새로운 장으로 넘어가 있었다. 소양리에서의 1년 동안, 유진의 무언가가 변해 있었다. 그걸 성장이라고 부를 수 있을지는 자신이 없었지만, 분명한 건 1년 전의 유진과 오늘의 유진은 확연하게 다른 사람이라는 점이었다. 그건 시우와 형준, 세린도 마찬가지이리라.

유진은 차의 시동을 걸었다. 선배와 강 과장과 점심을 먹고 소양리 북스 키친으로 돌아가는 길이었다. 시우와 형준이 없는 소양리라고 생각하니 기분이 묘했다. 서울 테헤란로의 뾰족하고 화려한 빌딩 숲을 지나, 하루도 빠짐없이 밀리는 것 같은 경부고속도로를 타고 1시간쯤 달리니, 익숙하게 굽이진 산등성이가 보이기 시작했다. 유진은 좁은 국도를 달리면서 차가 조금씩 덜컹거리고 커브 길에 휘청거리기 시작하자, 집으로 돌아온 기분이 들었다.

이젠 소양리가 유진의 집이었다. 3월 중순이지만 산꼭대기는 여전히 새하얀 눈으로 뒤덮여 있고, 산등성이 아래로는 연한 연둣빛 잎사귀가 희미한 기억처럼 드러나고 있었다. 그리고 반대편 산자락에 소양리 북스 키친이 보였다. 삶에서 잠깐씩 휘청일 때마다 마음이 쉬어가는 곳, 누군가의 비밀스러운 아지트 공간이길 바랐다.

유진이 주차를 하고 소양리 북스 키친으로 천천히 걸어가는데 하얀색 진돗개 강아지가 꼬리를 흔들며 달려 나왔다. 한 달 전에 입양한 반려견 '산책이'였다. 뒤에서 세린이가 호들갑을 떨며 등장했다. 목줄을 하려던 참이었는데, 유진을 언제 봤는지 산책이가 달려 나갔다는 것이었다. 북 카페 바깥에서 바라보니 손님이 앉아서 책을 읽고 이야기를 나누는 모습이 영화 속 한 장면처럼 보였다.

그때, 자신의 순서를 기다렸다는 듯이 매화 향기가 바람결에 밀려왔다. 활짝 핀 매화는 새하얀 눈과 어우러지며 달콤하고 고고한 향을 뿜어내고 있었다. 아직 해가 지지 않은 소양리 하늘에 새하얀 달이 그림처럼 걸려 있었다.

언젠가 출장지에서 밤 비행기로 돌아오던 날이었다. 한적한 공항에서 비행기를 기다리면서, 항공기 대기실에 멍하니 앉아 둥그렇게 뜬 달을 하염없이 바라봤다. 그때 나는 내 인생이 경계선에 아슬아슬하게 서 있다는 생각을 했었던 것 같다. 항공기 대기실이라는 국적이 모호한 공간에 머무르는 것처럼, 내 삶도 여기에도 단단하게 뿌리내리지 못하고 저기에도 감히 용감하게 한 발을 떼지 못한 채 끝없는 대기 상태에 머무르는 것만 같았다.

돌아보면 나의 삼십 대는 항공기 대기 라운지를 닮아 있었다. 인생의 경계 지대에 예상보다 오랜 시간 머물러야 했다. 내가 예상했던 스케줄과 달리 계속해서 '지연'과 '연착'이 되었고, 때로는 '비행 취소' 사인이 올라온 날도 있었다. 결혼, 이직, 업무, 육아라는 파도에 허덕이면서 마음이 끝없이 시끄러웠다. 남들이 로켓처럼 거대한 항공기를 타고 바쁘게 집으로 돌아가고, 때로는 우아하고 민첩하게 환승에도 성공해서 다른 세계로 사라지는 동안, 나만 계속해서 대기자 명단에 남아 있는 기분이었다. 겉으로 보기에는 활발하고 낙천적으로 보였을지도 모르지만, 나는 삼십 대 내내 보이지 않는 경계선에서 아슬아슬하게 서 있는 기분으로 살았다.

2020년 여름, 나는 이런저런 사정으로 회사를 그만두고 번역 일을 시작했다. 코로나19 사태 장기화와 퇴사 이벤트가 합쳐지자 세상이 내 앞에서 순식간에 셔터를 내려버린 것 같은 느낌이었다. 나는 뭔가 연결되는 세계가 필요했다. 그래서 닥치는 대로 소설책과 에세이를 읽기 시작했다. 스트레스를 받으면 책을 읽는 게 나의 오랜 습관이기도 했다. 그리고 얼마 지나지 않아 내 마음 깊은 곳에 어떤 갈증이 일었다. 뭔가를 쓰고 싶은 갈증이라기보다, 쓰지 않으면 해소되지 않는 갈증에 시달렸다는 게 정확한 표현일 것 같다. 그리고 마흔 살이 되던 2021년 봄, 나는 소양리 북스 키친이 존재하는 세상을 꿈꾸기 시작했다.

나는 서른 살 무렵부터 끊이지 않는 고민들과 복잡하고 시끌시끌한 속마음에 귀를 기울였다. 그리고 마음이 쉬어가고 위로와 격려를 받는 공간을 꿈꿨다. 서른 살의 내가 이 책을 읽게 되면 좋겠다는 마음으로 이야기를 썼다. 나의 삼십 대를 돌아보고 행복했던 조각들을 기억해 내려고 소양리 북스 키친의 세계를 만들었다. 만약 서른 살의 내가 이야기를 읽는다면, 내가 보낼 삼십 대에서 마주치게 될 어두운 터널의 시간을 조금은 담담하게 묵묵히 걸어갈 수 있게 되지 않을까 생각했다. 나의 아이들이 서른 살이 될 무렵에 이 소설을 볼 수 있다면, 그걸로 충분히 행복하겠다고 믿었다. 멀고 먼 시간을 돌아 언젠가 우리의 눈에 띄는 별빛처럼, 나의 이야기가 아이들에게 언젠가 가닿길 기대하고 기도했다.

나는 소양리 북스 키친의 등장인물들과 서서히 친해졌고, 이야기 세상 속의 사계절을 여행하듯 살았다. 계절마다 확연하게 변화하는 자연의 모습을 묘사하고 삼십 대의 봄, 여름, 가을, 겨울을 닮은 사연을 마주하면서 진심으로 그 순간과 계절을 사는 것 같았다. 동네의 작은 카페에 앉아 아침에 책을 읽고 소설을 쓰는 일이 놀랍도록 즐거웠다. 마이산에서 찍은 신비로운 풍경을 바라보다, 숲속에서는 바람이 어떻게 불까, 햇살은 어떻게 내리쬘까 상상하곤 했다. 노을이 지고 별이 빛나는 시간에, 그리운 사람들과 만나서 이야기를 하고 따뜻한 밥을 한 끼 함께 먹으면 좋겠다고 생각하면서 글을 썼다. 그러다 보면 어느새 소설 속 등장인물들이 서로 만나고 밥을 먹고 같이 음악을 듣고 책 이야기를 하고 와인을 마시기 시작했다. 나도 그 옆에 둘러앉아 같이 밤새 이야기를 나누는 기분이었다.

첫 소설을 쓰면서, 나는 진심으로 행복했다. 누군가가 나의 이야기를 진짜로 볼 거라고는 생각하지 않았기에 지금은 솔직히 마음이 떨리고 긴장된다. 하지만 글을 쓰면서 행복했던 내 마음이 한 조각이라도 누군가에게 닿을 수 있다면 이야기의 역할을 한 게 아닐까 생각한다.

반짝이는 별을 보며 감동하고, 여름 장맛비 소리를 들으며 마음을 오롯이 내어줄 친구에게 전화를 걸게 되고, 가을 하늘의 맑고 쓸쓸한 햇살에 예전에 즐겨 듣던 노래가 기억나길 바랐다. 이야기를 읽게 될 누군가의 마음속에 잠들어 있던 따뜻한 추억이 문득 떠올랐으면, 그래서 답답하고 우울한 현실에서도 봄 햇살을 닮은 따스한 노래와 이야기와 사람이 기억난다면 정말 더할 나위 없을 것 같다. 인생 공항의 대기실에 머무르며 초조하고 불안했던 마음이 잠시 쉬어가고, 다시 경계선 너머로 걸어 나갈 힘을 충전하길 바란다.

넘치는 사랑과 기도로 길러주신 부모님과 변함없이 든든한 남편, 그리고 엄마가 항상 노트북으로 뭘 하는지 궁금해했던 예남매에게 감사와 사랑을 전한다.

봄과 여름 사이

책들의 부엌 어딘가에서

| 인용구 출처 |

1. 할머니와 밤하늘
〈책〉《그 겨울의 일주일》, 메이브 빈치 저/정연희 역, 문학동네, 127쪽

2. 안녕, 나의 20대
〈책〉《츠바키 문구점》, 오가와 이토 저/권남희 역, 위즈덤하우스, 242쪽

3. 최적 경로와 최단 경로
〈노래〉오버 더 레인보우(Over The Rainbow, 오즈의 마법사 O.S.T), 주디 갈랜드(Judy Garland), 1939년
〈책〉《오즈의 마법사》, L. 라이먼 프랭크 바움 저/김양미 역, 인디고(글담), 192쪽

4. 한여름 밤의 꿈
〈책〉《가재가 노래하는 곳》, 델리아 오언스 저/김선형 역, 살림출판사, 49쪽

5. 10월 둘째 주 금요일 오전 6시
〈책〉《빨강 머리 앤》, 루시 모드 몽고메리 저/박혜원 역, 더모던, 219쪽
〈책〉《빨강 머리 앤》, 루시 모드 몽고메리 저/박혜원 역, 더모던, 517쪽

7. 크리스마스니까요
〈노래〉왈츠 포 데비(Waltz for Debby), 빌 에반스(Bill Evans), 2010년
〈책〉《나비》, 에쿠니 가오리 글/마츠다 나나코 그림/임경선 역, 미디어창비

(※ 책은 제목-작가-출판사-인용 쪽, 노래는 제목-가수-발매연도 순서임)

책들의 부엌

2022년 5월 12일 초판 1쇄 | 2023년 12월 28일 54쇄 발행

지은이 김지혜
펴낸이 박시형, 최세현

책임편집 김명래 **디자인** 이정현 **교정·교열** 이민영
마케팅 권금숙, 양근모, 양봉호 **온라인마케팅** 신하은, 현나래, 최혜빈
디지털콘텐츠 김명래, 최은정, 김혜정 **해외기획** 우정민, 배혜림
경영지원 홍성택, 강신우 **제작** 이진영
펴낸곳 팩토리나인 **출판신고** 2006년 9월 25일 제406-2006-000210호
주소 서울시 마포구 월드컵북로 396 누리꿈스퀘어 비즈니스타워 18층
전화 02-6712-9800 **팩스** 02-6712-9810 **이메일** info@smpk.kr

쌤앤파커스(Sam&Parkers)는 독자 여러분의 책에 관한 아이디어와 원고 투고를 설레는 마음으로 기다리고 있습니다. 책으로 엮기를 원하는 아이디어가 있으신 분은 이메일 book@smpk.kr로 간단한 개요와 취지, 연락처 등을 보내주세요. 머뭇거리지 말고 문을 두드리세요. 길이 열립니다.